舞風《まいかぜ》のごとく

あさの あつこ

文藝春秋

目次

装画　柴田純与
装幀　野中深雪

舞風のごとく

一　花が揺れる

　その夜、火事があった。

　城下の外れ、小体《こてい》の店が並ぶ商人町から出た火は折からの風に煽《あお》られて、河岸沿いの舟入町《ふないりまち》や下士の住む西蔵《さいぞう》町一帯に飛び火し、武家地に隣り合う呉服《ごふく》町まで広がった。

　大火だ。

　小舞《おまい》六万石の城下に半鐘《はんしょう》と板木《ばんぎ》の音が鳴り響く。それは風と共に川面を波立たせた。黒煙があちこちで立ち上り、火の粉が夜空に散る。風が吹くたびに煙がうねり、紅色の炎がさらにうねった。

　夜半の火に、人々は逃げ惑う。

「逃げろ、早く逃げろ。ぐずぐずするな。逃げ遅れるぞ」

「荷車が道を塞《ふさ》いでる。通れない」

「馬鹿野郎。前に行け、前に。焼け死にたいのか」

「きゃあ。坊が、坊がいない。誰か、誰かぁっ」

「燃えてる。燃えてる。そこまで火が来てるぞ。逃げろ」

「水を被《かぶ》れ。水はないのか、水は」

おっかあ、おっかあ。ちくしょう。熱い。助けて。死にたくない。

悲鳴、喚声、怒鳴り声。道は人々と人々の発する声や音で溢《あふ》れかえり、その間を熱を孕《はら》んだ風と物の焼け焦げる臭いが吹き通っていく。

橋から転げ落ちる者、自ら川に飛び込む者、流される者、子どもの名を繰り返し呼ぶ女、泣き叫ぶ童、呆然と立ち尽くす老人、突き飛ばされる老婆……。

「地獄ってのは、あの世じゃなくてこの世に現れるもんなんだな」

「ほんとにねえ。ありゃあ地獄絵図そのものだったよ。二度と見たくはないね」

逃げ延びた人々は、後々までこの夜の阿鼻叫喚《あびきょうかん》を語った。

雨が降らなければ町場の大半が焼け落ち、武家町である出石《いずし》町、重臣たちの屋敷が並ぶ馬宿《うまやど》町にも火の手が届いたかもしれない。

雨が降った。

煙が天に届き雲に変わったのか、風の唸《うな》りが雲を呼び寄せたのか、季節外れの雷が鳴り、大粒の雨が落ちてきた。雨は瞬《また》く間に脚を強め、燃え上がろうとする炎を叩く。勢いを弱めぬまま四半刻続いた雨に火勢の方は衰えていく。

雨が止むと、風も凪《な》ぎ、雲は割れて千切れ、夜空に散っていった。

星が瞬く。

しかし、焼け出された者は胸を撫《な》で下ろす間もなかった。時ならぬ雷雨は火を押しとどめてはくれたが、着の身着のままの身体を容赦なくずぶ濡れにもしたのだ。あと二か月で師走を迎えようかという時期、人々は寒さに震えながら身を寄せ合わせるしか術《すべ》がなかった。

清照寺の本堂は罹災《りさい》者たちの呻《うめ》きで満ちていた。火傷の痛みを訴える者が多い。しかし、骨を折った者も肉が裂けた者も指が潰れた者もいる。高い熱で身動きできない者も、半ば正気を失い泣き続ける者もいた。

清照寺は尼寺だ。小舞二代城主定通《さだみち》の側室小郷《おごう》の方が、生母の菩提《ぼだい》を弔《とむら》うため建立したと伝えられている。一説によれば小郷の方に父はおらず、生母は色里の女であったとか。それゆえなのか、この寺に葬られるのは高位高官、貴人の類《たぐい》ではなく、市井《しせい》の人々、特に貧しく身寄りのない女たちだった。死してなお行き場のない者を受け入れてきたのだ。伽《が》藍《らん》の裏手に広がる墓地には、小さな墓石がひっそりと並んでいた。訪れる者はほとんどいない。静寂の中に尼僧たちの読経《どきょう》だけが流れる。

しかし、今は生きている者の呻吟《しんぎん》が溢れ、静寂などどこにもない。男も女も、年寄りも子どもも若者もいた。焼け出され、傷を負い、命からがら逃れてきた人たちだ。

清照寺は何とか類焼を免れた。風上に位置していたことが幸いしたのだ。風向きが変わって、火の粉が飛んでくるようになったときは、さすがにご本尊を抱えて逃げる思案もしたけれど、降り始めた雨に助けられた。その雨が止んで半刻もしないうちに、罹災者が集まり始める。足を引きずり、支え合い、這《は》うようにして石段を上ってくる姿は、幽鬼《ゆうき》さながらに見えた。見えはしても幽鬼ではない。人だ。

「御仏のお導きです。我らに為すべきことを与えてくださいました。みなさま、御仏の教えのままに心して働きましょうぞ」

住持《じゅうじ》である承徳尼《しょうとくに》の言葉に尼僧たちは深く頷《うなず》いた。


千代《ちよ》は危うく、転びかけた。裾《すそ》を強く引かれたのだ。

「娘さん……」

引いたのは五十絡みの老人だった。棒手振《ぼてふ》りなのか出職《でしょく》なのか、日に焼け込んだ赤銅《しゃくどう》色の肌をしている。本来なら年寄りと呼ぶのも憚《はばか》られるほど逞《たくま》しい、生き生きとした男であったかもしれない。

白く乾き血が滲《にじ》んだ唇から、老人は細い息を吐いた。頰には蚯蚓《みみず》腫れが幾本も走り、左腕に添え木が括《くく》りつけられていた。骨が折れているのだろう。

「わしにも……水を、くだせえ」

「あ、はい。すぐにお持ちしますね」

丁度、尼僧の一人が水の入った椀を運んでいた。呻く者たちはみな、水を欲しがった。底なしに喉が渇くようだ。寺には井戸があったし、裏手の山には沢もあった。水にはことかかない。澄んで冷たい水を口に含むと、ほんの一時、誰の面《おもて》にも生気が戻る。

「どうぞ。飲んでください」

一椀を受け取り老人に差し出す。手の甲の火傷に気づき、慌てて手を添えた。

「ああ……美味《うま》い。地獄に仏とは、このことだ」

喉を鳴らして水を飲み干した後、老人は思いがけず力強い声を出した。

「生き返る心地がするでの」

「よかった。もうすぐ、粥ができます。それも持ってきますね」

老人は答えず、壁にもたれ目を閉じた。微《かす》かな呟きが聞こえる。

「女房がおらんでのう」

「え？」

「逃げる途中で女房がおらんようになった。娘も孫も……行方知れずのままで……。あんた、知りなさらんかの」

鄙《ひな》言葉の呟きに、千代は息を詰めた。どう答えていいか、わからない。

「おしげ、お梅《うめ》、芳吉《よしきち》……みんな、どこぞに行ってしもうた。一緒に逃げておったのに」

「おじいさん、あの……」

不意に老人が泣き出した。火傷の痛々しい手で口元を覆い、嗚咽《おえつ》を漏らす。折れた腕はぴくりとも動かない。

「途中まで、芳吉の手を引いておったんじゃ。いつ放したか、まるでわからんで。どうして……どうして、手を放してしもうたんか。抱いておればよかった。抱いておれば……」

「おじいさん、それは、仕方のないことですから。放したんじゃなくて、離れたんですよ、きっと。それに、あの、みなさん無事で、どこかに逃げておられるかもしれないし……」

言葉が空回りしている。慰めにも労《いたわ》りにもならない。何の意味もない。

千代は唇を噛んだ。俯《うつむ》いてしまう。すすり泣く男に、意味のある何かを告げることができない。誰かを助けたり、支えたりする力は自分にはないのだ。

母さえ救えなかった。

「千代」

名を呼ばれて、背後が僅《わず》かに温かくなった。墨染衣に染み込んだ線香の香りが漂う。

叔母上さま。と、言いかけて唾を呑み込む。胸を抑え、言い直す。

「恵心尼《けいしんに》さま」

「疲れたでしょう。朝からずっと働きどおしですもの。庫裡《くり》で少し休みなさいな」

白絹の尼頭巾に包まれた顔が微かに笑んだ。恵心尼は促すように、千代の背に手を添えた。

「いえ、大丈夫です」

朝から働きどおしなのは千代だけではない。住持や恵心尼も含め、尼僧たちは動き回っている。休んでいる者など一人もいない。

住持、承徳尼は俗世にいたおり、先代城主の御典医を務めた加納弦長の妻だった。弦長亡き後、仏門に入り清照寺の尼僧たちに、夫の許《もと》で習い覚えた医の技や薬草の知識を教えていた。年を越せば七十という齢《よわい》を感じさせず、今このときも、きびきびと立ち振る舞っている。

十四歳の千代が休むわけにはいかないし、休む気も起らない。この寺に、恵心尼の許に引き取られてまだ一年だ。髪を下ろしてはいないし、俗名も捨てていない。他の尼僧のように医術を身につけているわけでもない。それでも、目の前に苦しんで、泣いて、呻いている人がいる。何ほど力にもならないと重々わかっているけれど、水を汲《く》んだり運んだりぐらいはできる。ささやかでも役に立つなら、踏ん張りたい。

「そう……」

恵心尼はゆっくりと首肯《しゅこう》し、口元の笑みを消した。

「それなら、庭の竈《かまど》で粥を作る手助けをして。できるだけたくさん、作れるだけお願いします。昨日から何も食べていない人が大勢いるし、これから集まってもくるでしょう」

「はい」

「それと、水を切らさぬように汲んでおいてくださいな」

「わかりました。お任せください」

立ち上がる。襷《たすき》を締め直す。

やるべきことがある。わたしの仕事だ。

本堂から庭に降りる手前で振り返る。

恵心尼は屈《かが》みこみ、老人の背中を撫でていた。


本堂横の空き地に土で築いた竈が二基、設けられている。飢饉《ききん》や災害の折に炊き出しに使うためだ。普段は薦《こも》を被せていた。

「できるなら、使いたくない竈ですねえ」

承徳尼が独り言のように呟いたのを、千代は二度ばかり耳にした。竈で施粥《せがゆ》を炊くとは、つまり、救わねばならない人々が大勢いるということだ。施粥を炊かなくていい平穏、罹災者、困窮者のいない世を願って、尼僧たちは経を唱える。

でも、そんな世は来ない。

小舞のように温暖な風土に恵まれている国ですら、人の暮らしを損ない、命を脅かす災いは後を絶たないのだ。

大火、洪水、日照り、飢饉、疫病……。天変地異や疫病の蔓延に、人は抗する術をほとんど持たない。ただ逃げ惑い、ただ耐えるだけだ。けれど、厄災が過ぎ去ってしまえば必ず立ち上がる。そのための粥なのだと、千代は思う。

竈の上の大鍋から湯気が上がっている。寺に備えていた囲い米の全てを粥にするよう、承徳尼は命じた。それが尽きたら、尼僧たちの食べ料もつぎ込まれるだろう。それはそれでかまわない……わけではない。餓えは怖い。ひもじさは嫌だ。

母を失ってから恵心尼に引き取られるまで、千代は親戚の家を転々としていた。惨めさを何度も味わった。ろくに食べさせてもらえず、ひもじくてたまらなかったことがある。最後に引き取られた遠縁の者の屋敷では犯されかけた。主が夜半に忍び込んできたのだ。必死に抗《あらが》っている最中、奥方が駆けつけて何とか事なきを得たけれど屋敷には留まれなくなった。主が、男という生き物が恐ろしくて留まる気にもなれなかった。そして、屋敷を出るとき奥方が手渡してくれた僅かな金子《きんす》が底を突いたとき、それまでのひもじさなど比べ物にならない餓えが襲ってきたのだ。

何か食べたい。何かを口に、腹に入れたい。

千代は魚を獲るコツも、食用の草を見極める力も、食べ物を得るどんな手立ても持っていなかった。行く当てもない。

誰かを怨《うら》むというより、己の定めを呪う。勘定方百石取りの家に生まれながら、餓えに耐えねばならない我が身を罵倒してやりたい。こんなに辛いなら、主が忍び込んできた夜、抗わずにおればよかった。束の間でもそんな思案をする己が情けなくて、あさましくて許せなくなる。

わたしなど生きていても仕方ない。

父も母も弟も、彼岸に行ってしまった。自分だけ此岸《しがん》にいて何になる。

死のうと思った。

生き続けるのは難《かた》くとも、死ぬのは容易《たやす》い。母の形見の懐剣で喉を突けばいいだけだ。

死に場所は、生田《いくた》家の墓の前が良い。父が母が弟が見守ってくれる。

覚悟はすとんと決まった。決まれば、現《うつつ》の飢えが少し和《やわ》らぐ。まさか、最期の場と定めた墓前が生きる道に繋がるとは考えてもいなかった。

菊が供えられていた。

白い小菊だ。墓廻りもきれいに清められ、水を打った跡が残っていた。

後嗣《あとつ》ぎだった弟が病死した後、生田家を継いだ縁者の顔が浮かぶ。それから、母、絹江《きぬえ》の実家の誰彼の顔が。

違う。あの人たちではない。

生田家の分家の一つに連なる縁者は、新しい墓を造っている。古い墓はほとんど打ち捨てられた格好になっていた。わざわざ訪れて、花を供えるわけがない。

絹江は、千代をこの縁者の息子に妻《め》あわせるつもりだった。千代が十五になれば祝言《しゅうげん》を挙げるのだと、そうすれば、生田の本家の血筋が残ると幾度も幾度も繰り返していた。しかし、縁談は突然に反古《ほご》になった。縁者側が断ってきたのだ。絹江の奇矯《ききょう》な振る舞いを事由にしての、一方的な破談だった。

奇矯な振る舞い。

確かに、夫、清十郎《せいじゅうろう》を斬殺され、息子の園松《そのまつ》に先立たれたころ、絹江は尋常でない言動が目立つようではあった。「旦那さまの仇《かたき》を捜す」と言い置いて、ふらりと出かけたまま丸一日、帰ってこなかったり、唐突に号泣したかと思うとけらけらと笑い出したり、風呂にも入らず顔も洗わず縁側に座ったまま何刻も独り言を呟いていたり、祝言の打ち合わせと称してまだ夜が明けきらぬ刻に縁者をおとなったり、と。

身を寄せていた実家でも持て余し、当主である伯父は苦り切った眼付きしか向けようとはしなかった。けれど千代が十歳になるころから、絹江はしだいに落ち着いて現を受け入れられるようになっていたのだ。ひどく老けて、涙もろくはなったけれど、血眼《ちまなこ》で仇を捜したり、虚《うつ》ろな眼差しで日がな座っているようなことはなくなった。千代が生田家に嫁ぐのを心待ちにしていたのだ。その望みが断たれた。

千代にすれば、縁者の息子との縁など切れても一向に惜しくない。顔さえろくに見たことはないのだ。未練など持ちようがない。しかし、絹江はそうはいかなかった。泣き崩れ、ひたすら許しを乞う。

「千代、母を……母を許して。わたしがいたらないばかりに……」

「母上さまのせいではございません。先方に何かご事情があったのです。そうとしか考えられませんもの」

奇矯な振る舞いとやらを事由にするのなら、とっくに破談になっているはずだ。今更、持ち出すなど妙ではないか。おそらく、どこかから良縁を持ち込まれたのだ。後ろ盾のない本家筋の娘より、ずっと利になり益になる相手が現れた。

推量にすぎなかったけれど、大きく外れてはいない気がする。

「母上さま、そんなにお泣きにならないでくださいまし。母上さまに一分の落ち度もございません。全て、あちらのご都合です」

母を慰めたくて、母の心がまた壊れてしまうのが怖くて、千代は懸命に言葉を紡《つむ》いだ。母上さまは悪くない。何も悪くない。向こうが勝手な事情で破談にしただけ。母上さまは悪くない。繰り返し告げた。

翌朝、絹江はかつて暮らしていた生田の屋敷に押し入り、懐剣を振り回した。すぐに取り押さえられたが、隙を見て逃げ出し、川に身を投げた。柚香下《ゆかげ》川だ。豊かな水は絹江を呑み込んで何一つ変わることなく、流れていった。

遺体は三日後、河口近くで見つかった。

体面を重んじたのか、縁者はこの騒動を表沙汰にはしなかった。千代には今後一切僅かの関わりももたないと告げてきただけだ。墓も新しくして先祖の御霊はそちらに移す。ただし、絹江だけは一緒に弔うことはできないと告げた。母を拒むなら、父も弟も置いて行ってくれと千代は答えた。十三歳の少女の精一杯の抗いだった。けれど、無慈悲なのは生田の縁者だけではなかった。絹江の乱心を因に千代は実家から追い出されたのだ。表向きは他家での行儀見習いのためだったが、これ以上の醜態《しゅうたい》を恐れた伯父が体《てい》よく厄介払いしたのは明らかだった。

風に菊の花弁が揺れた。清々《せいせい》とした香りがする。

あの人たちではない。

では、誰が？　誰がここに来て、千代の家族に手を合わせてくれた。

叔母上さま……。

細面《ほそおもて》の白い横顔が思い出される。父の妹である嫋《たお》やかな女人の顔だ。母の実家に移ったとき、縁は切れたと思っていた。

墓の前に跪《ひざまず》く。そこで折り畳まれた紙を見つけた。花筒の後ろに挟んであったのだ。なぜか指が震えた。震えながら紙を開く。

千代どの

清照寺にてお待ち申しております

なにとぞなにとぞ　お出でくだされたく

お待ち申しております

七緒

文字がぼやける。頬を一筋、熱い滴《しずく》が伝う。

文からは微かに墨が匂った。一昨日は雨だったのに、ほとんど濡れていない。おそらく叔母は千代を捜し、毎日のようにここに足を運んでくれたのだ。

人がいた。待っていてくれる人がいた。手を差し伸べて抱き留めてくれる人がいた。独りぼっちではなかった。

叔母上さま。

文を懐に仕舞い、墓石に向かって手を合わせた。

清照寺に辿《たど》り着き、口にした粥の味を千代は生涯忘れない。蕩《とろ》ける心地がした。

「よく生きていてくれました。よく耐え抜いてくれましたね」

俗名を捨て、恵心尼となった叔母の言葉にも心は溶ける。千代はその膝に突っ伏し、声を上げて泣いた。母が逝《い》ってから初めての涕泣《ていきゅう》だった。

「千代さん、お願いします」

「はい」

米の入った笊《ざる》を渡される。それを鍋に移し、竈に薪《まき》をくべる。鍋の中身は粥というより重湯《おもゆ》に近い薄さだが、米の匂いが色が疲れ切った人にとってどれだけの励ましになるか、骨身に染みてわかっている。一年前の粥の美味しさを思い出すたびに、今でも指先まで熱が巡る気がするのだ。

生きていける。大丈夫だ、まだ、生きていける。

一椀の粥が声になり、身の内で響く。熱と一緒になり、力に変わる。

焼け出され、身内を失い、怪我を負い、苦しみの最中《さなか》にいる。そういう人たちに、「生きろ」と告げることは残酷だ。「弱音を吐くな」と叱咤《しった》することはもっと惨《むご》い。この一年で学んだ。尼僧たちは、だから、何も言わない。施粥を振る舞い、傷を手当てし、背を撫でる。

「粥をくだされ」

「尼さま、腹が減って死にそうだが。一口なりと、粥をすすらせてくだされや」

「子どもがお腹を空かせて泣いております。食べ物を分けて下されませ」

「食べたい、粥が食べたい」

竈の前に人が列を作る。その数はみるみる増えていった。

「千代さん、椀が足りませぬ」

「はい。すぐに取って参ります」

「水も足りませぬ。汲みに行ってくださいな」

「はい」

今が何刻なのか考える気も暇もなかった。境内を駆け回り、水を汲み、粥を配る。類焼を免れた家々から米や菜物の喜捨《きしゃ》があり、さらに何十人分かの粥を作ることができた。城からの施米《せまい》、施粥小屋も城下数か所に作られたようだった。それでも清照寺には、屋根の下で一夜を過ごそうとする人々が集まり、ごった返していた。

疲れは感じない。気が昂《たかぶ》っているからだ。騒ぎが一段落すれば、疲労も睡魔も空腹も混ざり合って襲ってくるだろう。が、先のことを気に掛ける余裕は、誰にもない。倒れるまでやるだけだ。

「真砂《まさご》屋さんからお米三俵、常陸《ひたち》屋さんからは味噌一樽、ご喜捨いただきました」

「晒《さらし》はまだありますからね。いる方は早目に申し出てください」

「身内とはぐれた方はこちらに名前を書いてください。はぐれた方のお名前も記してくださいな。門前に張り出します」

尼僧たちの読経で鍛えた声は、ざわめきを掻《か》い潜《くぐ》り、突き破り、凜と響いた。仏ではなく人に届く現の声だ。その声の間を、千代は動く。

「千代さん、食べて。食べないと身体が持たなくなります」

本堂の横手で襷を締め直していたとき、尼僧から椀粥を渡された。食べてがんばりましょうと、尼僧は続け歩み去った。椀を手に一息吐《つ》く。それからふっと空を見上げた。

茜色に焼けていた。鳥の一群が東から西に向かっている。黒い影でしかない鳥が何なのか、千代には見極められなかった。

もう夕暮れなのか……。

「卒爾《そつじ》ながら」

背後から声を掛けられた。

振り向き、息を呑み込んでしまった。

武士が立っていた。

呑み込んだ息が喉に閊《つか》える。咳き込んだ拍子に指から椀が滑った。地面に中身が散る。

「ああっ」

悲鳴に近い声が漏れた。跪いて、粥をすくう。汁はすぐに地に吸い込まれ、僅かな飯粒だけが残った。泣きそうになる。この一杯の粥を求めて人々はここまでやってきたのに、拝むようにして受け取り、むさぼっていたのに、零《こぼ》してしまうなんて。

「す、すまぬ」

武士も膝をついた。土に汚れた飯粒を摘まみ、椀に戻す。

「お武家さま、よろしゅうございます。おやめくださいませ」

千代は狼狽《うろた》えて、かぶりを振った。米であれ金であれ、地に落ちた物を武士に拾わせるわけにはいかない。しかも跪いて、だ。が、武士は気に掛ける風もなく、丁寧に米を拾った。それから、椀の中を覗き、眉を寄せた。夕焼けのせいなのか、面《おもて》が仄《ほの》かに紅く染まっている。千代よりはかなり年上だが、十分に若い男だった。眉を寄せた表情が悲し気に見える。

「ご無礼をいたした。許されよ」

立ち上がり、詫《わ》びる武士に千代はさらに狼狽えてしまう。

「と、とんでもないことです。椀を落としたのはわたしめにございます。お武家さまに詫びていただく謂《いわ》れは一切、ございません」

「しかし、それがしが意を用いず無遠慮に声を掛けたがため、娘御を驚かせてしまった」

「いえ、ですから、違うのです」

目を伏せる。身体が震え出すのを抑えるため、椀を持つ指に力を込める。

遠縁の男に犯されそうになったとき、千代に刻まれた男への怯《おび》えは、月日が幾ら過ぎても薄らぎはしなかった。

闇の中、不意に覆いかぶさってきた男の荒い息やくぐもった声が前触れもなくよみがえり、震えが止まらなくなる。清照寺には普段、武士はむろん男の姿はない。千代は心を安らかにして暮らしていけた。このままの暮らしを続け、二十歳《はたち》になれば得度したい。まだ口にはしないが、望んでいた。叶う望みだと思っていた。

だから、この若い武士のせいではないのだ。振り向いて男がいたことに、身が竦《すく》んだ。落ち度は自分にある。詫びられたりしたら、どうしていいかわからない。

「食べられるだろうか」

武士は椀を覗き込んだまま、ぼそりと呟いた。

「え？」

「この粥、捨ててしまうには惜しかろう」

「当たり前です。捨てるなど以《もっ》ての外《ほか》です」

思わず口調がきつくなった。惜しい惜しくないの話ではない。米一粒が味噌一匙が菜物の端切れが要るのだ。捨ててしまうなんて考えられない。

「今は一粒のお米も疎《おろそ》かにはできません。洗って、食べます」

「やはり、米がかなり不足しておるか」

「お米も薬も着る物も、何もかも足りません。着の身着のままで逃れてきた人たちが大勢います。雨でずぶ濡れになったのに着替えもなくて、火傷につける薬もなくて……。何より、子どもたちがかわいそうです。小さい子ほど寒さが命取りになりますから」

「なるほど。何もかもが足らぬ、か」

武士は懐から帳面と筆筒を取り出し、書き付け始めた。

「え、あの、お武家さま……」

「さっきから見るに、娘御はこの寺の方であるらしいが、もそっと尋ねてもよいか」

「あ……はい」

「清照寺はいち早く、施粥の炊き出しと罹災者の受け入れを始めたが、これまでどれほどの者が参ったか、おおよそで構わぬゆえ教えていただきたい」

「それは二百……いえ、三百人はくだらないと思います」

「三百。それでは囲い米では賄《まかな》えぬな」

「とうてい無理です。米や味噌をご喜捨いただきましたが、ほとんど使い果たしました。明日からの炊き出し分をどうするか、住持さまたちがご思案なさっておいでです」

「明朝までに施米をお届けする。薬や衣もできる限り調達するゆえ、住持どのに、その由《よし》お伝えいただきたい」

千代は顔を上げ、武士を見詰めた。武士は労わるような眼差しで、千代を見下ろしている。

「お武家さまは、お役人でいらっしゃるのですか」

城の役人が検分に来てくれたのか。いや、それにしては動きが早過ぎる。城の施米小屋がやっと設けられたばかりだ。公ではない御救い場を役人がわざわざ調べに来るとは考えられない。今までも、救済米という名目で城から幾ばくかの米が届けられることはあったが、それは、災害後早くても一月《ひとつき》、大抵は三月《みつき》も経ってからだったと千代は聞いている。今この時の窮乏に、政《まつりごと》は何の手立ても施そうとしない、と。

「城の使いではござらん。主君の命を受け、御救い場を開いた寺社、商家を調べており申す」

「ご主君の?」

城の使いでないのなら、主君とは誰なのだろう。

武士は木綿小袖に野袴といういたって質素な、そして軽やかな身なりをしていた。市中を飛び回るのには適していると、千代にも解せた。

「新里《にいざと》さま」

小柄な男が武士の背後に走り寄り、名を呼んだ。同じ武家姿だがこちらは平袴だ。やや身を屈めた武士の耳元に、男が何かを囁《ささや》いた。

新里? どこかで聞いた覚えがある。昔、どこかで……。

「わかった。では、全てを書き付けておいてくれ。遺漏《いろう》なく殿にお伝えせねばならん」

「承知仕《つかまつ》りました」

男が立ち去る。その姿はすぐに人々の間に隠れた。

武士は千代に向き直り、僅かに笑んだ。

優しい笑み方のできる人だ。

千代は顔を俯けた。束の間とはいえ、相手をまじまじと見詰めてしまった不躾を恥じる。

「勝手ながら、境内のあちこちで聞き取りをさせていただいており申す。焼け出された者たちから直《じか》に話を聞くように、これも主君から命じられておったので。娘御、お手数をとらすが、もう少し話を聞かせてくださらぬか」

その主君とやらが誰なのか気にはなった。しかし、その正体を知るよりも先に、確かめねばならないことがある。頼まねばならないこともある。

「あ、はい。あの、その前に、ご無礼ながらお尋ねしてもよろしいでしょうか」

「なんなりと」

「お武家さまのご主君は城の御救い米とは別に、お米を配ってくださるのですか」

「米だけではない。先ほども申した通り、薬や衣類もできる限りの量、お届けいたす」

「ほんとうですか。それなら、襁褓《むつき》や夜具もお願いいたします」

「え、む、襁褓とな」

「赤ん坊がいるんです。十人の上、おります。でも襁褓がなくて御包《おくる》みもなくて、夜になって冷えてきたらどうなるのか心配なのです。せめて、乾いた手拭《てぬぐ》いなりとたくさんあればと思うております」

「承知した。襁褓に御包み、夜具、手拭い……赤子が寒さを凌《しの》げる手立てが入用なのだな」

「それと、お医者さまのご治療をお願いはできませぬか。わたしたちの手には負えぬ怪我人や病人が大勢、おります。何とぞお助け下さい」

「医者か。なんとかせねばならんな」

武士が低く唸る。筆を動かし、千代の訴えを帳面に書き付けていく。

ああ、この方は本気なのだわ。

胸が高鳴った。心の臓がどくどくと音を立てる。それが耳の底から響いてきた。

「医者については手配が遅れるやもしれぬが、他の品々はすぐにでも」

武士が口をつぐんだ。筆を持つ手が止まり、身体が一瞬、強張《こわば》ったようだ。視線が、千代を越えていく。振り返った千代の目に、恵心尼の姿が映った。三歳ほどの幼い童を抱き、やや年嵩《としかさ》の少女の手を引いて庫裡の方に歩いていく。

武士の唇から吐息が零れる。それから一文字に固く結ばれた。眼差しだけは恵心尼の後を追うように遠くに向けられたままだ。

あっと叫びそうになった。

新里は叔母が嫁いだ家の名だ。父の友人だった新里家の当主から、是非にと申し込まれ嫁していったのだと、母が教えてくれた。父も母も弟も健在だったころだ。

「七緒《ななお》どのの花嫁姿は、それはそれはお美しくてねえ。白百合のようでした。新里さまがお心惹かれるのも無理はないと思うたものですよ。わたしも心延《ば》えの美しさでは、七緒どのに引けを取らないつもりなのですが。どうでしょうか、ねえ、旦那さま」

「あ、うむ。見目形《みめかたち》はともかく心延えは大切だ。絹江も負けてはおらぬぞ」

「旦那さま、見目形はともかくとはどういう意味でしょうか」

「あ、いや、七緒に比べてそなたの見目形が劣ると言うたわけではなくて……あちっ」

足の爪を切っていた父が鋏《はさみ》を放り出して、足先に息を吹きかける。

「ほら、慌てるからですよ。憎らしい父上に罰が当たったわよ、千代」

母がころころと笑う。奇矯な振る舞いとも虚ろな眼つきとも無縁の明るい笑い声だった。父も笑っていた。千代はまだ幼くて、話の半分も解せなかったけれど、父と母が仲睦まじく幸せであることも、自分が幸せであることも感じられた。あの幸せとともに、〝新里〟の名は記憶に刻み込まれていた。

叔母を是非にと望んだ新里家の当主は亡くなり、叔母は髪を下ろした。現はいつも情け容赦ない。それでも、幸せだった思い出は消えも、潰れもしなかった。

「あの、新里さま」

淡い幸せに彩られた名前を口にする。名を呼ばれて、新里は眼差しを千代に戻した。

「新里さまでいらっしゃいますよね」

「あ、これは申し遅れた。それがし新里正近《まさちか》と申す」

「千代と申します。あの新里さまは叔母上さまに逢いに来られたのではございませんか」

「叔母上？」

「あ、いえ、違います。恵心尼さまです。先ほど、子どもを抱いておられた方です。あの」

千代は息を吸い、足を引いた。新里が凝視してくる。大きく目を見開き、見詰めてくる。

「今、叔母上と言われたか」

新里の声は聞き取りづらいほど掠《かす》れていた。

「あの方が叔母上ということは、生田家の……」

「はい。生田清十郎の娘にございます」

生田家の生き残りだ。恵心尼と千代、二人だけが生き残った。

「清十郎どのの……ご息女か」

「はい。父をご存じなのでしょうか」

この武士が今の新里家の当主とすれば、まだ七緒であったころの叔母と何年かは暮らしていたはずだ。父を知っていても不思議ではない。

父を知っているなら、嬉しい。僅かでも誰かの心に父が残っているのなら、嬉しい。

新里が横を向く。顔がひどく歪《ゆが》んでいた。何か気に障《さわ》っただろうか。

「あの、新里さま」

「千代どの。他に何か足らぬもの、急ぎ入用なものはござらぬか」

「え？　あ、はい。住持さまのところにご案内いたしましょうか。わたしの話だけでは心許なく存じます」

「いや、この怱忙《そうぼう》の間、お手間を取らせるわけには参るまい。千代どのにも面倒をおかけした。が、徒《あだ》にはしない。必ず品々をお届けいたす」

「はい。なにとぞ、なにとぞお願いいたします」

深く頭を下げる。徒にはならないと信じられた。この若い武士は口にした言葉を違《たが》えはしない。守り通してくれるだろう。

「女人に齢を尋ねるのも無礼だが、千代どのは幾つでござる」

「十四でございます」

十四かと呟いて、新里は頭を横に振った。

「ずい分としっかりしておられる。一人前以上の働きをしておられるのだな。見ているだけで、よくわかった。人一倍、仕事をしておられると。それで、つい声を掛け申した」

頬が火照《ほて》る。とくとくと血が流れ、指先がほわりと温かくなる。

「それがしが十四のころと言うと……もう十年近く昔になるが……」

視線を夕暮れの空に巡らせ、新里はくすりと笑った。

「何も知らず、気ばかり空回りしているようなガキだったな。今の千代どのとは雲泥《うんでい》の差だ。いや、今でも、しょっちゅう空回りはしているのだがな」

「そんな……」

目の前の武士は、大人の落ち着きと思慮を具《そな》えていると感じられた。

〝空回りしているようなガキ〟がどういうものか、はっきりとは思い浮かばないけれど、〝空回り〟も〝ガキ〟も新里の印象からは遠い気がする。

「では、これにて御免仕る」

「え、お帰りになるのですか」

恵心尼さまに逢わずともよいのですか。その問いかけを呑み下す。なぜか、問うてはいけないと思ったのだ。尼寺に男子が立ち入ることは許されていない。しかし、今は常とは違う。男が女がと言っている場合ではないのだ。現に、多くの男たちが境内にはいる。呻いていたり、泣いていたり、粥を食べていたり様々な男たちがいる。尼の一人を呼び止めるなど、その気になれば容易ではないか。

その気にならなかったのか。あえて、逢わずに帰るのか。

新里は千代に背を向け、徐々に広がり始めた薄闇に紛れていった。

新里さま。

口の中で呟いてみる。指の先がまた、温かくなった。

二　颪の香り

どこかで虫が鳴いている。

蟋蟀《こおろぎ》だろうか。

澄んで美しい声は、しかし、弱々しく儚《はかな》げでもある。今にも消えてしまいそうだ。厳寒の季節が間近に迫っている。虫の音は死に遅れた嘆きのようにも、余命を謳歌する覚悟のようにも聞こえた。

「馬鹿か」

罵声が、か細い鳴き声を断ち切った。

新里正近は心持ち肩を竦め、声の方に視線を向けた。心内を見透かされたかと思った。

馬鹿か。虫は鳴かねばならぬから鳴いてるだけだ。嘆きも謳歌もあるものか。そういう甘ったるいことを考えて虚けるのも、たいがいにしておけ。

声の主なら、ずけずけと辛辣にそう言い放つだろう。揶揄《やゆ》を僅かに含ませて。

が、違った。

罵声は正近ではなく、ここにはいない男たちに向けられている。

「どいつもこいつも頭の中が干からびて、こちこちに固まっちまってやがる。先例に照らし、救済策を講じるだとよ。へっ、極めつけの大馬鹿野郎どもが。この危局に先例もくそもあるもんか。だいたい、これほどの大火、いつの例を引っ張り出して参考にするんだ。え？　おれがそう尋ねたら、執政のお歴々が何と答えたと思う。ただいま、例繰《れいく》り方に命じて調べておる最中だ、とよ。おれは、すっ転びそうになったぜ。城下が半分丸焼けになったってのに、調べている最中だ、だぜ。何を考えてんだか、訳が分からん。帳面をひっくり返している暇があるなら、すぐに動けってんだ」

罵《のの》る声は怒りの熱を帯びて、ほとばしる。

「城下の半分というのは些《いささ》か過言でございましょう。およそ五分の一から四分の一ほどかと存じますが。それに、殿のお腹立ちはもっともなれど、口をお慎み下さい。執政方への罵詈《ばり》は外に漏れますと、面倒を引き起こしかねませんぞ」

山坂半四郎《やまさかはんしろう》がやんわりと主君を諫《いさ》めている。低く、穏やかな声が心地よい。

「面倒だろうが、雌鶏《めんどり》だろうが知ったことか。どうせ雌鶏並みに頭がすかすかの野郎ばかりじゃねえか」

「殿、お声が大きすぎます。お控えください」

「あー、そうだな、そうだな。あいつらと一緒に扱われたら、雌鶏が気を悪くするかもしれんな。何といっても雌鶏は卵を産む。人の役にちゃんとたってんだからよ。自分たちの屋敷に火が及ばなくてよかったと胸を撫で下ろしている輩《やから》とは、違うってもんだ」

正近は廊下に出て左右に目を配った。控えていた小姓が頭を下げる。仕草と眼差しで退くように命じる。もう一度低頭し、小姓は廊下の端まで退き、姿を消した。

小舞六万石筆頭家老樫井《かしい》信右衛門《しんえもん》憲継《のりつぐ》の屋敷は、その権勢に見合うが如く広大だ。信右衛門の息男、樫井家後嗣《こうし》の近習《きんじゅ》として召し抱えられ屋敷内を案内されたとき、まるで城のようだと驚いた。しかし、造りは堅牢《けんろう》であっても華美ではなく、庭も屋敷も贅《ぜい》を尽くしている風はなかった。ただ、広い。どこまでも伸び、幾重にも曲がった廊下や数多《あまた》の部屋、馬場や弓道場があるかと思えば武具庫が建ち並ぶ一画もある。確かめたわけではないが、隠し部屋や抜け道も幾つか設けられているらしい。つまり、敵が攻め入ってきたときの備えは十分なのだ。この館の主は、敵の襲撃を念頭に屋敷を造った。戦国の世ではない。公儀が揺るぎなく日《ひ》の本《もと》を統《す》べている今、国と国の戦など起こるわけもない、にもかかわらずだ。

政《まつりごと》の中枢に座す者は、いつ襲ってくるかわからぬ政敵に備えねばならない。裏を返せば、政敵を葬るための用意も怠りなく……ということだろうか。

そういう思案に沈み込むと、身動きが取れなくなる。政の場が魑魅魍魎《ちみもうりょう》の跋扈《ばっこ》する異界に思え、不気味な腕やら舌やらに絡みつかれる気がするのだ。今だに、だ。

もう一度、辺りを窺《うかが》う。

人の気配はない。蟋蟀のか細い声と僅かな風だけがあった。

部屋に入り、障子を閉める。

半四郎が微かに眉を寄せて、見上げてきた。正近は主君の側に腰を落とすと、「いいかげんにしろ」と怒鳴った。怒鳴りながら、相手の額を叩く。

「いてっ、馬鹿野郎。何をしやがんでえ」

「おまえは地声がでかいんだ。その声で執政たちへの罵詈雑言《ぞうごん》を喚《わめ》き散らすな。外へ筒抜けではないか。しかも、べらんめえ口調でまくし立てて、どういうつもりだ」

「うるせえや。こちとら、江戸は大川の水を産湯《うぶゆ》に使ってんだ。ござるござるにそうろう、奉《たてまつ》るなんて、まどろっこしい言い方ができるかよ」

まるで駄々っ子の言い分だ。ため息が出てしまう。

樫井透馬《とうま》。樫井家の後嗣であり、正近たちの主でもある。もっとも、透馬にも正近にも半四郎にも主従という間柄は、表向きのものでしかなかった。

付き合いはかなり長い。正近が烏帽子親《えぼしおや》である元大目付小和田《おわだ》正近から名を譲られる前、林弥《りんや》と名乗っていたころからだ。剣友でも学友でも、他の何かしらの仲間でもなかった。正近が十二の年に亡くなった兄を仲立ちとして、奇妙といえば奇妙な縁で繋がった。今も繋がっている。透馬といると、身分というものを、それこそ奇妙なぐらいきれいに忘れられた。武家として分限《ぶげん》を弁《わきま》える律は、骨身に染みているにも拘《かかわ》らず零れ落ちてしまうのだ。人を分かち、上下に隔てる。あって当たり前だと信じていた一線が緩み、崩れ、消えていく。戸惑いも狼狽もしたけれど、目の前が開け、大海原の広がりを目の当たりにしたような心地よさも味わった。

不思議な男だと思う。不思議だから惹かれる。

透馬の母は江戸深川の経師《きょうじ》職人の娘だ。樫井家には、正室和歌子《わかこ》の方を母とする二人の男子がいた。透馬の長兄、次兄にあたる。小舞から遠く離れた江戸の、しかも職人の娘の子ならば、そのまま捨て置かれる見込みもあった。透馬に言わせれば「そうならなかったのが、おれの不運、悲運なのだ」とか。

長兄は病没、次兄も蒲柳《ほりゅう》の質で、樫井家の当主の任には堪えられない。畢竟《ひっきょう》、三男の透馬に、これも本人曰く「お鉢が回ってきてしまった」のだ。

一国の筆頭家老家の後嗣となる。それを忌事《いみごと》として捉え悲嘆する男を、出会った当初、正近は奇異とも不遜《ふそん》とも感じた。しかし、人並外れた手先の器用さを持ち、物を作ることも、直すことも好きでたまらない姿に接して、経師職人に憧れる透馬の気持ちをすべてではないが解せた。解せたからといって、透馬の定めを変えてやることはできない。正近に変えて欲しいと透馬が望んでいるわけでもない。ただ、諦めるのではなく服《まつろ》うのでもなく、定めを逆手《さかて》にとっても己を捨てず生きる、透馬の想いに寄り添いたい。寄り添い、共に闘い、抗い続けたい。いや、闘い、抗い続ける。

そう誓った。今も誓は胸の内に確かにある。

ただ、透馬に惹かれる反面、ひどく面倒で厄介だと感じることもしばしばだ。幾度となくため息が漏れるし、頭が痛くなる。うんざりも呆れもする。

正近は透馬の膝をかなり強く叩いた。

「樫井、頼むから筋道だったまともな話し方をしてくれ。おまえ、退城してからずっと喚き続けているだけだぞ。それじゃ何にもわからん……こともないか、半四郎」

「まあ、だいたいは察せられるな。執政会議、そんなに酷かったのか」

半四郎が視線を正近から透馬に移した。

「酷かったってもんじゃねえよ。誰も彼も先例を踏まえだの、前例に照らしだのしか口にしねえんだ。そんなもん、くそくらえだ。蹴飛ばして馬にでも食わせろってんだ。昔のことより、まずは今がどんな有り様なのか知って、手立てを講じなきゃならねえときだろうがよ。しかも早急に、だ。それが、ちっとも進みゃあしねえんだ。一刻の上、わいわいやったあげく、決まったのは布施米小屋を増やすこととお助け米の上乗せだけだってんだから、やってられねえ。そんなこたぁ、五つのガキにだってわかってる道理じゃねえかよ」

五つの童にわかるかどうかは別にして、会議をするまでもない道理なのは間違いない。

「なるほど、それは確かに腹も立つな」

「だろ？　誰だって頭に来るじゃねえかよ」

「しかしな、ここで幾ら喚いていても何にもならんぞ」

正近の一言を受けて、半四郎が首肯した。

「その通りだ。樫井、おまえが執政会議に出ている間に正近と手分けして、城下の様子をできるだけ詳しく調べてきた」

「ふむ」

透馬の口がぴたりと合わさる。眼に宿っていた荒ぶる光がするすると退いていく。

小姓組番頭を務める透馬が執政会議に出向くとき、供をするのも役目の一つだ。その役目を今日は他に任せ、城下を走り回った。

透馬がそう命じたからだ。

ともかく、今、小舞城下で何が起こっているのか、どういう有り様なのか知らねばならない。能《あた》う限り確かな事実を集めるのだ、と。

お世辞にも品がいいとは言えず、気紛れで野放図《のほうず》で身勝手な男ではあるが、己が刻下《こっか》何を為すべきか判じる力は本物だ。現《うつつ》の中で為すべきことを為していく強靱《きょうじん》さも本物だ。主だからではなく、信じられる男の命であるからこそ正近は従った。半四郎も同じだ。

「まずは、これを」

正近は透馬の前に城下の地図を広げた。

「出火元は商人町の一画、そこから、舟入、西蔵に飛び火し勢いを増して、こちら」

指を横に動かす。

「鳥飼《とりかい》、呉服といった町々を焼き尽くした。ひどいもんだ。どの町も六割から八割方が焼け落ちている。雨が降らなかったら、さらに広がっていたはずだ」

「鳥飼町？」

透馬が視線を上げた。一度だけ瞬きする。

「おまえらの通っていた道場があったな。どうだったんだ」

口の中の唾を呑み込んでから、答える。

「母屋《おもや》の屋根が焦げた程度で何とか免れた。道場そのものは無事だ」

鳥飼町の筒井《つつい》道場は、正近にとってかけがえのない場所だった。前髪を残した少年であったころ、毎日のように通い竹刀《しない》を握り、汗をほとばしらせた。久しく遠のいてはいたが、大切なものであることは変わらない。古ぼけた道場が損なわれず建っていると確かめられたとき、膝の力が抜けるほどの安堵《あんど》を覚えた。

「何とか雨露は凌げる。だから、焼け出された者たちの、とりあえずの落ち着き先になっている。この赤丸はそういう場所、寺社を始めとして罹災者を受け入れているところだ。黒い丸印は城の布施米小屋だ」

「ふむ、赤丸は城ではなく私人の御救い場というわけだな。それが、ひぃふぅみぃ……五つか。で、布施米小屋はまだ三つ。とても、足らんな」

「足らぬ。少なくとも、あと五つや六つは布施米小屋を設けねば、いずれ餓死者が出る。米だけではない。薬も着る物も襁褓も足らぬのだ」

「は、襁褓？　襁褓って、赤ん坊のか」

「そうだ。手拭いも晒も夜具も足らぬ。半四郎、他にも多々、あるな」

半四郎は僅かに身を乗り出すと、首を前に倒した。

「ある。正近の言った通り、どの町もひどい有り様だ。焼け出された者のほとんどが着の身着のままで火から逃げてきた。だから、足らぬ物がたくさんあるというより、何もないのだ。着る物、食う物、住む所。人が生きていく上で欠かせないことごとくが、灰燼《かいじん》に帰した。足らぬというなら、足らぬ物ばかりだ」

透馬の眉間《みけん》に深い皺が寄った。

「そんなに酷い有り様か」

「酷い有り様だ」

「どれくらいの者が焼け出された」

「ざっと見積もって、千人か……」

半四郎が言い淀む。

「いや、二千を超えるのではないか」

正近は透馬の眉間を見詰めながら、口を挟んだ。清照寺だけでも三百近い人々が呻き、嘆き、途方に暮れていた。罹災者がどれくらいまで膨れ上がるか、正直、思い描けない。

「死人の数は?」

「まだ、わからん。とても、そこまで手が回らぬのだ。今はともかく、生き残った者を助けねばならん。この寒さだ。手をこまねいていれば、せっかく難を逃れた者たちが命を落とすはめに陥るぞ。樫井、刻との勝負だ。一刻も早く動かねばならん」

「わかった」

透馬が立ち上がる。障子を開け、廊下に出ると声を張り上げた。

「誰か、誰かおらぬか」

廊下の端から、数人の小姓が駆け寄ってきた。

「お呼びでございますか」

「蔵番に言い付け、すぐに蔵を開けさせろ」

「はっ。どの蔵にございましょうか」

「全てだ。樫井家の全ての蔵を開けろ」

「は？　す、全てでございますか」

「そうだ。開けて中身を運び出せ。特に、米蔵は一俵たりとも残すな」

「は、運び出すと仰《おお》せられましても、どこに運ぶおつもりで」

「うるさい！　つべこべ抜かすな」

小姓が平伏する。振り向き、透馬が舌打ちをした。

「ちっ、使い勝手の悪いやつらだ。山坂」

「はっ」

「そなた、差配しろ。荷車と人を集め、ともかく米を配れ」

「承知仕りました。お任せください」

「よし。おまえたちは山坂の指図に従え。よいな、山坂の言はわしの言と心得よ。逆らうことは一切、許さぬ」

透馬が命じる。こういうとき、透馬の口調は揺るぎがない。威厳さえ漂わせた。先刻、不平不満を際限なく撒《ま》き散らしていた同じ口とは信じ難いほどだ。

小姓たちを引き連れ、半四郎が行ってしまう。

後ろ手に障子を閉め、透馬は短く息を吐き出した。

「山坂に任せておけば、まずは安心だな」

「ああ、半四郎に抜かりはあるまい」

和次郎と呼んでいた元服前から、半四郎は思惟《しい》の人だった。誰もが見過ごし、心に掛けない出来事や人の内に、深く眼差しを向け、思案する。自分が何を為すべきかをとっさに判じ動く能もあった。透馬が、普請《ふしん》方の軽輩であった半四郎を側近に取り立てたのは慧眼《けいがん》というしかない。透馬は「おれだけ貧乏籤《くじ》を引くのが嫌だったんだ。どうせなら、おまえらを一緒に泥沼に引きずり込んでやる。そのつもりだから、覚悟しとけよ」と嘯《うそぶ》きはする。が、おそらく、それは本音の五分に過ぎない。残り五分は本気の求めだ。いずれ樫井家の当主となり政を担わねばならなくなる。そのとき、半四郎の知力が必ず要る。見抜いた上で求め、登用した。自分に何が要るのか、自分にとって何が不要なのかを瞬時に見定める透馬の眼力は、並ではない。傍らにいると、感嘆することが度々あった。

「とりあえず米は何とかした。城からもさらなる布施米が出るはずだし、当面は凌げるか」

「当面はな。後は医者と薬の手配を急がねばならん。医者は、何人か手配できようが、まるで足りぬ」

わたしたちの手には負えぬ怪我人や病人が大勢、おります。何とぞお助け下さい。

必死の訴えがよみがえる。まだどこかに少女の響きを残した声だった。

「医者と薬か。特に火傷の薬が大量に要るな。医者はできる限り、掻き集めよう。樫井家の抱え医者は誰だったかな。おれは、病には縁がねえからな」

「保孝《やすたか》さまにお尋ねしたらどうだ」

「兄貴に？」

透馬が目を細める。そうすると、どことなく用心深い尖った顔つきになった。人里に迷い込んだ狐を思わせる。父親はもちろん、病身でこれまでの人生の大半を夜具の中で過ごしてきた兄も、透馬にとってはできる限り近づきたくない相手なのだ。

「保孝さまならお抱えだけでなく、多くの医者をご存じではないのか」

「ああ、まあ、入れ代わり立ち代わり医者が出入りしているのは確かだな。けど、どうもなあ、樫井の家の者ってのはどうにも話しづらくていけねえや。何考えてんだかさっぱりわかんねえし、本音は漏らさないし、な。顔を見るだけで肩が凝る」

「樫井。今がどんな時か考えろ。おまえの肩などどうでもいい。文句を言っている間があるなら動け。すぐ保孝さまに逢いに行け」

「言われなくてもわかってる。うるせえな。くそっ、行くぞ。ついて来いよ、新里」

「むろん」

自分の役目は心得ている。今日のように目となり耳となり、動くことが一つ、付き従い守り通すことが一つ、そして、変わらずにいることが一つ。

主君として崇《あが》め、仕えるのではなく、出逢ったころの間柄のままでいる。それを望んだのは透馬自身だった。「おまえらにまで畏《かしこ》まられたら、息が詰まって死んじまうじゃねえか」と、言う。かなり本気で、だ。

「新里、山坂、おれを見捨てないでくれ」

と縋《すが》られたりもした。言葉だけでなく袂《たもと》を摑《つか》まれ、本当に縋りつかれたのだ。

「樫井の屋敷にしろ城内にしろ魔窟《まくつ》と同じだ。そんなところに、おれ一人を放り込んで、おまえら平気なのか。おれが、どうなっても構わないんだな。息が詰まって死んでも、気鬱《きうつ》の病に罹《かか》っても、この世を儚んで亡くなってもいいんだな」

「この世を儚む？　樫井が？　ありえんだろう」

「今のはただの例えだ。たしかにありえん。しかし、暗殺は大いにありえるぞ」

そう言い捨てた直後、一瞬だが透馬は口元をきつく結んだ。その表情も半四郎と顔を見合わせたことも、半四郎もまた張り詰めた眼をしていたことも覚えている。おそらく正近も同じ眼つきになっていただろう。

兄も暗殺された。

闇に紛れ、夜に隠れ、人を屠《ほふ》る。暗殺者を駒として動かし、己の欲なり望みなりを果たそうとする輩がいる。一人や二人ではなく、いるのだ。

正近は透馬に賭けていた。

暗殺、詭計《きけい》、謀略、野心、欲望……そんな禍事《まがこと》が渦巻く政の場に、一陣の風を吹き込んでほしい。根腐れした樹々を倒し、日差しを呼び込み、新たな芽生えを促して欲しい。それもまた欲望だと言われれば、確かにと頷くしかない。けれど、正近は己の欲望は、政の闇を深めるのではなく掃《はら》うためにあると信じていた。兄のような無残な死を繰り返してはならない。政を修羅の場にしてはならない。でなければ、民はいつまでたっても捨て置かれたままになる。当人がどう忌み嫌おうが、透馬が筆頭家老家の後嗣であり、いずれは小舞の政を担う事実は揺るがない。ならば、賭けたい。賭けて、共に生き、戦いたい。強く望む。

「よっしゃあ、行くぜ」

透馬が立ち上がる。正近は裃《かみしも》を着けているが、透馬はとっくに脱ぎ捨てていた。

「いいな、行くぞ。ちゃんとついて来いよ」

「樫井、さっきから掛け声ばかりで足が前に進んでおらんではないか」

「わかってる。けど……あぁあ、どうもなぁ、親父とも兄貴とも顔を合わさずに暮らす手立てってのはないものかと」

「早くしろ。事は一刻を争う。愚図愚図している暇はないぞ。執政会議でそう述べてきたのではないのか」

「うるせえな、まったく人の気持ちも知らねえで」

ぶつぶつ言い続ける透馬の背中を押し、廊下に出る。

蟋蟀はもう鳴いていなかった。枯れ落ちようとする紅葉の葉が、風に乾いた音を立てている。聞こえるものは、それだけだった。


保孝は夜具の上に起き上がり、軽く咳き込んだ。

傍らにいた女が背に羽織り物を掛ける。額に引き攣《つ》れた傷痕があるものの、目を引くほど美しい女だった。

「保孝さまにおかれましては、昨夜よりお熱がやや高うございます」

女が透馬を睨《にら》みつける。睨むとしか言いようのない尖った眼差しだった。

「ご無理を強いるのはご遠慮していただきとうございますが」

「いや、強いているなどと言われるのは心外である。それがしとしては、ただ兄上の知恵をお借りしたく罷《まか》りこしたわけで……」

女の気勢に比べ、透馬のそれは明らかに劣っていた。居心地の悪さを表すように、座したまま尻のあたりを小刻みに揺らしている。

「ふさ」

保孝が女の名を呼んだ。柔らかい声だ。母親が子に向ける声音のようだった。

「ここはもうよい。よって、しばらくの間、座を外してくれぬか」

ふさが小さく息を吸い込んだ。唇が微かに動いたが、言葉は欠片《かけら》も漏れてこなかった。静かに一礼した後、衣擦《きぬず》れの音と仄かな香の香りだけを残して寝所を出て行く。

「母上に瓜二つなのだ」

足音が遠ざかると保孝は小さく笑い、肩を竦めた。頬骨の形が浮き出るほど痩せて、肌も青白い。病み疲れた証《あかし》のように、目の下には陰影ができている。それでも、保孝からは生きている者の確かな気配が伝わってきた。

「生前の母上と同じく、やたら世話を焼きたがる。自分がいないとおれが何も出来ぬと思い込んでおるのだ」

「ああ、それはなかなか厄介にございますな。しかし、女とは、えてしてそういう者でありましょう。誰かの世話をするのが生き甲斐とも目途《もくと》ともなるのです。これはもう致し方ないこととして、諦めるしかございませぬ」

「透馬、そなた、年のわりに悟っておるのだな。どこぞで女の苦労をしたか」

「山ほどいたしました。で、所詮《しょせん》男は女には敵わぬと思い知った次第です」

「だから、いまだに妻を娶《めと》らぬのか」

「兄上のように、女子を上手くいなす術を身につけておりませぬゆえ。それを習得してから、ゆっくり嫁探しをする所存でございます」

ははと保孝が笑う。頰に僅かな血の色が上った。

「愉快だな、おまえは。どこまでが本気かどこからが冗談か、まるで摑めぬ。なあ新里、おぬしもそう思うであろう」

不意に名指しされ、正近は些か慌てた。保孝と顔を合わせたのは、今日が初めてだ。むろん、言葉を交わした覚えもない。にもかかわらず、弟の近習に過ぎない者の名を知っているのか。驚く。同時に背中がうそ寒くなった。奥まった寝所に臥せながら、この男は全てを熟知しているのではないか。そんな思いが一瞬、身体の熱を奪ったのだ。

「御意」

辛うじて答える。迂闊《うかつ》に物言うことが、どうしてだか憚られた。

「で、今日は何用だ。おまえがここに顔を出すとは、余程のことであろう」

「まさに。実は兄上にお頼みしたき件が持ち上がりました。新里」

「はっ。ご無礼つかまつります」

保孝に城下の地図を示し、正近は火災の状相《じょうそう》をざっと説明した。罹災者の数と有り様、透馬が樫井家の蔵を開き米の放出に踏み切ったこと、薬と医者の不足が懸念されること、故に保孝の力を借りたいこと。手短に、要点を外さず告げていく。

「あい、わかった」

正近が話し終えるのとほぼ同時に、保孝が頷いた。

「文を遣わそう。おれが知る限りの医者に届ける。おまえの指図の許に動くよう言いつかわす。それでいいな、透馬」

「ありがたき仰せ、心底より御礼申し上げます」

「よせ」

保孝が眉を寄せ、低頭した弟を見下ろす。

「堅苦しい型通りの礼などいらぬ。それこそ、そなたが最も忌むものではなかったのか」

うっ。透馬が小さく呻いた。横顔が強張る。

正近は地図を仕舞い、主の背後に再び畏まる。青梅縞《おうめじま》の小袖の背中もまた、普段より僅かに強張っているようだ。

「このことは、父上はご存じないのか」

ちらり。保孝の視線が透馬の腰から上をなぞる。

「まだ申し上げておりません。一刻を争う折でしたので」

「父上の許しを得ずして、蔵を開けたのだな」

「はい。お叱りを受けるのは覚悟の上でございます」

正近は耳を澄ませてみた。

静かだ。

米蔵から俵を運び出す物音、人の声、入り乱れた足音、慌ただしい気配。どれも、ここまでは届いてこない。全てのざわめきは、どこかで遮られているかのようだ。

「どう言い逃れるつもりだ。父上は」

そこで息を呑み込み、保孝はもう一度、視線で弟を撫でた。

「激しいご気性だ。そなたの独り決めの行いを許さぬかもしれぬぞ」

透馬が顔を上げる。薄い笑みが口元に浮かんでいた。

「許されぬのならどうなりましょうか」

後嗣取り消しとなるなら願ってもない幸せ。と続けただろう、透馬の胸の内が手に取るようにわかる。正近は軽く咳払いをした。透馬の肩が片方だけ上がる。

余計なことを言うなよ。口は禍《わざわい》の元だ。

わかってらぁ。ここで、べらべら本音をしゃべるほど豪気《ごうぎ》じゃねえよ。

言葉にしない、やりとりを交わす。保孝が目を細めた。

「殺される」

病み人の唇から、呟きが零れた。

「父上は自分に服わぬ者を決してお許しにはならぬ。そなたが手に合わぬと判じれば、捨てるより前に潰してしまう見込みはある。それを忘れるな」

保孝は傍らの盆から青磁の湯呑を持ち上げた。それだけの所作が滑らかで、優雅だ。ふと見惚れるほど美しかった。

透馬が背筋を伸ばし、顎を上げた。

「樫井家の名は上がります」

「うむ？」

「荷には全て家紋入りの覆いをかけ、一目で、樫井家からの布施米だとわかるようにいたします。つまり、樫井家老が自ら蔵を開き、いち早く民の救済に乗り出したと広く知らしめる。となれば、父上の名声は弥《いや》が上にも高くなりましょう。蔵米と引き換えに名声をさらに揺るぎなきものにする。決して、損な取引ではないと存じますが」

「取引か。なるほどな。まぁ、樫井家が私財を擲《なげう》ったとなれば、他の重臣たちも知らぬ振りはできまいな。ふふ、そこまで見通しての所業か」

「世の中の動きは、わたしなどが見通せるほど甘くはありますまい。やるべきと決めたことをやっていくしか道はございません。兄上、お力をお貸しいただき、かたじけのうございます」

「透馬」

立ち上がった弟を呼び止め、保孝は夜具を軽く握りしめた。

「礼を言うのは、おれの方だ。よく、頼ってくれた。おれに気付いてくれたな」

「兄上……」

「父上はとっくに、おれを見限っておられる。この屋敷のこの寝所で生き長らえるだけ長らえ、そう遠くない先に命を終える。そういう者としてしか見ておられぬのだ」

保孝の頰にさらに赤味が増した。湯呑の中身を一気に飲み干す。

「しかし、そなたは違った。おれに役割をくれた。民のためにささやかでもできることがあると教えてくれた。喜びだ。久しく忘れておった喜びだぞ、透馬。だから、礼を言う」

「兄上の力が入用でございました。お力添えいただけて、安堵しております」

「透馬、そなたはおもしろいな。外から吹き込んでくる風を思わせる。おもしろい」

保孝が不意に咳き込んだ。湯呑が転がり、絹の褥《しとね》に濃緑の染みを作った。

「保孝さま」

「兄上」

正近や透馬が動くより早く、障子が開き、ふさが飛び込んできた。正近を押しのけ、保孝の背後に回る。まさか、女人に押されるとも突き飛ばされるとも思っていなかったから、正近はたわいなくよろめき、透馬とぶつかってしまった。

「保孝さま、お苦しゅうございますか。ご無理は祟《たた》ります。どうかお休みあそばして。すぐに薬湯をお持ちいたしますので、ご辛抱くださいませ」

「ふさ。書状を認《したた》める。すぐに、用意いたせ」

「書状？　いけません。お身体に障ります。暫《しばら》くお休みあそばしてからに」

「早くせい」

保孝の一喝に、ふさが息を詰めた。振り返り、惑いを含んだ眼差しを向ける。正近は慌てて目を伏せてしまった。透馬は一礼すると、

「では、これにて。御免仕ります」

との挨拶を残し、するりと廊下に出て行った。その後に続く。

寝所にこもっていた薬の青臭さと湿って重い気配が遠くなる。ほっと息が吐けた。

「兄貴に礼を言われた。おまえのおかげだな」

前を歩く透馬が独り言のように呟いた。

「おれは別に何もしていない」

「兄貴に助力してもらえと忠言したじゃねえか。正直、鬱陶《うっとう》しがられるかもと身構えていたが、まさか喜ばれるとはな。意外っちゃあ意外だった。意外過ぎて、ちょいと身の置き所がないような、変な用心をしたこちとらが恥ずかしくなるような気分になったな」

「あれは保孝さまの本音だろう。本気のお言葉のように受け取れた」

「ふむ。かもしれんな。おれたちの頼みごとが嫌なら嫌と断りゃあすむこったしな。民の

ためにささやかでもできることがある。それが嬉しいときたぜ。ふふん、親父と義母上、あの狐ばばあの息子にしちゃあ、ずい分とまっとうじゃねえか」

透馬は亡くなった樫井家正室和歌子の方を狐ばばあと呼ぶ。釣り目で権高《けんだか》く、しかし、溢れるほどの慈愛を病弱な息子に注いでいた。と、透馬から聞いた。政変に巻き込まれ命を落とした女人は最期の折、透馬に「保孝を頼む」と言い残したとも。

「まっとうだが、得体の知れん面もある」

透馬がぶつぶつと呟き続ける。

「妙に頭が切れて、裏の裏を読むみてえな眼つきをする。ありゃあ油断できねえ眼だぜ」

まぁ、いいか。そう言い切った後、透馬は大きく伸びをした。

「今は兄貴のことは横においておこう。やらなくちゃならねえことが山積みだからな。新里、手先として使えそうな家士は、今どのくらいいる?」

透馬の言う〝使えそうな家士〟とはこちらの意を酌み的確《てつかく》に動ける者のことだ。数人の顔を思い浮かべながら正近は答えた。

「かなりの数」

「その内の五人ばかりを城下に出して荷が入用な所に届いているか確めさせてくれ」

「承知。手分けして御救い場を回らせる。すぐに差配しよう。というか、既に半四郎が手を打っているやもしれん」

「ああ、そうだな。荷の配分についちゃあ罹災者の数の多いところから順にやるしかあるまいが、小人数のところも抜け落ちねえようにしねえとな。まあ、おまえや山坂なら手落ちはあるまいが、念のために言っとくぜ。馬の耳に念仏ってやつかもしれねえがよ」

「樫井、使い方が間違ってはおらぬか。釈迦に説法なら納得できるが」

「うっせえな。屁理屈抜かすんじゃねえよ。おまえの一番、悪いとこがそこなんだ。変に理屈っぽくて、すぱっと踏ん切りがつかねえ。いつまでも、ぐずぐずと引きずっちまって身動きがとれなくなる」

「……何のことを言ってるんだ」

「名前のことじゃねえか」

立ち止まり、透馬がゆっくりと振り向いた。

「おまえ、なぜ、新里結之丞《ゆいのじょう》を名乗らなかった。小和田の爺みてえな古狸の名前をありがたがって頂戴して、何やってんだ。まあ、ありがたがっちゃあいねえかもしれねえが、誤《ご》魔《ま》化《か》してるのは明らかだよな」

「樫井、それは」

「違うと言い切れるか。新里結之丞はおれの師でもある。恩人でもある。おれに剣と生きる術とを教えてくれた人だ、おれにとっても、先生の名はかけがえのない、大切な……うまく言い表せないほど大切なものでもあるんだ。だから、余計に、おまえに名乗ってもらいたかった。新里家当主としての名を受け継いで」

「樫井、もういい。もう言うな」

黙っていてくれ。何も言わず、放っておいてくれ。

「すまん」

透馬が俯き、鼻を鳴らした。

「こんなこと言うつもりじゃなかったのだ。けど……いつか言わねばとも思っていた。けどよ、何で今の今、こんなこと言い出しちまったんだろうな。わかんねえや。ふさの毒気に当てられちまったのかな。へっ、勘弁だぜ、新里」

「樫井、おまえ、もしかしたら知っていたのか。清照寺にいる千代という者の素性を知っていたんじゃないのか」

暫くの間があった。

風が吹いて、木々の枝が揺れる。枝先にへばりついている枯れ葉が乾いた、もの悲しい音をたてた。身体の芯に応えるほど凍《い》てた風が、小舞城下に吹き通っている。

「知っていた」

透馬がゆっくりと答えた。視線は遠く、空へと向けられている。

「あの寺で、生田清十郎の娘が暮らしていると知っていた」

もしやと心構えていたはずなのに、とっさに息ができなかった。心の臓が激しく鼓動し、口の中に苦い唾が湧く。

「なぜだ。どうして、知っていた」

「七緒どの、いや、恵心尼どのから聞いた」

「義姉上から」

「順立てて話せば、恵心尼どのから頼まれたのだ。生田清十郎の娘、恵心尼どのの姪子になる少女を捜してくれと。遠縁の家に引き取られていたのだが、そこの主人に手籠《てご》めにされそうになって逃げだしたらしい。その主人の女房というのができた女で千代の身を案じて、恵心尼どのに報《しら》せてきたとのことだ。八方手を尽くしたが行方が知れず、おれのところに文を寄こされた。力になってくれ、とな。おまえにはくれぐれも内密にとも書いてあったな。新里、これはおれの只の推量に過ぎんが、恵心尼どのは薄々、感付いておられるのかもしれんな。おれには、そう思えてならんのだ」

「感付いている……」

「だれが新里結之丞を斬ったのか。だれが生田清十郎を斬ったのか」

透馬の声が耳の奥に突き刺さる。それなのに、ぼやけて聞き取りづらい。

「おれは手を尽くすと約束し、人を使って千代という少女を捜させていた。その矢先、当人が清照寺に現れたのだ。生田家の墓に残しておいた恵心尼どのの文が功を奏したとか。まあ、そういう経緯なのだ。おまえに黙っていて悪かったが、わざわざ明かすことでもあるまいとも思っていた。清照寺で出逢い、名乗り合うことなど万に一つもない。互いに知らぬ方がよかろうとの思案だったのだ。その万に一つが起こったってわけさ。へっ、世の中ってのは、ほんと一筋縄じゃいかねえよな」

「樫井、おれは……」

「考えろ。そして、答えを出せ」

透馬が真正面から見詰めてくる。険しくも優しくもない眼差しだった。

「しょうがねえだろう、出逢っちまったんだから。このまま顔を合わせぬようにするのもよし、全てを打ち明けるのもよし。いや、よしかどうかなんて、わかりゃしねえけど、出逢っちまった事実は覆《くつがえ》せねえからよ。自分で何とかするしかねえよな」

正近は知らぬ間にこぶしを握っていた。

見透かされていたのか。

千代との出逢いを忘れようとしていることに、過去から眼を背けていることに透馬は気付いていたのか。まだ胸の内で息づく義姉への想いも含め、気付いていていたのか。

旦那さまはいつも、別の方を見ておられました。わたくしではない誰かを今も、見ておられます。それに耐えられるほど、わたくしは強くはございませんでした。

かつて妻だった女の声がよみがえる。

首を振り、さっきの透馬のように空を仰いだ。

黄昏《たそがれ》の空だった。

茜に染まり、金色に縁どられた雲が静かに流れていく。微かに青味を残した空に、よく映える美しい雲だった。

「透馬さま」

若党の一人が駆け寄り、膝をつく。米蔵の番役をしている男だった。少し、息を弾ませている。透馬がはっきりと眉を顰《ひそ》めた。

「いかがした」

「はっ。大殿がお見えにございます」

「父上が？　米蔵に、か」

「はい。透馬さまをお呼びするように仰せつかりました。すぐにお出で下さい」

透馬が深く息を吸い、吐き出した。

「来たか。思いの外、早かったな。できれば、米を全部運び出してからにしてほしかったが、そうもいかぬか。これも世の習いだな」

風が強くなる。

木々が揺れ、雲が金色に輝いた。

三　狼煙《のろし》をあげる

蔵の前は静まり返り、人も人の気配も凍り付いている。筆頭家老の足元にみなひれ伏して、息さえ潜めているのではないかと、正近は考えていた。

違った。

蔵前の広地は喧騒《けんそう》に満ちて、誰もが忙《せわ》し気《げ》に立ち働いていた。蔵から米俵が運び出され、荷車に積まれていく。半四郎が声を張り上げ指図をし、樫井家の奉公人や急ぎ掻き集めた人足たちが汗を滴《したた》らせて従う。掛け声、足音、轍《わだち》の響き、ときに怒声や叫びも交ざり込み、汗や藁《わら》、人の足で蹴り上げられた土埃《つちぼこり》の匂いが漂って、荒っぽい、けれど生き生きとした気を醸し出していた。

樫井信右衛門は着流しに袖なし羽織の出立《いでたち》で、回廊に立っていた。両手を背に回し、広地の騒動を眺めている。小姓が一人、後ろに控えている他は、かしずく者はいない。

透馬と正近は地面に膝を突き、一礼をした。

「父上、お許しもなく蔵を開けた儀につきましては、全てわたしの一存でございますれば」

信右衛門が呟く。呟きだったが、相手の言葉を遮るには十分な重みがあった。

「これで、どれくらい持つかのう」

「は？」

透馬が顔を上げる。一息の間をおいて、正近も倣《なら》った。

信右衛門は跪く息子を一瞥《いちべつ》もしていなかった。視線は、広地を行き交う人や荷車に注がれたまま微動だにしない。

「樫井家の米を全て出して、焼け出された民が何日間、飢えを凌げるかと問うたのだ」

信右衛門の眼差しが動く。それは透馬でなく正近に向かってきた。

「どうだ、新里」

「はっ。焼け出された者は二千を超えると我らは見ております。城からの布施米を勘定に入れぬとすれば、粥にしても六日、いや、五日が限りかと思われます」

「五日か」

信右衛門の口元が引き締まる。

「荷車はまだか。調達に出た者はまだ帰らぬのか」

半四郎の声が一際、大きくなる。こちらを気にする余裕はないようだ。蔵から湧くように出てくる米俵を積んで、荷車は次々と出て行く。

「この車には何俵、載っている？　行く先を記した紙幟《かみのぼり》をちゃんと立てろ。その下に書いてある数と俵が合うかどうか確かめてから出発しろ」

「山坂さま、二の蔵は空になりました」

「次に移れ。休む暇はないぞ。日が暮れぬうちに、全ての蔵を開けるのだ」

「山坂さま、荷車が三台届きました。ただ、引き手が足りませせぬ」

山坂さま、山坂さま、山坂さま。

半四郎の奮闘が痛いほど伝わってくる。じわりと焦りが広がる。

早く、早く加勢せねば、今日中に米だけでも届けねばならん。

信右衛門と目が合う。唇の端が僅かに持ち上がった。

笑った？

「その五日が過ぎれば、どうするか。考えておるのか」

正近より先に透馬が答える。

「樫井家が蔵米を出したとあらば、他の重臣方も知らぬ振りはできますまい。父上の意に沿うためにも競って蔵を開くのでは。これは兄上のお言葉ではございますが、まさに慧眼かと存じます」

「そなた、保孝まで巻き込んだのか」

と、信右衛門は重ねて問いはしたが、驚いた風も咎《とが》める気色もなかった。透馬が兄の部屋をおとなったことは既に耳に入っているのだと、正近は察する。

「お力をお借りしたのです。医者の手配を急がねばなりませんでしたので。兄上は能う限り、助力するとお約束くださいました」

保孝さまは、お喜びの様子にございました。

出かかった一言を、正近は辛うじて呑み込んだ。

父上はとっくに、おれを見限っておられる。

民のためにささやかでもできることがあると教えてくれた。喜びだ。久しく忘れておった喜びだぞ、透馬。

保孝の無念と歓喜を述べることはできない。軽々しく口にしてはならないと感じる。

「なるほど、どのような者にも使い道はあるわけか。ふふ、まあよい。そなたたちの思惑通り事が進むかどうか。ゆっくり見物させてもらおう」

「では、此度《こたび》の次第、お許し願えましょうか」

「許すも許さぬもなかろう。ここまで派手にやられれば、止めるわけにはいくまいよ。倅《せがれ》の善行を父親が邪魔したとあらぬ噂が立ってはかなわぬからのう」

信右衛門の口吻《こうふん》には、事の成行きをおもしろがるような色があった。少なくとも、正近には感じとれた。

大殿は、おもしろがっておられるのか。

口元に微かな笑みを浮かべる男を窺うように見てしまう。

おもしろがる？　この騒動を？　このありさまを？　それとも……。

視線を心持動かし、透馬の背中に向けた。

樫井がどこまで何をやるか、見定めることを、か。

透馬が大きく胸を開く。

「安堵いたしました。父上、寛大なご判断、まことにかたじけのうございます。いや、まことにまことに、ようございました。父上の寛大なお心に救われた心地がいたします」

明朗な、明る過ぎるほど明るい声音だった。素直で子どもじみてもいる。父親の叱咤を免れ、胸を撫で下ろした悪童みたいだ。

わざとらしい。

正近は横を向き、微かに息を吐いた。

似ているな、と思う。

よく似た父子だ。そう伝えれば、透馬は憤怒《ふんぬ》と嫌悪で面を染めるだろう。こぶしの一発や二発、飛んでくるかもしれない。どこまでいっても正体を見せない男を、透馬が忌み嫌っていることは十分に承知していた。「鵺《ぬえ》ってのは、うちの親父みてえな奴を指すんだろうな」。妙にしみじみとした独り言を耳にした覚えもある。

父親を鵺に例える不孝を戒《いまし》める気はさらさらないけれど、歪みは感じる。歪みが樫井父子の関わり方にあるのか、透馬の内に根を張っているのか見極められない。

透馬は好ましい。正直、主君という気はしないし、透馬も家臣として自分や半四郎と接していないとわかっている。正近たちが当然のものとして受け入れてきた身分だの家柄だのを胡散臭《うさんくさ》いが好きだった。正近たちが当然のものとして受け入れてきた身分だの家柄だのを胡散臭いと言い切り、武家に生まれた身を嘆く。人の世の新しい見方、知らなかった見様を教えてもらった。傍らにいると凝り固まった思念が解けていく気がする。正近は、だから、透馬が好きだった。一生涯仕える腹積もりはとっくにできている。が、それでも、わざとらしい明るさで鵺めいた相手と対する男に、その鵺と同様の不気味さを覚えてしまう。

「しかし、盛大に運び出しおるのう」

信右衛門が行き交う俵に目を細める。

「こちらの思惑を超えた量の米が納まっておりました。助かります」

「わしが蓄財に汲々《きゆうきゆう》として、米をため込んでおったと言いたいのか」

「まさか。そのような思案、欠片も浮かびませんでした。むしろ、この日のあるのを予察しておられたのではと考えております。とすれば、父上のご慧眼に感服するしかございませぬ」

ふふと、信右衛門は鼻先で嗤《わら》った。

「透馬」

「はっ」

「あまり、年寄り連中を舐《な》めぬ方がよいぞ。おまえは、執政たちを目先の利のみに捉われたうつけ者、凡庸《ぼんよう》人と見ておるらしいがのう」

「間違いだと仰せですか」

「間違うてはおらぬ。しかし、正しゅうもない。年寄りは、おまえたちよりずっと世間というものを知っておる。若造に舐められるほど甘くはないのだ。あまり露骨に牙を剝《む》けば、相応の報復を覚悟せねばならなくなる。おまえたちに、その覚悟ができているようには見えぬがのう。鼻息だけで渡っていけると考えておるなら、それこそ愚かの極であろうよ。己を恃《たの》むのもよいが、ほどほどにせねばなるまい。慢心を戒めねば、いつか足をすくわれるぞ。手ひどくな」

信右衛門は肩を上下に揺すり、息子に背を向けた。

ちっ。透馬の舌打ちが聞こえた。

「親父のやつ、やんわり脅しをかけてきやがった」

「忠言だろう」

透馬が振り返る。眉間に深く、皺が刻まれていた。

「忠言だと？」

「そうだ。用心して事を進めろと大殿は仰せなのではないか。我らの性急さに懸念を抱かれ、あえて苦言を呈された。そのように、おれには思えたが」

「笑わせるな。今、性急に動かなければいつ動くってんだ。一刻を争うって言ったのは、おまえじゃねえか。悠長《ゆうちょう》に構えている余裕なんてねえだろうが」

「それはそうだが」

信右衛門は身体の向きを変える寸前、正近を見た。間違いなく視線が絡んだのだ。

あの眼は何なのだ。

口中の唾を呑み込む。筆頭家老の眼にうかんでいたのは、怒りでも嘲《あざけ》りでもなかった。苛立《いらだ》ちとも違う。では何だ、と己に問うても確かな答えは返せない。

強いて言えば、危惧、だろうか。想いのままに突っ走る息子を、若者を危ぶむ眼つき、だろうか。これほど急いて為《せ》した事だ。見落としや僻事《ひがごと》が生じる見込みは高い。その躓《つまず》きを執政たちから咎められないとも……、いや、違うな。胸の内でかぶりを振る。

大殿が樫井の力量を摑んでいないわけがない。摑んでいるからこそ、力尽くに近い形で小舞に呼び寄せたのだ。

廊下の曲がり角に消えた背中を眼で追い続ける。

樫井信右衛門が血の繫がりだけで、透馬を継嗣と決めたとは、とうてい考えられない。樫井家の家督を継ぐに相応しい能があると見定めたからに違いないのだ。そういう意味で、信右衛門の思案は武士より商人に近い。血筋に拘り、長子相続に固執するのではなく、家を継ぐに相応しい力量で選ぼうとする。

庶子である三男の才華に気付いたとき、迷いなく後嗣と定めたはずだ。ここまで御するに難いとは、さすがに見抜けなかったかもしれないが。

「試そうとしてんのさ」

透馬の吐き捨てた一言が、正近を物思いから現《うつつ》に引き戻した。

「え、試す?」

「だよ。おれたちがどこまでやるか、お手並み拝見ってとこだろうさ」

「試してどうするのだ」

「知るもんか。まあ、樫井の家にとって、どれほど役立つか見極めるつもりじゃねえのか。おれだけじゃなく、おまえも山坂も、だ。罹災者に上手く米を回し、樫井家の名を上げ、小うるさい執政どもを黙らせる。まあ、ちょっとした難事じゃねえか。それをやり遂げられるかどうか試す機会だとでも考えてるんじゃねえのか。そういう面だっただろうが」

「そうは見えなかったが」

見えなかった。信右衛門の眼の中には、相手を試そうとする不遜など見当たらなかった。危惧、気掛かり、あるいは不安心、そんなものが瞬いてはいなかったか。

城内に揺るぎない地歩を築き、随一の権勢を誇る男が、大火とはいえ既に鎮火した火災の何を恐れたのか。

悪寒《おかん》がした。熱もないのに、背中がぞくりと震える。

「新里、どうした? えらく深刻な顔になってるぞ。親父の毒気に中《あた》ったか」

透馬が窺いの視線を向けてきた。

何でもないと、かぶりを振ったとき、半四郎が足早に近づいてきた。後ろに数人の若党を引き連れている。

「殿、三の蔵まで全ての荷を運び出しました。これから、この者どもを走らせて、米が届くことをお救い小屋に報せまする」

「うむ。餓えておる者が大勢、おろう。米が届くと聞けば力になる。すぐさま、走れ」

「ははっ」

「報せだけではない。今の罹災者たちの様子も確かめてまいれ。よいな、しかと頼んだぞ」

「はっ、お任せくださいませ」

一礼すると、若党たちは走り去った。いずれも脚が自慢なのか、身軽で素早い動きだ。

半四郎が額の汗を拭う。それから声を潜め、囁いた。

「大殿が不意にお見えになったときは、正直、心の臓が縮みあがったぞ」

「だろうな」と、透馬が頷く。

「よく、平静を保って米を運び出せたな」

「平静なんかであるものか。心の臓は縮んだままだった。息が切れて、死ぬかと思ったほどだ。しかし、大殿がそのまま働けと仰せになったのだ。畏まらず、それぞれの任を果たせ、とな。それで息が吐けた。おれだけじゃなく、みんなそうだ。明らかに活気が違ってきた」

「ふーん」

透馬の唇が尖った。いかにも、不満気な顔つきになる。

「こちとら、喧嘩上等の心構えをしてんのによ、拍子抜けしちまうな」

「大殿に本気で喧嘩を売るつもりだったのか」

半四郎が、こちらは明らかな呆れ顔になる。

「それくれえの腹は括ってるってこった。が、この度は空振りなようだな。親父が妙に、おとなしい。まあ本性を現すのはこれからだろうが、何となく気味が悪いぜ」

「大殿も同じようにお考えになったのではないか。焼け出された民を救うためには、蔵の米を使うのが最善の策だと」

「どうだかなあ。親父の立場からすれば、城の蔵を開けて、入用なだけの米を布施米として配るってことも難しくはなかろう。というか、本来なら、それが筋ってもんだ。なのに、執政会議では終始、黙っていた。親父も中老のなんたらかんたらとかいう、うらなり顔の男もほとんど口を開かなかったな」

「田淵忠泰《たぶちただやす》さま、だな。なかなかの切れ者だと評判のお方ではないか」

半四郎は同意を求めるように、正近に顔を向けた。さっきから、押し黙ったままの正近を訝《いぶか》ったのかもしれない。僅かに目を細めている。

田淵忠泰。なかなかの切れ者だと評判だ。信右衛門の片腕として働く人物でもある。

八年前の政変で、時の中老水杉頼母《みずすぎたのも》が失脚した後、数年間、その席は空のままだった。信右衛門が筆頭家老として権勢を一手に集め、牛耳を執っている政《まつりごと》の場では無用の長物でしかなかったからだ。四年前、そこに就いたのが田淵忠泰だった。忠泰の名が挙がったとき、執政の場がどよめいたと、正近は聞いた。中には仰天のあまり、身をのけぞらせる者もいたとか。ただの風評に過ぎないので真偽のほどは定かではない。が、忠泰の就任が相当の驚きを以て迎え入れられたのは事実だ。

田淵家は小舞開闢《かいびゃく》の折より主家に仕えた〝小舞十人衆〟の一人田淵忠徳を祖とする。つまり、樫井家に劣らぬ名門であるのだ。家格からいえば、次席家老の地位に就いていても驚くに値しない。しかし、田淵家の前当主、忠泰の父は失脚した水杉派に属していた。水杉中老の失脚と同時に政の表舞台から退き、半年後に病没した。病ではなく暗殺されただの、倅の出仕と引き換えに自害しただの、あらぬ噂が立ちはしたがすぐに消えた。

樫井家老の政敵に与《くみ》した家の者、しかも直系の息子、さらにしかも、それまで下に家中を持たない名ばかりの組頭でしかなかった男が家老の次席に就く。政内で第二位の座に座る。それは驚愕とともに、あくまで人本位、能が才覚があれば、どのような者でも登用するという樫井家老の声言として受け取られた。その寛容さ、平正さに讃辞の声が上がったのは言うまでもない。ただし、透馬は、

「能、才覚があって、なおかつ、親父に忠誠を誓い、その誓いが本物だと親父が見極めた者なら登用する。そうに決まってるだろうが」

と、鼻の先で嗤う。ただの揶揄ではなく、真実の一端を射ていると正近も頷けた。思惑、経緯はどうあれ、忠泰が有能であることは確かだろう。だからこそ、異例の出世を遂げられた。

その有能な男がこれだけの災害に際し、動こうとしない？

正近は中老と顔を合わせたこともなく、為人《ひととなり》も全く知らない。けれど、真に聡明であれば、会議で透馬に肩入れするのではないか。透馬の意見は言い方はどうあれ、まっとうで的を射たものだったはずだ。その場にはいなかったが、察しはつく。しかも、透馬は筆頭家老の息男ではないか。為政者としても、片腕と称される立場からしても同意を示すのが当然ではないだろうか。

それをしなかったのは、なぜだ？

なぜかわからない。その場を取り仕切っていた信右衛門も黙したままだったとしたら、政を担う二役が口を開かなかった、つまり、明確な指示を出さなかったことになる。透馬

は執政たちを保身に走り、物事の決定にしり込みする愚者と詰る。あながち間違ってはおらず、透馬の苛立ちや嫌気も十分に解せる。が、しかし、それだけではない気もする。執政たちは戸惑っていたのではないか。筆頭家老と中老の沈黙に戸惑い、身動きできずにいた。

的外れだろうか。

「正近」

背中を叩かれた。半四郎が覗き込んでくる。

「どうした？　何を思案している」

「あ、いや。別に」

正近は息を軽く吸い、吐き出した。今は執政会議の有り様など、どうでもいい。それより、米を薬を医者を罹災者に届けねばならない。

事の軽重《けいちょう》を見失うな。

一時とはいえ、あらぬ思案に沈んでいた己を戒める。戒めながら、それでも、胸の奥底にあらぬ思案が引っ掛かっていた。そこから、嫌なざわめきが響いてくる。

「よし、ではおれたちも手分けして動こう」

透馬がばちりと指を鳴らした。

「新里は家士の差配を急げ。山坂は帰ってきた者からの返り申しをしっかり書き留めておいてくれ。それと、今日、米を配れなかった所には明日、早急に送らにゃならんだろう。その段取りも整えておいてもらいてえ」

「承知」

と、半四郎が答える。その段取りとやらは既に、頭の中で半ば出来上がっているはずだ。

「よし。では、おれもやるぜ」

透馬が腕をまくり、独り合点《がてん》に頷いた。

「やるとは、何をするつもりだ」

正近は我知らず、眉を顰めていた。眉間のあたりが鈍く疼《うず》く。

「日が暮れないうちに、城下を回れるだけ回ってみる」

「自分の眼で確かめるというわけか」

「そうさ。あ、変に勘繰るなよ。おまえらの申しを疑ってるわけじゃねえからな。けどよ、やっぱ、見とかなきゃいけねえじゃねえか。紙に書いてあることと実地で感じることとは、また、違ってくるからな」

その通りだ。焼け出された者たちも炎に呑み込まれた者たちも、申し書の上では数でしかない。しかし、実地に立てば、惨状が臭う。目に焼き付く。呻きが聞こえる。必死の訴えが迫ってくる。城内にいては決して解せない現が押し寄せてくるのだ。だから、躊躇《ためら》いなく城下に出て行こうとする透馬を、止めたりはできない。ただ……。

「おれも一緒に行くぞ」

「うん?」

「供をする」

透馬が瞬きをした。それから、僅かに顎を引いた。

「おまえ、さっきまで城下を走り回ってたじゃねえか。昼飯も済ませてねえだろう。無理はすんな。おれは一人で十分だ。供連れでぞろぞろ歩き回るわけにはいかねえしな」

「ぞろぞろではない。供はおれ一人だ。ついて行く。おまえを一人で」

口をつぐむ。おまえを一人で屋敷から出すわけにはいかんと、続く言葉を呑み込む。

透馬と半四郎が見詰めてきた。透馬がもう一度、瞬きをする。

「何だ？　ただ、城下を歩き回るだけだぜ。何をそんなに苛ついてんだ」

「苛ついてなどおらぬ。ただ、やはり、その……樫井家の嫡男が供も連れずに歩くというのは、その、如何《いかが》なものかと思っただけで……」

「馬鹿か」

透馬が吐き捨てた。こちらを窺うような、疑い深い眼つきになる。

「今更、何を言ってやがんでぇ。米俵みてぇに、背中に樫井家の紋幟をくっつけて歩くとでも思ってるのか。馬鹿馬鹿しい。目立たないように見て回るだけだ。誰も、樫井の家の者だと気付くものか。ったくよ、無用の心配をしやがって」

透馬の機嫌が悪い。〝樫井家の嫡男〟と言われたことに腹を立てているのだ。迂闊だった。正近だとて、透馬と樫井家を繋いで考えることなど滅多にないのだ。屋敷を覆う重々しい気配と透馬の軽やかさは、あまりに違い過ぎる。一つに溶け合うとも、混ざり合うとも思えない。全く異質のものだ。

半四郎が宥《なだ》めるように透馬の背を叩いた。

「正近。何かあったのか」

と、問うてくる。

「樫井について、何か心配事でもできたのか。まあ、しょっちゅう心配事の種にはなっているが」

「山坂、それはどういう意味だ？」

透馬をちらりと見やって、半四郎は続けた。

「そのままだ。樫井の言動をいちいち心配していては、命を縮めるぞ」

「うむ。それは骨身に染みてわかっている」

正近は深く首肯し、肩の力を抜いた。

「おい、待て。おまえら、いいかげんにしろ。黙って聞いてりゃ、他人《ひと》のことを放蕩《ほうとう》息子みてえに言いやがって。誰がいつ、おまえらに心配なんぞかけた」

「だから、しょっちゅうだと言うておるではないか。それに、黙って聞いていることなどめったにないだろうが。大抵、途中で口を挟んでくる。挟んでくるのはいいが、まくし立てるのは止めろ。何を言っているのかわからんし、誰がどこで耳をそばだてているかもわからん」

半四郎の視線が素早く、辺りを巡る。

あれほどの騒擾《そうじょう》に満ちていた広地には人の影も荷車もほとんどなく、松籟《しょうらい》が聞き取れるほど静まっていた。

「ともかく、ついて行く。表だった心配事はないが、何となく……」

「何となく、何だ」

透馬と半四郎の声が重なった。ぴたりと気が合った様子がおかしいが、ここで笑えば透馬がむくれるのは目に見えていた。口元を引き締める。胸のざわめきも、重さも上手く言葉にして伝えられない。あやふやなまま確かな輪郭が浮かんでこないのだ。

少し、焦れる。

焦れて、落ち着かない。霧の中に迷い込んだ気分さえする。

いつの間にか伏せていた顔を上げ、二人に向ける。

「火元はどこだったのだろうな」

ふっと言葉が零れ出た。霧の中に、不意に紅蓮《ぐれん》の炎が燃え立つ。半四郎が首を傾《かし》げた。

「火元？　確か商人町のはずだが。あの辺りはほぼ丸焼けだった」

「商人町といっても広い。どこだったのか。何が因となったのか」

「まだ、詳細はわからん。調べるのはこれからになる。正近、気になるのか？」

「うむ」

ここでも曖昧《あいまい》な応じ方しかできない。気にはなる。なぜ、気になるのかが摑めないのだ。

「これだけの大火だ。火元が商人町とはいえ、城からも実検使が遣わされるだろう。いずれ、つまびらかにはなると思うが」

「ああ、だな」

小舞は天災の少ない、恵まれた地だ。冷害はほとんどなく、大雨や地揺れに見舞われることもめったにない。ただ、火災には何度か痛めつけられた。正近が生まれて間もなくのころ、城の一画が焼け落ちたほどの火事もあったとか。

火除け地を城下のあちこちに設け、漆喰《しっくい》で壁を塗り固め、天水桶を増やし、火消人足の定雇いを進め、と武家町人に拘らず人々は懸命に手立てを講じてきた。それでも、一旦、火の手が上がれば鎮火は容易ではない。猛り狂った炎は、人の力行《りっこう》を嘲笑《あざわら》うかのように城下を焼き尽くしてしまう。

「ああ、鬱陶しい。新里は年々、鬱陶しくなる。あまり、あれこれ考え過ぎるとな」

透馬が髷《まげ》の先を引っぱった。

「毛が抜けるぞ。抜けすぎて、今に髷も結えなくなっちまうんだ」

「まさか。そんな話、聞いたこともないぞ」

不覚にも噴き出してしまった。そうすると、胸が少しばかり膨らんで、息が楽になった。詰めていた息を吐き出させるコツを透馬は、ちゃんと心得ている。

「鬱陶しいやつに付き合ってる暇はないからな。おれは着替えて、町に出るぜ。愚図愚図していると日が暮れて、何にも見えなくなっちまわぁ」

「ついて行くぞ、樫井」

「勝手にしろ。どうせ、駄目だと言ってもくっついてきやがるんだろうよ」

透馬が肩を竦め、にやりと笑った。


舟入町に入り、正近は何度も息を吞み込んだ。

ここまで、やられたか。

息を吞み込むたびに、焦げた臭いが鼻に突き刺さってくる。

柱が焦げた臭い、土塀が焦げた臭い、屋根瓦が焦げた臭い、そして人が焦げた臭い、それらが綯交《ないま》ぜになり、異様な臭気となって襲い掛かってきた。

黒焦げの焼け跡にはあちこちで薄い煙がまだ、立ち上っていた。燻《くすぶ》り続ける煙のせいか、暫く佇んでいるだけで喉の奥がいがらっぽくなる。雨と消火の水で足元はぬかるみ、黒い水溜まりができていた。水溜まりの底には焼け滓《かす》や灰が沈んでいる。

舟入町は狭斜《きょうしゃ》の巷《ちまた》だ。

河岸に沿って幾つかの河港があり、城下屈指の豪商の蔵が並ぶ。荷船がひっきりなしに行き交い、人々が働き、昼間は城下のどこよりも活気に満ちていた。その風景が、日暮れとともに一変する。路地のあちこちに軒行灯《のきあんどん》がぼわりと灯《とも》り、嬌声《きょうせい》が溢れ、白粉《おしろい》と女の体臭が漂うのだ。出合茶屋、曖昧屋、切見世《きりみせ》、遊女宿。軒の低い家々が連なり、春を売る女たちと女を目当ての男たちが絡み合う。

昼間とはまったく別の活気がとろりと渦巻く。そういう場所だった。

見る影もない。

漆喰の土蔵は壁を焦がしながらも、形を残して建っていた。窓も目塗りがされ蔵内に火が入るのを防いでいる。河港に繋がれた荷船は何艘かは焼けて半ば沈んでいるが、無事な姿で浮かんでいる船もかなりある。おそらく、商家の抱え火消しがいち早く動いたのだろう。暖簾《のれん》紋入りの竜吐水《りゅうどすい》が二台、土蔵の前に転がっていることからも察せられる。それに比べて、路地の家々はほぼ全て焼失していた。もともと、粗末な造りの家屋が軒を連ねている一画だ。柿葺《こけらぶ》きの、小屋と呼んでも差し支えない家も多くあった。炎に呑み込まれるのに、どれほどの刻もかからなかっただろう。燃え盛る炎を前にして、人は逃げるより他のどんな手立てもなかったはずだ。いや、逃げ延びられた者はまだ、運がよかった。商人町から出火したのが夜半過ぎ、風に煽られ、舟入町に飛び火してくるまで四半刻足らずだ。客を送り出し寝入っていた女たちの多くが、逃げ遅れた。柚香下川に飛び込み流された者、行方知れずの者、逃げる最中に踏み殺された者も入れれば、舟入の女たちの半分が亡くなったことになる。

もっとも、そういう諸々を正近や透馬が知ったのは、暫く経ってからだった。登城していた透馬はむろん、御救い場を回っていた正近も初めて目にする焼け跡の光景だ。火除け地に守られ、風の向きにも助けられて累の及ばなかった武家地にいれば、僅かも思い至らない光景でもある。

それを前にして、言葉を失う。現の惨状一つ一つに心を馳せる余裕がない。ただ、唖然と立ち尽くしてしまう。

「ひでえな」

ややあって、透馬が呟いた。

「ここまでとは、正直、考えてなかった」

「ああ」

正近も同意するしかなかった。町中《まちなか》を走り回り、自分なりに〝見た〟つもりだったが、つもりはつもりにしか過ぎなかった。

焦げ焼け落ちた家々の、それでも瓦屋根と思しき上には濡れた筵《むしろ》が幾枚も残っていた。まだ煙が燻っているというのに、かなりの数の男が、女が、焼け跡で動いていた。ある者は素手で掘り返し、ある者は魂の抜けた面容《めんよう》で黒く汚れた両手を見詰めている。炭になったまま立っている柱に縄を掛け、力の限り引いている男たちも、必死の形相で何かを拾い集めている女たちもいた。

「出たぞ」

鋤《すき》を使っていた男が叫んだ。煙のせいなのか、躊躇いのためなのか、声が掠れて濁っている。埋まっていた遺体が一つ、見つかったのだ。散らばっていた男たちが集まってくる。束の間、顔を見合わせたが、すぐに道具を握り、焦げた柱や瓦を取り除き始めた。

目が離せない。

視線が吸い付けられる。

正近は両手のこぶしを握り、男たちの仕事を見ていた。

「戸板だ。戸板と筵を持ってこい」

年長らしい白髪交じりの男が命じる。手を止めた女たちが、その手をぴたりと合わせた。

戸板に乗せられた遺体がどこかに運ばれていく。

「誰だい」

「わかるもんか。あそこまで焼けてしまったら、見わけなんかつかないよ」

「あのあたりは『丸屋』があったとこだろう。お文さんか、おしず婆さんか……」

「だから、わからないって。もう、誰が誰だかわかりゃしないよ」

「そうだね、わからないねえ」

「わからなくてもいいさ。仏さんになったら、男も女も、分限者も貧乏人もないからね」

「ああ、その通りさ。わからなくても……かまやしない」

女たちのやりとりが聞こえる。全ての情が抜け落ちて、かさかさに乾いた声音だった。

正近の前を戸板が過ぎていく。筵の寸が足らない。足首から先が覗いていた。どれほど焼かれたのか炭に見紛うほど黒く硬く、固まって見えた。ただ、足の裏に一か所、人の肌が残っている。驚くほど白く滑らかな肌が、一文銭を一回り大きくした形で残っているのだ。

獣じみた膏《あぶら》の臭いがする。それが人の肉の焼け爛《ただ》れた臭いだと気付いたとたん、喉の奥が震えた。腹のあたりが絞られるように痛み、吐き気が込み上げてくる。こらえようとすると、とたん、脂汗が噴き出した。額に浮かび、頬に沿って流れ、顎から滴った。

歯を食いしばる。

どこからか読経が聞こえてきた。顔を上げ周りを見回せば、女たちが一心に経を唱えている。唾を呑み下す。吐き気が収まっていく。何とか凌げた。

読経が止み、女たちも男らも、さっきまでと同じ動きにもどった。何もかも無くなった場所で、黙々と働き続ける。

透馬が歩き出した。横顔に血の気はないが、足取りは確かだ。

「樫井、どこに行く」

返答はない。黒い水を跳ね飛ばしながら、透馬は前に進んでいく。

「この辺りか……」

透馬が立ち止まったのは、おそらく路地の真ん中、こざっぱりした小料理屋や構えのやや大きめの女郎宿が建っていたあたりだろう。ここから路地はさらに細かく分かれ、三畳から四畳半の小部屋が長屋になっている切見世、局見世《つぼねみせ》に繋がっていた。家々がひしめき合い、息が詰まるような一画だったが、今は広い。視線を遮るものがなく、ゆったりと流れる柚香下川まで見通せた。

川は空からの淡い光を浴びて、やはり淡く輝いていた。真夏の、光を弾く激しさではなく、何もかもを包み込む柔らかさで緩やかに水を運んでいる。岸辺近くでは、冬鳥たちが群れて、騒がしく鳴き交わしていた。遠い異国から空を渡り、小舞に辿り着いたばかりなのか。旅の無事を言祝《ことほ》ぐような、陽気な鳴き声が風に乗って届く。

人の世の痛ましさとは無縁の穏やかな風景だった。

「ちと、物を尋ねたい」

　透馬がしゃがんでいた男に声を掛けた。五十絡みの色黒の老人だ。焼け出されたままの恰好なのか、皺のよった小袖の上にどてらを羽織っている。

「このへんに『福家《ふくや》』って小料理屋があったはずだが」

　老人は透馬を見上げ、僅かに眉を動かした。それだけだ。うっすらと髭の生えた口元は硬く結ばれ、開かない。ただ、両の眼は透馬に向けられたままだった。

　透馬が懐から財布を取り出し、一朱金を老人に握らせた。老人の爪先まで黒い指が、素早く握り込む。

「『福家』は隣でございますよ、お武家さま。もっとも、こう焼けちまったら、隣も裏もありませんがね」

　老人は思いの外、若々しい声で答えた。

「『福家』の女将《おかみ》がどうなったか、そなた、知らぬか」

「知りませんね。生きてた姿を見たのは、一昨日でしたかね。うちは酒を量《はか》り売りしておりまして、贔屓《ひいき》にしてもらってたんですが。さてさて、生きているのか死んでいるのか、わかりませんねえ。ただ」

　老人がひょいと顎をしゃくる。

「あたしは命からがら逃げのびて、朝方、帰ってきましたがね。『福家』さんは、誰一人、お帰りじゃないですよ。どこかに逃げたのなら、戻ってきてもいいはずですがねえ。商人は何より店が大切なはずでしょう」

　老人がふらりと立ち上がる。にたりと笑う。

「けどねえ、お武家さま。こりゃあいけませんよ。こんなにきれいに焼けちまったら、店なんて言えやしませんよねえ。うんうん、店じゃなくて、これはただの炭の山で……」

笑ったままの老人の眼から涙が溢れだした。ぽたぽたと音が聞こえそうなほどの大粒の涙が、滴る。煤《すす》けた頬にくっきりと筋を残していく。

「ははは、これで店だなんて口が裂けても言えませんよ。苦労して苦労して、やっとここまでにした店がただの炭の山。女将さんが店と一緒に焼けたのなら、それはそれでよかったかもしれませんよ。ははは、なまじ生き延びても、生き延びても……」

老人がくずおれる。その手から一朱金が滑り落ちた。しゃがれた嗚咽とともにどてらの背中が震える。

『福家』は、六年前、透馬が小舞に舞い戻った際、二十日ばかり転がり込んでいた店だ。路銀《ろぎん》を使い果たし、さてどうするかと思案に暮れていたところを女将のお里《さと》に拾われたと、透馬から直に聞いていた。

あそこが『福家』だとすれば、はす向かいは『あけ屋』、その隣がお梶《かじ》のいた女郎宿になる。

「ちくしょう」

透馬がまた呟いた。その呟きに、冬鳥の声が被さる。

空を見上げると、鳥の一群れが何処《どこ》かへ飛び去っていこうとしていた。

四　花色の闇

焼け跡では亡くなった者と生きている者とが、入り混じっている。死者は無言のまま指一本動かせないが、生きている者は様々だ。

ある者は蹲《うずくま》って呻き、ある者は天を仰いで涙を流し、ある者は嘆きと怨みを叫び続け、ある者は呆けた顔つきで立ち尽くす。突然に襲い掛かってきた厄災に、生き延びた者のほとんどは途方に暮れ、行き場を失い、明日の憂いとは無縁でいられると死者を羨《うらや》みさえする。一方、既に槌《つち》の音が響き始めてもいた。材木が運び込まれ、柱が立ち、家の形が出来上がっていく。人の脆《もろ》さと強靱さ、命の儚さとしたたかさが重なり合う。

「これは、まだ死ぬな」

透馬が独り言のように囁く。囁きの意味は察せられた。

日が翳《かげ》り、風が冷えていく。身を寄せる場を持たず、行き場を失った人々、特に老人や子ども、病人、怪我人には酷な夜が迫っていた。

明日の朝、道端に凍え死んだ遺体が並ぶ。そんな光景が、悪夢ではなく現《うつつ》のものになるかもしれないのだ。

「米と医者だけではなく、暖を取る手立ても至急、考えなくちゃならねえな」

そうだと正近は首肯し、指を握り込んだ。

「あらゆる物が足らないのだ」

「……ああ、何もかも焼けちまった。着の身着のまま逃げたって者がほとんどだろう。火の回りがあまりに速かったからな」

「樫井、これは樫井家だけでどうにかなる事柄ではないぞ。おまえの言う通り、このままだと助かった命まで危うくなる」

「わかってる。城側が本気で動かないとどうにもならねえ。それは、執政連中も……」

「わかっているか」

「少なくとも親父はわかっているはずだ。いち早く、城下に物見を放しただろうからな」

「大殿が？　そうなのか」

「そうさ。親父のことだ。抜かりはなかろうよ。けどな」

透馬は、まだ白く薄く立ち上っている煙に目をやる。

「本当の姿ってのは、自分の目で見なきゃわからねえよ」

確かにそうだ。どれほど報告を受けても、この惨状は解せない。城や屋敷の内からでは決して見えないもの、知り得ない事だらけなのだ。

「引っ張り出すしかねえな」

「大殿をか」

「その上だ」

透馬が指を天に向ける。

「上？」。釣られて空を見上げ、正近は息を呑み込んだ。城内で、筆頭家老の上に君臨する者は一人しかいない。

「しかし、お館さまは今、江戸におわすのだぞ」

言わずもがなのことを口にしてしまった。

小舞は昨年、代替わりしたばかりだ。九代城主右江頭定斉《うえのかみさだなり》が隠居を申し出たのだ。表向きは身体の不調により、重責を担うこと叶わずとの言だったが、もともと政《まつりごと》への関心は薄い主君だった。信右衛門が国許を盤石な力で押さえているのをいいことに、政のほとんどを任せきりにしていた。芸事を好み、江戸屋敷に壮麗な能舞台を設《しつら》えたと、正近は伝え聞いている。四十を迎えたのを潮に家督を譲り、隠居すると前々から決めていたらしく、昨年年明けとともにあっさりと退いた。十代城主となった定啓《さだひろ》は、弱冠十七の若者で定斉の四番目の子であり、唯一の男子だった。

「お館さまが入部なさるのは、来年の夏の初めと聞いたが」

「国許でこれだけの惨事が起こったんだ。入部を早めりゃいいじゃねえか。願い出れば公儀だとて否とはいわねえさ。まっ、江戸の屋敷で生まれて、育った若さまだ。小舞に故郷の情など持っちゃいねえだろうがな。それでも、城主としての心構えがあるなら、今、小舞がどういう惨状なのか知ろうとはするだろうよ。知れば、我が目で確かめ一国の主として為すべきことを為さねばと心が逸《はや》る、てのは、些か望み過ぎか」

答えようがない。十代城主がどのような為人なのか、何を尊び、何を是とするのか、正近には見当の付けようがなかった。ただ、透馬の望みに適う主であって欲しかった。民の窮状から隔たったまま、国は治められない。その歪《ひずみ》は、民をさらなる窮乏に落とす。

「今、小舞がどうなっているか。できるだけ詳しく認める」

透馬の口調が心持ち張り詰めた。

「それをお館さまに渡せるか？　何か伝手《つて》があるのか、樫井」

透馬も江戸で生まれ、育った。江戸屋敷の内に繋がる紐帯《ちゅうたい》を握っているのだろうか。

「あるわけねえだろう。来年あたり江戸詰めを言い渡されるかもしれねえが、今のところ屋敷内とは何の縁もねえさ。でも、お手上げだなんて言ってられねえからよ。樫井の名を使って、何とか策を考えてみる」

「うむ。そういう企《くわだ》ては得意だものな」

「試みと言ってくれ」

そこで、透馬は背筋を伸ばした。

「ともかく、おれたちがきっちり惨状を摑んでなきゃどうにもならん。一晩かけても、城下を見て回るぞ」

「承知」

「よし、これから商人町に回ってみようぜ。舟入がこのありさまなら、出火元はどうなっているか……。考えるのも恐ろしいな」

透馬が身体を震わせる。本気で怖じている風だ。この男が何であれ怖気《おじけ》づくのは珍しい。長い付き合いだが、初めて目にした気がする。

歩き出そうとしたとき、視界の隅に人影が映った。

女人だ。

力なく立ち、遠くを見詰めている。視線の先には柚香下川が流れていた。

「お梶」

思わず女の名を呼んでいた。呼んで、駆け寄る。

お梶だ。ここ舟入町の女郎だった女だ。ちょうど一年前に身請《みう》けされ、町を出ていた。囲い者ではなく、どこぞの料理屋の女房に納まったはずだ。お梶が我が身の行く末を歓び、「女郎双六《すごろく》の上がりさ」と言い切ったとき、正近は胸の内で安堵の吐息を漏らしていた。

当人は決して口にしなかったけれど、お梶は武家の出だ。おそらく、父親は失脚した中老の一派に属していたのだろう。領袖《りょうしゅう》が永蟄居《えいちっきょ》を命じられ、表舞台から消えた。郎党は没落し、路頭に迷いもしたはずだ。政変の後、上手く立ち回り、勝者すなわち樫井家老にすり寄った者は大勢いた。信右衛門は寄ってくる者を拒まなかった。厚遇はしないが冷遇もしない。政変前とそう違わない役職を与えもした。そのおかげで、中老派の不安や不満、怨みの大半を押さえ込むことができたのだ。

しかし、中には器用に立ち回れぬ者もいただろう。お梶の父親もそういう男たちの一人だったに違いない。武士の矜持《きょうじ》が、一度、敵とみなした相手に尾を振ることを潔しとさせなかったのだ。結句、生きる術を失い逼迫《ひっぱく》するしかなくなる。己の矜持と明日の米を天秤に掛ければ、己の矜持が重い。そういう生き方しかできない男たちもかなりの数、いた。腹を切って自害した者も、小舞を捨て浪々の身になった者もいた。男は矜持に拘《こだわ》り、滅びの道を選びもするが、女はそうはいかない。己のためにだけ生きることも死ぬこともできない。

「お梶には、幼い弟とまだ襁褓もとれない妹がいたんですよ。その子たちを餓えて死なせるわけにはいかなかったんでしょうね。身体を売るしかなかったんです。そういう娘、舟入にはたんとおります。あの政変からこっち、増えはしても減りはしません」

女郎屋の女将がそっと耳打ちしたのは、何年かぶりでお梶の許を訪れたときだった。色里に溢れる百万語の言葉の内で、真実を語るものは一つか二つ。三つはないだろう。それでも、女将の口吻は真を含んで暗く、重く感じられた。

「あら、湿っぽくなりましたかね。せっかくお出でいただいたのに、ごめんなさいましよ。さ、お梶の部屋に案内いたしましょうね。お酒も用意いたします。今では、あの娘がうちの稼ぎ頭でねえ。ええ、ありがたいことにお客は引きも切らないってとこなんですよ。でも、今夜は新里さまだけ、他の客は断りますから。どうぞ、ごゆっくり」

口調をからりと変え、女将は商い用の愛想笑いを浮かべる。それから、二階廊下の突き当りにある一室に正近を誘《いざな》った。

八畳ほどの座敷は弁柄《ベンガラ》の壁が艶《なま》めかしく、まだ新しい畳と白粉の匂いが混ざり合っていた。青海波《せいがいは》模様の襖《ふすま》の向こうは夜具が敷かれた小間になっているのだろう。お梶が稼ぎ頭というのは本当であるらしい。でなければこれほど上等の部屋をあてがわれたりはしない。

お梶は少し瘦せて、ねっとりとした色香を身に纏《まと》わせていた。

「新里さま、お久しゅうございますねえ。もう、とっくにお忘れかと諦めておりました」

松の裾模様の胴抜きに浅黄《あさぎ》のしごき帯を締めたお梶は、銚子を持ち上げると少し笑んだ。玄人《くろうと》の女の、男を誘う笑みだった。知り合ったころ、お梶はこんな笑み方をまだ知らなかったはずだ。笑みを覚えた代償のように身体全部が僅かに崩れ、淀《よど》んだ疲れを窺わせる。

「もう来て欲しくない。お梶がそう思うているのは、わかっていた。だから、おとなわなかったのだ」

「あら、いやですよ、新里さま。いつの間に、そんな上手な言い訳ができるようにおなりです。誰から教わったのでしょうかしら、ふふっ」

お梶は正近の盃に酒を注ぎ、また艶めかしい笑みを作った。その笑顔のまま身体を寄せてくる。女の熱と柔らかさと重みが伝わってきた。

「一晩、買ってくださったんですってね」

紅を塗った唇から息が漏れた。

「今夜の客は、新里さまお一人。嬉しいこと」

白く塗られた指が、正近の膝に置かれる。ゆっくりと動く。

「お梶」

「はい」

「今日は、詫びに参った」

「は？　詫び？」

指と身体が離れた。束の間だが、お梶から遊女の仮面が剝がれた。あどけなささえ覗く。

「新里さまがあたしに何をお詫びになるんですか」

「約定《やくじょう》を、まだ果たせずにある。詫びて済むことではないが……」

お梶は大きく目を見張り、右手を左右に振った。

「ちょっと待ってくださいよ。約定って何のことです。長い間、お見えにならなかったことなら、それは詫びるようなものじゃないでしょ。遊女との約束事なんて空証文と同じ、いえ、それ以下ではございませんか。一々、本気で果たす義理なんてありはしませんよ。それに……、新里さまと馴染みの約束など交わしておりませんでしょう。正直、あたしは」

お梶は襟元を合わせ、そこに手を添えた。

「新里さまは、もうご縁が切れたお方と思うておりましたが」

「五年という約束をした」

「五年？」

「そうだ。五年、待ってくれれば小舞は変わる。変えてみせると約束した」

政争に巻き込まれて罪のない者が苦しむことのない。そんな小舞に変わる。

お梶に確かに告げた。

「そんなことを」

お梶が唇を歪める。嗤うつもりだったのだろうが、うまくいかなかった。唇は歪んだまま、動かない。

「五年経った。しかし、まだ中途だ。お梶との約束を果たしきれていない」

「……あれ以来、諍《いさか》い事は起こっておりませんでしょう。少なくとも、小舞の国を揺るがし多くの者が命を落とすような政変は、なかったのではありませんか」

表向きはそうだ。しかし、小舞の政が基から安泰であるとは言い難い。今の城の在り方に強い不満を持ち続けている者も、樫井信右衛門を政を壟断《ろうだん》する奸物《かんぶつ》と敵視する者も、保身のためにときの権力者に取り入ることしか念頭にない者もいる。政の中枢に座る信右衛門だとて、真に民のための治国を目指しているとは思えない。

「親父は権勢ってものが何より好きなわけよ。猫が鰹節《かつおぶし》を、狼が鹿肉を好物とするように、好きなんだ。かといって、私腹を肥やすことに汲々としたり、名声を望んでるわけでもない。まるで望んでないっちゃあ嘘になるだろうがな。それより、人を駒に見立てて手のひらで転がし、一国を動かす。それこそが楽しいんだ。楽しくて、おもしろくてたまんねえのさ。で、なまじ才覚があって、下々にもある程度だが目配りできる。目配りができなくて民百姓に怨みをかえば、権勢は危うくなるとちゃんとわかってんだよ。生かさず殺さず、甘やかさず締め付けだけでもなく、そこらあたりの匙加減が絶妙なのさ。で、自分の匙加減に悦に入ってるってとこだろう。へ、できることなら、もっとでかい舞台で己の力量を試したかったんじゃねえのか。つまり千代田城の主になって、日の本全てを牛耳りたいってな。そのくれえの野心は持ってる男だぜ」

透馬は透馬らしく辛らつに父親を評したが、あながち見当外れではないと思う。樫井信右衛門は辣腕《らつわん》の為政者であり、非道な政を行っているわけではない。が、その眼差しが下に向いているとは、正近も感じ取れないのだ。世の濁流に呑み込まれ流されるしかない者たち。この世に生きる大半の者たちの命や暮らし、行く末を見詰めているとは思えないのだ。五年前も今も、政はお梶のような女たちの上を、男たちの傍らを素通りしていく。

それでも、負け続けているわけではない。

ときに想いは空回りし、現という壁に道を阻まれる。正近も半四郎もそそり立つ壁の高さに何度も息を呑み込んだ。透馬は？　透馬はよくわからない。壁の高さに怖《お》じける前に、足を掛けるための穴を、摑むための出っ張りをまずは探す。そういうやつだった。

「……一月ほど前に、新しい娘が女衒《ぜげん》に連れられてきました」

お梶が居住まいを正し、固い口調で言う。

「まだ十五です。父親の借金の形《かた》に売られたとか。今は下働きをしておりますが、間もなく客を取らされるでしょう。女郎屋がどういうところかわからせた上で、客をあてがう。そうしないと、いざというとき大泣きしたり、暴れたりする娘がいるのだそうです。そりゃそうですよね。何も知らない生娘《きむすめ》が覚悟もないまま男に組み敷かれたら、恐ろしくて逃げ出したくもなりますよ。あたしも一月の内に覚悟を決めるように言い渡されました。要するに引導を渡すのです。おまえはこれから、身を売って生きていくしかないのだぞと、ね。それが女将さんの優しさなのか商いのやり方なのか、あたしには判じられませんけれど」

「お梶……」

「新里さま、何も変わってはおりませんよ。五年前と今は何も変わっておりません」

一つ息を吐き、お梶は声を潜めた。

「でも、それが世間ってものでしょう。あたしたちには力も銭もない。この世を変えるなんて、できっこありません。それでいいじゃないですか」

銚子を手にお梶は、また、しなだれかかってきた。

「ほら、そんな難しいお顔をなさらないで。野暮なお話はここまでにいたしましょう。ここは色里、浮世の憂さを忘れるところですもの。ね、新里さま、あたしが浮世を忘れさせて差し上げます。ほんの一時でもね」

酒が注がれる。注ぎながら、お梶はくすくすと含み笑いを続けた。酒は諸白《もろはく》で、しっとりした旨味があった。女郎の格によって、酒も質が上がるらしい。

「忘れるわけにはいかんのだ」

言う。唸りに似た掠れ声になった。

お梶と交わした約定を、透馬や半四郎と誓った想いを一時でも忘れるわけにはいかない。壁の高さにおののきはしたけれど、登るのを諦めたわけではない。手探り足探りしながら、今も登り続けている。

「もう、ほんとうに野暮な男だねえ。女郎屋に来て、政の話なんて不粋《ぶすい》にも程があるよ」

酒をあおった後、お梶は欠伸《あくび》を嚙み殺した。口調をわざと蓮っ葉に崩す。

「眠いのか」

「昨夜の客がしつこくてね。寝かせてくれなかったんだよ。ちょいとした構えの料理屋の主でさ。あたしのこと、えらく気にいっちまったんだってさ。五日に一度は忘れず通ってくる。どこかの野暮なお侍とは違って、ありがたいっちゃあありがたい馴染み客さ」

「そうか。お梶なら馴染みになりたい客は何人もいるだろうな」

「また、そんなお上手を。あんた、ほんとに口が上手くなったねえ。感心するよ。ああ、美味しい。今夜の酒は格別だ。女将さん、あんたのことが気に入ってんのかね。うちで一番、いい酒を用意してくれたよ。馴染み客にしか出さないやつさ。はは、ほんと、あんた気に入られたんだよ。よかったじゃないか。ははははは」

「お梶、もう酒は止めろ。かなり酔っているぞ」

「ほっといておくれよ。女郎が酒を飲まなくてどうすんだい。いっとくけど、この酒代も勘定に入っちまうからね。覚悟しときな」

「なるほど飲めば飲むほど、勘定が割り増していくわけか」

「そうだよ。あたしたちの飲み代が嵩高くなれば店は儲かるって寸法さ。下戸《げこ》の女郎なんてお呼びじゃないんだよ。役立たずと謗《そし》られて、無理にでも飲まされる。酒で身体を壊しちまった女郎なんて、掃いて捨てるほどいる。あんたは知らないだろうけどね。ははは」

喉を反らして、お梶は笑う。盃から零れた酒が、緋色の襦袢《じゅばん》を濡らした。

「ねえ、何であたしを抱かないのさ。あたしの身体は品物だよ。あんたは一晩、それを買った。好きにしていいんだよ。ね、今夜、抱いとかないと後々、悔やむかもしれない。抱きたくても抱けなくなっちまうかもしれないんだから」

「どういうことだ」

酔って赤い眼を、お梶はそっと伏せた。

「あたし……身請けされるかもしれない」

ため息に近い囁きは、辛うじて聞き取れた。

「さっき話した料理屋の主があたしを女房にしたいって、近く身請けするって女将さんに申し出たらしいよ。女将さん、既に前金も受け取ってるって。つまり、空言《そらごと》じゃなくて本気の申し入れってわけさ。本気なんだよ、あの男は」

お梶の物言いは淡々としていたが、どこか楽し気に聞こえた。

小体の女郎屋の女とはいえ、通いつめ身請けするとなると、かなりの金が動くだろう。料理屋の主とやらは、そこそこの財持ちであるらしい。その男の力で苦界《くがい》から這い上がれる。お梶は夜毎《よごと》、見知らぬ男の相手をする暮らしから逃れられる。ならば、めでたいと言祝ぐべきだろう。

「お梶は、喜んでいるのか」

そう問うと、問われた女は挑むように顎を上げた。

「喜んでるに決まってるじゃないか。身請けして、囲い者じゃなく女房にしてやるって男が現れたんだ。女郎双六の上がりさ。ただ……」

「どうした。気になることがあるのか？」

「気にするほどのことじゃないけど、時々、嫌な眼をするんだよね、その男」

「嫌な眼とは？」

お梶は首を傾げ、軽く頭を振った。

「うーん、怖いというか、得体が知れないというか……。いつもは優しい、よく気の付く男《ひと》なんだけど。あの眼つきって、あたしの父親が亡くなる前の……」

お梶は口をつぐみ、視線を天井に向けた。

父親が亡くなる前の眼に似ている。そう言おうとしたのか。

不用意に滑った口をごまかすように、口調が軽々しくなった。

「いけないいね。せっかくの救いの神に文句を付けちゃ。そりゃあ、誰にだって悪目はあるさ。あたしみたいな女でも女房にって望んでくれるんだ。四の五の言ってたら罰が当たるよ。ささっ、新里さまも飲みなよ。他の男の話なんかして悪かったね」

「いや、お梶が喜んでいるのなら、幸せになれるのなら何よりだ」

幸せになれるかどうかわからない。しかし、今より不幸にはならないはずだ。

「……ねえ……新里さま……」

お梶が肩に顔を載せ、目を閉じた。すぐに寝息を立て始める。瞼《まぶた》を閉じた寝顔が、義姉の、いや義姉であった七緒と似ている。初めてお梶を見たとき、ほんの寸の間だが七緒と見間違えた。あれから幾年も過ぎた。なのに、まだ面影を見てしまう。

飲み干した酒は苦く、不味かった。


まもなくお梶は身請けされ、舟入町から去った。

もう二度と出逢うことはない。

そのはずの女が目の前に立っている。

「まあ、新里さま」

お梶は束の間目を見張り、口元に手をやった。

「こんなところでお逢いできるとは、思ってもおりませんでした」

丸髷を結い、地味な小紋と薄鼠《うすねず》の羽織に身を包んだお梶は少し老けてはいたが、その分、貫禄を感じさせた。亭主と共に店を切り盛りしている商家の女将の風格だ。

「お梶、無事だったのだな」

「はい、何とか」

「ご亭主は？　家はどうだ」

「幸いなことに無事でございました。変わりはございません。でも」

お梶の唇が震えた。

「ここは何もかも焼けてしまったのですねえ。みな……どうなったのか」

「うむ」と、返事にもならない返事しかできなかった。

「たくさんの……たくさんの女が焼け死んだのでしょう」

「……うむ」

「柚香下の川辺には女郎たちの遺体が重なっているとも聞きました。この焼け跡にも、たくさんの女たちが埋まっておるのでしょうか」

不意にお梶が正近の腕を摑んだ。指先が食い込んでくる。僅かに震えていた。

「新里さま、怖い」

見上げてきたお梶の双眸《そうぼう》は潤んでいた。悼《いた》んでいるのでも、悲しんでいるのでもない。生き残った後ろめたさでもあるまい。恐れているのだ。何かに怯えている。

怯え？

「お梶、どうした？　何があった」

震えるお梶の手を握る。驚くほど冷たかった。お梶の様子からも言葉からも、罹災からは免れたとわかる。命も、家族も、店も無事だとすると何に怯えている？　何を怖れている？

お梶が横を向く。そっと正近の腕から手を引いた。

「すみません。つい取り乱してしまって。女将さんや顔見知りの人たちが、どうなったか気になって、気になって……。このありさまを目にして、我を忘れてしまいました」

「そうだな。無理もないことだ。この惨状はあまりに酷い」

お梶と話している間も戸板に載せられ、筵を被せられた骸《むくろ》が運ばれていく。風が吹くたびに、焼け跡の臭いと煙が絡まってきた。

「それだけか」

短い問いの声に、振り返る。透馬だ。

透馬は真っ直ぐにお梶を見ていた。お梶が顎を引く。怯えの影が、さらに濃くなった。

「取り乱したのは、それだけのわけか」

「……と言われますと」

「いや、そなたが何かに怯えておるよう見受けられたもので、ちと気になっての」

「怯えも致しますよ。一夜で町が消えてしまったのですからねえ。明日は我が身かと思うと、怖くて怖くて、おちおち眠れない心持ちになります。それが、ご不審でしょうか」

一度引いた顎を上げ、お梶は透馬を睨んだ。本来の質だろう、気の強さが露《あら》わになる。

「いや、不審と申しておるのではない。気に障ったら許せ」

「ご無礼ながら、お武家さま、どこぞでお目にかかったことがございましょうか」

お梶の目が細められる。

透馬は短い間とはいえ『福家』に住み込んで働いていた。その姿をお梶が見ていたとしても不思議ではない。もっとも、小料理屋の住み込みと地味ながら上士の形《なり》をした武士を重ねるのは難いだろう。

「こいつはおれの仲間だ。今、一緒に城下の様子を調べている」

樫井の名を出すのも憚られ、曖昧に告げる。

「ご城下を？　新里さま、そういうお役目でいらっしゃるのですか」

「うむ、まあな」

これも曖昧に答える。お梶は焼け出されたわけではない。手助けが入り用な境遇ではないのだ。

「では、これから、他の町々を回られるのでございますか」

「そうだ。まずは火元である商人町に行く。火元だけに、城下で最も被害が大きかろう」

そうですかと、お梶は呟いた。

「では、お引止めしていてはなりませんね。どうぞ、お役目大事にお働きくださいませ」

頭を下げると、お梶は身体を回し足早に去っていった。去っていく背中は正近の全てを拒んでいるようで、呼び止められない。

「ふーん」

透馬が鼻の先を動かした。

「何となく臭う女だな。胡散臭い」

「お梶が、か？」

「まさかと言うつもりか」

「まさか、だ。お梶はそんな女ではない」

「そう言い切れるのか。おれには、あの女が胸に一物、隠し持っているように見受けられたがなぁ」

「おまえは自分には甘いのに、他人には厳し過ぎる。見方が偏り過ぎなのだ」

「何て言い草だ。そっちこそ他人に甘過ぎるんだよ。あの女、おまえが城下の様子を調べていると口にしたとたん、顔色が変わったぜ。おおかた、おれらを大目付の手の者だとでも勘違いしたんじゃねえのか。で、怖くなってそそくさと逃げた」

「お梶がなぜ、大目付を怖れねばならんのだ」

「さあ、どうしてだろうな。さっぱり、わからんが」

「わからぬことを軽々しく口にするな」

お梶はやっと人並みの暮らしを手に入れた。商家の女将が板に付いた姿が、それを語っている。やっと、やっとなのだ。悲運に塗《まみ》れた女がようやく行き着いた安寧な日々。それを乱したくない。波紋一つ、広げてはならないと思う。

「おお怖っ」

透馬はおどけた仕草で身を縮める。

「なるほどなるほど、おまえも少なからず胡乱《うろん》を感じたわけだ。しかし、それを認めたくない。認めたくないところをおれが突っついたものだから腹が立ってとこか」

「樫井」

「もういい。ここで、ああだこうだ言い合っていても始まらん。商人町に回ろうぜ。日が暮れぬ間に、一通り見てみたい。行くぞ」

透馬が顎をしゃくる。正近は唇を噛み締めた。

その通りだ。お梶の態度はどこかぎこちなく、怪訝《けげん》だった。しかし、それは女郎のころを知っている正近と出逢った狼狽かもしれず、目の前に広がった惨状の衝撃が因かもしれない。胡散臭いと疑う気にはなれなかった。

疑う？　何を？　樫井は何を疑っている？

「おい、また、一人出たぞ。女だ」

「くそっ、いったい、何人埋もれてんだ」

男たちの暗い声、燻る煙、槌の音、すすり泣き、黒い水溜まり。

焼け跡の光景の中を透馬が遠ざかっていく。気息を整え、正近も歩き出す。


空に半月が見える。

青白い光が地を仄かに照らし、夜が漆黒《しっこく》に包まれるのを妨げていた。

疲れていた。

身体が重く、頭が鈍く痛む。

漏れそうになったため息を正近は辛うじて呑み込んだ。前を行く透馬も疲れは同じらしく、口数がずい分と少ない。

火元だから当たり前だろうが、商人町は舟入町より、さらに惨たらしい姿をさらしていた。舟入町ではまだ、生きて動き働く者たちがいた。槌音さえ響いていた。しかし、商人町では人影もまばらで、まばらな者のほとんどが道縁にしゃがみこんだままだ。男も女も黒く汚れた顔の中で虚ろな目を見開き、話しかけても返事をしない。眉一つ、動かさなかった。焼け焦げた死体が、筵も被されず転がり、それを烏《からす》が突いても誰も追い払わない。

商人町は小体の店が軒を連ね、ひしめき合っている場所だ。舟入町の路地と同じで柿葺きの家々も多く、薄い壁と細い柱が屋根を支えていた。風の強さと向きを考えれば、火が出て、町全部を呑み込むまでに何程もかからなかっただろう。逃げ遅れたものの数はどれほどになるのか。

肌が粟立《あわだ》つ。

「どのあたりから火が出たのだろうな」

焼け跡に立ち、透馬が呟いた。

「今はまだ、はっきりせんな。調べるのはこれからだが、それはおれたちの役目ではない」

これだけの大火だ。火元となった家の者は子、孫にいたるまで極刑に処せられる。しかし、おそらく誰も生き残ってはいまい。

「なぜ、この町だったのだろうか」

再び、透馬が呟いた。

「どの町から出てもおかしくないだろう。火が所を選ぶわけじゃない。ここは小さな店が並んでいる。火を遮るものがほとんどないのだ」

大店《おおだな》や大身《たいしん》の屋敷が連なっていれば、漆喰の壁や瓦屋根が火の勢いを削ぐだろうし、備えも十分にできる。舟入町でも大店の蔵は全焼を免れていた。

「そうだ。ここは火災には脆い。だから、火の取り扱いには厳重な決め事が多々ある。おれがざっと調べただけでも、十は下らなかった。その法度《はっと》の一つに、風の強さがある程度を越えたら、煮炊きはむろん火を扱うこと一切を禁じるってのがあった。禁を犯せば死罪。火を使っただけで死罪だぜ。昨夜は相当、風が吹いていた。そういう夜に死罪覚悟で火を使うやつがいるもんだろうか」

「そうは言っても、実際に火は出たわけだし……」

正近は口の中の唾を呑み込んだ。透馬の横顔に目をやる。

「樫井、おまえ、付け火を疑っているのか」

透馬がゆっくりとかぶりを振る。

「疑うとこまではいかない。ただ、変だと感じただけだ。感じれば気になるだろうが」

「そういうのを疑っていると言うのだ。けどな、樫井」

「わかってる。疑い調べるのは、おれたちの仕事じゃねえ。おれたちには他にやるべきことがある。それも山ほどな。だろ?」

正近は小さく息を吸い込んだ。透馬はいい加減で野放図な面も確かにあるが、聡明でもある。自分の為すべきことをきちんと把握し、揺るぎなく動く。

「この近くにお救い小屋は幾つ、ある」

「西の堀の近くに一つ、北の外れに一つだ。他に宝松寺という寺院が炊き出しをしている」

正近の返事に、透馬は唸った。

「とても足りそうにないな」

「まるで足らない。火元だけに火傷を負った者の数が頭抜けて多い。薬と医者を真っ先に手配すべきところだ」

「むろん、そのように手配したな」

「ああ、できる限りのことはした。しかし、とうてい足らん」

「兄貴がどこまで動いてくれるかだな」

「いや、ここまでの災害になれば城が本気で動かねば、どうにもなるまい。医者は何とかなっても、この先、莫大な金が入り用になるのだ。樫井家の力を以てしても限りがある」

「だな、あの怠け者の重臣どもを説き伏せて、国庫の中身を吐き出させるしかないな」

吐き出してしまえばどうなるのか。小舞の財政そのものが破綻するかもしれない。破綻を避けつつ、罹災者の援助と再建を計る。千尋《せんじん》の谷に掛けられた綱を渡る至難に匹敵する至難だ。それでも、渡らないわけにはいかない。今、このときも人が死んでいる。

「樫井、とりあえず、お救い小屋を急ぎ見に行こう」

「うむ。案内してくれ」

西堀近くの小屋も、北外れの小屋も、宝松寺も人の呻き声に溢れていた。白衣の医者が治療にあたっていたが人手も薬も明らかに不足している。

「まるで戦場《いくさば》です。次から次へと怪我人が運び込まれてくる。しかも、誰もが大火傷を負っているのです。もう手の尽くしようがない」

若い医者が声も顔もひきつらせて、訴えてきた。

足らない。足らない。何もかも足らない。

医者の訴えを、人々の有り様を、町の様子を正近は帳面に書き留めていく。朝から記し続け、既に三帳目だ。

筆を進めながら、歯噛みしたくなる。

こんなことを悠長にやっていていいのか、と。しかし、医者でも執政でもない身では、現の訴えを、姿を、能う限り克明に記すことしかできない。それを糧《かて》に透馬が執政会議で救済策を提案し、推し進めてくれる。

信じるしかない。


結局、夜が更けるまで歩き回った。

疲れ切って、歩くのさえ億劫《おっくう》だ。

透馬が立ち止まり、振り向いた。呉服町に入る手前の路地だった。ここは町の半分ほどが焼けた。無事に建っている家々を見ると、心底からほっとする。

「新里」

蒼《あお》い月明かりの中で、透馬は言った。

「明日の会議で何が何でも重臣らを動かして見せる」

「頼む」

「任せろ。おまえの仕事を無にはせん。あの帳面、活用させてもらう」

自信に満ちた声だった。

「頼む……樫井」

眼の奥が熱くなる。お助けくださいと、たくさんの人々から手を差し出された。拝まれた。お侍さま、わしらを助けてください。どうか、見捨てないでくださいまし。お助けを、お助けを、お助けを。

あの老人のように、あの母親のように、あの娘のように、透馬に手を合わせたくなる。

おれができるのはここまでだ。後は、頼む。

ずくっ。

背筋に悪寒が走った。一瞬のうちに、指先まで熱くなる。

「樫井」

「ああ、妙な気配だな」

殺気だ。間違いない。

正近は腰を落とし、鯉口《こいぐち》を切った。

「何者だ」

正近が誰何《すいか》するのとほぼ同時に、闇が動いた。路地の奥から影が飛び出してくる。白刃が月光に鈍く煌《きら》めいた。

五　夢と現《うつつ》

転寝《うたたね》をして、夢を見た。

どんな夢だったか思い出せないけれど、見たのは確かだ。

悪い夢ではない。むしろ優しい、美しい、心弾むものだった。その証左《しょうさ》に気持ちがほわりと温《ぬく》んで柔らかい。

惜しいこと。

千代は声に出さずに呟いた。

思い出せないなんて、とても惜しい。悔しくさえある。

悪夢に悲鳴を上げたことも、泣きながら目覚めたことも多々、ある。けれど、今日のように心地よく眠りから覚めたのは久々だ。いつ以来だったか手繰《たぐ》れぬほど久しい。なのに覚えていない。

誰かが「千代」と、呼んでくれた。そこだけは辛うじて、残っている。その誰かが誰なのかが、わからない。

呼ばれて嬉しかった。指先が仄かに熱を持つほど、嬉しかった。

「千代」

現の声に呼ばれた。

「恵心尼さま」

慌てて立ち上がろうとした千代を、恵心尼は身振りで制した。

「もう少し休んでいなさい。僅かでも疲れが和らぐでしょう」

「あ、いえ。もう十分です。すみません。いつの間にか……」

外はもう、暮れかけている。微かに赤味を帯びた夕暮れの光が、それでも淡く地を照らしていた。ほんの一息吐くつもりで、積み上げられた夜具に寄りかかり、そのまま寝入ってしまったのだ。目を閉じる前と光の具合は変わっていないから、ほんの一時、四半刻のさらに半分ほどの間だったのだろう。その僅かの眠りに、よい夢を見た。こんなときなのに、身と心を奮い立たせてくれる夢を見た。

果報ではないか。

「笑んでおりましたね」

恵心尼自らも微笑み、腰を下ろした。千代の額に手を伸ばし、乱れた髪を掻き上げてくれる。指先の冷たさが心地よかった。

「いい夢を見ていたのでしょう。とても、幸せそうでしたよ」

「どんな夢だったか覚えておりません。でも……はい、確かによい夢でした。今もここが」

胸を押さえる。乳房の張りと柔らかさが手のひらに伝わってきた。

「何だか温かくて、和《なご》んでおります。思い出せないのが悔しゅうございます」

「幸せな気持ちだけ残っているなら、それでよいのです。その気持ちが、また、あなたを支えてくれますよ」

恵心尼が立ち上がる。手の中の数珠《じゅず》がしゃらりと音を立てた。

「千代、疲れているでしょうが、あと少し頑張ってもらいたいのです」

「もちろんです。夢のおかげで疲れなどどこかに消えてしまいました。どのような仕事でもいたします。お任せください」

「まあ、頼もしいこと」

恵心尼の笑みが広がった。整った顔立ちが、笑うと少しばかり崩れる。目尻が下がり、くっきりと皺が寄った。千代は、叔母のこの笑顔が好きだった。美しいけれど儚げで、ひっそりと咲く白百合にも梅にも喩えられた美貌に人らしさが加わる。そうすると、叔母が美しいだけでも儚いだけでもない、相応の逞しさやしたたかさを具えた女だとわかるのだ。花弁は散っても、根は地中にしっかりと食い込んでいる。叔母の笑顔を目にするたびに、千代はそう感じた。昔より今の方が、強く感じる。

「では、庫裡の方に回ってください。新たにお医者さまが来て下さったのです」

「まあ、お医者さまが！」

思わず声を上げていた。飛び起きる。

「ええ、お薬も晒も届きました。それで、早速、治療が始まっているのです。あなたは助手として、手伝いをしてください。わたしも一緒に働きます」

「はい」

「髪は手拭いで覆い、手を丹念に洗えとのことです。それと、かなりきつい仕事になるから、覚悟するようにとも言われました」

「はい。大丈夫です」

医者も薬も足らず、痛みに呻き苦しみを訴える人々に何の手立てもできなかった。水を飲ませたり、手を握るぐらいがせいぜいだった。罹災者は増えはしても減りはしない。さらに、焼け死んだ人々の骸も運ばれてくる。埋葬する余裕はなかった。墓地には筵を被せられた遺体が並べられ、そこに新たな死者が加わっていく。明日、明後日の内に山際の空き地に大穴を掘って、一まとめに埋めて葬る。そんな話も聞いたけれど、真偽はわからない。ただ、人の亡骸《なきがら》は腐敗する。その前に何とかしなければならない。それぐらいは、わかる。亡骸が腐り出せば、新たな病の源になりかねないのだ。これほどの惨状を前にして、今が立冬間近の時期であったことを幸いと祝《ほ》ぐ者は、いないだろう。しかし、暑気の季節であったなら、清照寺は速やかに腐臭に包まれ、息をするのさえ難かったはずだ。

「では参りましょう。千代、頼みましたよ」

「はい。お供いたします」

恵心尼の後に従い庫裡に向かう。武士の形《なり》をした男たちが俵や木箱を運び込んでいる。中には諸肌《もろはだ》を脱いだ者もいた。

米が届いたのだ。薬も医者も届いた。

「恵心尼さま、これは、新里さまのお手配なのでしょうか」

墨染の背中に問う。問いながら、そうに違いないと、千代は合点していた。

あの方は約束を守ってくださったのだわ。こんなにも早く。

必ず品々をお届けいたす。

若い武士の凜とした声がよみがえる。驚くほど生々しく、耳に響いてくる。

「きっとそうです。新里さまは、清照寺にもお調べにおいででした。わたしに、足らぬ物は何かとお尋ねになったのです。ですから、わたし、正直にお答えしましたの。そうしたら、新里さまがすぐに手配するとお約束くださいました」

恵心尼が立ち止まる。千代は口をつぐんだ。なぜか、しゃべってはいけない気がした。目の前の背中に拒まれているように感じたのだ。むろん、思い過ごしだ。叔母が自分を拒むわけがない。追い詰められ、死の淵を覗き込んだ千代に手を差し伸べてくれた唯一の人ではないか。

「樫井さまのお許らいです」

「は？　樫井さま？」

「荷物にご家紋の焼き印がありましたよ。三扇。あれは樫井家の紋でしょう」

「樫井さまとは、あの樫井さま……、ご家老さまでいらっしゃいますか」

主君の命を受け、御救い場を開いた寺社、商家を調べている。新里正近は確かにそういった。とすれば、主君とは樫井家老のことだったのか。筆頭家老がどれほどの権勢を誇る者であるか、千代の耳にすら届いている。樫井家が動いたとすれば、運び込まれる品々の多さにも納得できる。でもと、千代は思案する。

こんなにも隙《ひま》取らず品が届いたのは、新里さまのご配慮ではないのかしら。

恵心尼は新里家に繋がる。その縁を正近は重んじたのではないか。

恵心尼が振り向き、千代を見詰めた。

「清照寺は、たくさんの罹災者を受け入れています。近隣ではもっとも多いでしょう」

「え？　あ、はい」

そのとおりだ。城のお救い小屋がやっと建ち始めたが、この先、寺に縋ってやってくる人たちが減るとは考えにくい。

「だからですよ」

「だから？」

「樫井さまは、この寺がどんな役目を果たしているかわかっておられるのです。だからこそ、速やかに品を届けてくださった。ありがたいことですね」

つまり、新里家と自分との関わりが故ではない。叔母は、言外に告げている。千代の心内を見透かしたうえでの台詞《せりふ》だ。

「ただ、他の場所にも罹災者は大勢、おります。この先も同じように届けてくださるのは、いかな樫井さまでも無理というもの。かといって、城からの助勢も当てになりませんしね。薬も食べ物も品薄になるのは目に見えています。今日、いただけた物をゆめゆめ粗末に扱ってはなりません。米一粒、端切れ一枚にいたるまで、大切にしなければね」

「はい」と、千代は首肯した。恵心尼の言葉には納得できる。まさにその通りだ。三扇の紋の付いた品々がどれほど貴重か、心底から解している。粗末に扱う気など毛頭ない。

「さ、急ぎましょう」

恵心尼は再び千代に背を向け、足早に歩きだした。従うのが一歩、遅れた。胸の内がほんの僅か重くなる。この重みを、人はわだかまりと呼ぶのだろうか。

叔母上さまは、お幸せではなかったのかしら。

恵心尼が嫁いだ相手、新里家の当主が暗殺されたとは聞き及んでいる。千代の父生田清十郎と同じだ。頼るよすがを失った女がどれほどの辛酸《しんさん》を舐めねばならないか。母の無残な最期が教えてくれた。でもと、千代はかぶりを振る。

そんなわけがない。叔母上さまは、お幸せだったはず。

叔母には子がいなかった。それでも夫亡き後も新里家に留まった。そのころのことを、ぼんやりとだが覚えている。千代の両親、叔母には兄夫婦になる清十郎も絹江も健在で、何度か生田の家に戻ってくるように促した。が、叔母は新里の人々と暮らすことを選んだのだ。

「七緒どのは、今のままがよろしいのです。今のままでいたいと望んでおられるのです。暫くは、七緒どののお心のままにそっとしておきましょう。ええ、無理にこちらに連れ帰っても、七緒どののためにはなりません。ほんとうに、あちらでお幸せそうでいらっしゃいますもの。男のあなたには、おわかりにならないかもしれませんが」

母が父を諭《さと》していた。父が何と答えたかは記憶にない。当時、千代はほんの幼子だった。だから、母の言葉はずっと後になって聞いたものかもしれない。父を失ってから、母が語るのは〝来し方〟ばかりだったから。ときには千代が生まれる前、父の許に嫁いだころの日々を延々としゃべり続けたりもした。そんな取り留めもない話の端々でさえ、叔母は柔らかな光に包まれていた。母のように崩れるのではなく、淋しさも苦しみも呑み込んでなお幸せな人であったと、千代の心には刻まれている。

七緒であった俗世の叔母は、決して不幸ではなかった。仏門に入るとは、幸せな思い出さえ断ち切って生きることなのだろうか。それとも、叔母はあえて新里家での年月に背を向けているのだろうか。

新里さまもお逢いにならなかった。

恵心尼と一言も交わすことなく去っていった若い武士を、思う。

庫裡から呻き声が漏れてきた。小さな叫び声も聞こえた。

我に返る。

いけない、思いに耽《ふけ》ってるときじゃなかった。

戦うべき現がある。あれこれ考えるのは、全て後回しだ。

千代は庫裡に向かって走り出した。


風が唸った。蒼白く輝きながら、刃が風音を立てる。

初めの一撃を避け、正近は柄《つか》に手を掛けた。透馬が背中を合わせてくる。

「三人か」

月明りの下の気配を数える。一つ、二つ、三つ……。

「いや、四人だな」

透馬が素早く袖を括った。

「一人ぐらいなら、何とかできる。後は任せる」

「三人もか。些か、きついな」

「よく言うぜ。こうなるのを見越して付いてきたんじゃねえのかよ」

見越していた？　いや、そうではない。ただ、僅かばかり胸が騒いだのだ。何故なのか自分にさえ説き明かせないけれど、騒いだ。

「もう一度、聞く。何者だ」

「新里、無駄だって。問われて名乗るほど律儀なやつらじゃねえぞ」

目の前の影が飛んだ。驚くほど身軽だ。跳躍した影は匕首《あいくち》を逆手に持って、襲い掛かってくる。受け止め、跳ね返したとたん、横合いから別の匕首が向かってきた。避ける間がなかった。身体が命を守ろうとする。自分と透馬の命を守ろうと、動く。柄に手のひらがぴたりと吸い付いた。

「ぐわっ」

悲鳴が響き、血飛沫《ちしぶき》が飛ぶ。影が一つ、地に転がった。筒袖の上着に短袴《たんこ》。黒ずくめの男だ。地に伏した背中が束の間波打ったが、直に動かなくなった。

「野郎！」

初めて男の一人が叫んだ。それまで、男たちは気合さえ発しなかったのだ。無言のまま、こちらの急所を狙ってくる。慣れているのだ。人を殺すことに慣れている。

血が臭った。男の流した血が濃く匂い立つ。

心が鎮まる。ざわめきが消えた。心の臓が鼓動を打つ。

とくっ、とくっ、とくっ、とくっ、とくっ、とくっ。いつもと変わらない。

「死ねっ」

影が再び跳ねる。同時に、前から一人、飛び込んでくる。匕首を引き付け身体ごとぶつかろうとする。血走った眼と白く乾いた唇が、はっきりと見えた。一歩さがり、腰を落とす。下段から剣を振り上げる。向かってきた男が大きくのけ反り、そのまま後ろ向きに倒れた。

「あぐぐっ」

くぐもった呻きを漏らし、四肢《しし》を激しく揺らす。

「ううっ、助けて……くれ。助けて……」

正近は匕首を構える男に切っ先を向けた。男は動かない。荒い息の音をたて、正近を凝視していた。「……助けて……」。倒れた男が訴える。「お侍さま、お助けを」。焼け跡で縋ってきた幾つもの声がよみがえってくる。水から上がった犬のように、正近は身体を震わせた。凍てた風が吹き通っていった気がする。握った刀がひどく重かった。

「手遅れになるぞ。早く、手当てをしてやれ」

透馬の声がすぐ傍らでした。正近の横に並び、倒れた男に向かって顎をしゃくる。

「今なら、六分四分で助かるんじゃねえか。それとも、用無しはいらないと見捨てるか」

男が横に動いた。呻く仲間を抱え、そのまま後退《あとずさ》る。身体の向きを変えると、駆け去っていく。透馬が口笛を吹いた。

「見事な逃げ足だ。新里、怪我はないか」

「ああ……。おまえは」

「何とか凌いだ。一対一なら、まあ、そこそこどうにでもなる」

道の縁に丸くうずくまった男が見えた。傍に匕首が落ちている。禍々《まがまが》しさはどこにもなかった。刃渡り九寸五分の短刀は、子どもの玩具のようでさえある。

「……殺したのか」

「いや。当身《あてみ》だ。そっちは……」

透馬の眉間に皺が寄った。鼻の先が動く。血の臭いを嗅いでいるのだ。正近が斬った男に近づき、しゃがみ込む。首筋に指を当ててから、首を左右に振った。

「一太刀とは、見事なもんだな」

「樫井」

「血が乾かないうちに、早く拭け。人を斬った刀はな、放っておくと使い物にならなくなる。きれいに拭って、早めに砥《と》ぎに出すんだな」

「本当に死んでいるのか」

「あの男か？　医者も坊主も文句のつけようのない、正真正銘の死体になってるぜ」

「……そうか」

生田清十郎のときと同じだ。何も感じず、身体が勝手に動いた。いや、あのときはまだ、手ごたえを感じた。指を広げてみる。月明りに蒼く照らされた手のひらは、煤で汚れている。血は一点の染みにもなっていない。

あのときは、ここに人を斬った応えが伝わってきた。軽かった。すっと突き抜ける一筋の手応えだった。今は、それもない。

何もなかった。

口の中が苦い。呑み込んだ唾はさらに苦く、正近は顔を歪めていた。

「また、助けてもらったな」

透馬が肩を叩いてくる。ただ一度きり、軽やかに弾む叩き方だった。

「これでつごう二度、命拾いをさせてもらった。恩にきる」

口調も軽やかで弾んでいる。明日の遊興を語るような調子だ。

「まっ、特に恩返しなんざしねえけどな。おまえがいなけりゃ、殺《や》られていた。地べたに転がっていたのは刺客じゃなくて、おれだったって始末さ。考えるだけで寒気がすらあ。だからまあ、礼だけは言っとく。ありがとよ」

おまえに守ってもらった。おまえが守ってくれたのだ。

透馬が伝えようとしている言葉は重かった。正近は刃を拭い、鞘《さや》に納める。それを待っていたかのように、透馬は続けた。

「得物《えもの》からしても動きからしても、こいつら武士じゃねえな」

「ああ。しかし、相当な腕だ。素人でもない」

「人を殺すことに慣れている、殺しの玄人ってわけか」

「そうだ。みっちりと鍛えられ、相応の場数を踏んでいる。ただの破落戸《ごろつき》や半端者とはまるで違う手合いだ」

透馬が舌を鳴らす。

「武士ではない殺しの玄人か。ややこしいのが湧き出てきやがったな。あ……」

透馬の頬が俄《にわ》かに強張った。道縁に倒れている男に駆け寄る。透馬が当身で倒した男だ。すぐに息を吐く音に続いて、さっきより高い舌打ちの音が響いた。

「おれとしたことが、抜かったな」

「どうした？」

近づくと透馬は黙ったまま、男の顔を横に向けた。口から血が滴っている。かなりの量だ。血は赤黒く変色して、異臭を放っていた。鼻の奥に突き刺さってくる臭いだ。

「……毒か」

「だな。毒を飲みやがった。自分で自分の口を封じたってこったな。こいつから刺客を放った大本を聞き出すつもりだったが、まさか、自害するとはな。玄人もピンキリだろうが、新里、こいつら半端じゃねえな。かなりのもんだ」

透馬は立ち上がり、再び息を吐いた。

「ぼんやりするな。引き上げるぞ。やつらがまた襲ってこないとは言い切れねえんだ」

「え？　しかし、この男たちはどうする。このままにしておくのか」

「しておくんだよ。まさか、担いで屋敷に戻るわけにはいかんだろうが」

「死体をこのまま放っておくのか。それは、いくらなんでも……」

「玄人だって言っただろうが。そういうやつらは死体の始末なんて、御茶の子さいさい。任せておけばいい。おれたちは襲われた側だ。弔ってやる義理はねえよ」

透馬はわざとだろう、突っぱねた物言いをする。

「おれが斬った」

正近は両足を踏みしめる。自ら毒を飲んだ男の死に顔を見詰める。地に溜まった闇が、その輪郭を朧《おぼろ》にしていた。月が薄雲に覆われ始めている。

透馬が鼻を鳴らした。

「それがどうした。こいつらは匕首を手に襲ってきたんだ。おれたちを殺《や》る気でな。まるで躊躇わなかったじゃねえか。そういう相手を斬った。だから、どうだって言うんだ。一々、気に病んでいちゃ身が持たねえ」

唾を呑み込み、透馬は真正面から正近を見やった。

「おまえは賊《ぞく》を一人、斬った。おれは、この男が自死するのを見抜けなかった。どっちもどっちさ。同じじゃねえか。こいつらが何者かさっぱりわからねえ。けどよ、殺らなきゃ殺られてたって、それだけははっきりしてる。そうさ、殺らなきゃ殺られてたんだ」

樫井の言う通りだと、正近は頷こうとした。

そうだ。相手は刺客だ。しかも凄腕の。手加減などできなかった。おれか相手か、どちらかが死なねばならなかったのだ。わかっている。わかってはいるが……。

樫井は殺さなかった。

頭の中で誰かが囁く。誰かではなく正近自身の声だった。

同じではない。樫井は生かして捕えようとした。殺す気など端《はな》からなかったのだ。

同じではない。まるで違う。

頬が鳴った。口の中まで痛みが染みる。痛みより熱を感じる。頬が熱い。

「ぼんやりすんじゃねえ、馬鹿野郎が」

襟元を摑まれ、揺すられる。

「いいか、新里。わかってねえようだから教えてやるけどな、おれたちは、そういう所にいるんだ。命のやり取りをしなきゃならねえところに、な。そんなこたぁ百も承知なんじゃねえのか。綺麗ごとで済むような、済ませられるような場所に立っちゃあいねえんだよ」

胸を突かれる。思いの外、強い力だった。二歩、三歩、よろめく。

「これからだって、あるさ。刺客が襲ってくる。命を狙われる。何度だってあるんだよ。これで終わりじゃなく、明日も、明後日も襲われるかもしれねえ。もっと手強い相手だって現れるかもしれねえ。斬ったの、殺したのとぐだぐだ思案なんぞしてたら、生き残れねえんだ。心しとくんだな」

言い捨てて、透馬が歩き出す。

「待て、樫井、待て」

追いつき、肩を摑む。

「おまえ、こいつらの正体を知っているのか」

「知っているわけがねえだろ。見当もつかねえよ」

「しかし、こうなるのを見通していた如くの物言いではないか。おまえ、刺客が放たれるとわかっていたのか」

摑んだ手が払われた。

「わかっていたのは、おれじゃねえ。おまえだよ」

「おれ？　おれは……」

「だから、付いてきたんだろう。違うか」

違うとも違わないとも言い切れない。ただ、感じただけだ。苛立ちとも焦りとも呼べない不穏な情が動いた。それが告げたのだ。透馬を一人で行かせてはならない、と。

「樫井、この大火の裏には政《まつりごと》が関わっているのか」

透馬の眉が心持ち、吊り上がった。

表ではなく裏だ。明らかに見える一所ではなく闇に沈んだ場所だ。そこに、政が絡まっているとなると……、いるとなると、どうなる？

「だから、わかんねえんだよ。わかろうにも、何の手立てもねえんだ」

透馬が足元の小石を蹴った。小石は転がり、枯草の群がりに呑み込まれていく。

「おれだって執政連中が、町に火を付けたなんて突拍子もねえことを考えてるわけじゃねえ。ただ、気になんだよ。何でこんなに鈍いんだ、と」

「執政会議のことか」

「そうだ。親父と中老も含め、動きが鈍すぎる。他の執政たちはともかく、あの二人は馬鹿じゃねえ。切れ者と評判だし、確かに敏腕ではある。でなきゃ、あそこまで伸し上がれねえ。敵を容赦なく潰せる非情さもたっぷり持ってるしな。為政者の鑑ってやつだ。我が父親ながら立派なもんだと見上げちまう」

「樫井、ここで皮肉を振りまいても何のためにもならんぞ。いいかげんにしておけ。つまり、大殿と田淵中老の動きが気になると言うんだな」

「動かないのが気になるのだ。小舞の城下がどんな風なのか、ちゃんと摑んでいるはずなのに、城の蔵を開けようとしない。本来ならとっくに備蓄米をばらまいているはずだ。新里、ここからはおれの推量だがな」

「うむ」

透馬が再び、歩き出す。正近は二つの骸にもう一度、目をやる。

闇に包まれ、黒い塊にしか見えない。奥歯を嚙みしめ、透馬の半歩後ろに付く。耳をそばだてる。北からの風が吹きつけてきた。凍て風だ。冷たい。

また、人が死ぬ。

焼け出されたまま、温かい寝床はおろか夜具一枚、綿入れ一枚、持たない者が大勢いる。年寄りも赤ん坊も怪我人もいる。この凍てつきを凌げるだろうか。

見捨てていいわけがない。政を司る者が、民を見捨てて許されるわけがない。

「蔵を開けないんじゃなくて、開けられないんじゃねえのかな」

ほとんど独り言のような呟きだった。「何だと?」。思わず聞き返す。聞こえなかったのではなく、意味がとっさに解せなかったのだ。

透馬の返事はない。

「樫井、蔵を開けられないとは何だ？　どういう意味だ？」

やはり返事はない。透馬は黙り込み、足を速める。火事の後、城下の辻行灯、軒行灯に火を入れることは禁じられていた。月明りだけが頼りの道は闇に浮かび、闇に消えていく。闇と地を分けるように、風が舞った。

「蔵を開けられない。何故だ。考えられるのは二つ。蔵の中に、見られてはまずい物がある。あるいは、見られなければまずい物がない。あってはならない物があるのか。なければならない物がないのか」

「樫井、おい、まさか」

心の臓が鼓動を刻む。鼓動がせり上がって、喉を塞ぐ。正近は口を開けて、息を吸い込んだ。ひゅーっと木枯らしに似た音が、喉の奥から漏れた。

「推察だ。何の拠《よ》り所もない。おれの一人がってな妄想かもしれん。まったくな、何もかもあやふやだ。推察の域から一歩も出られやしねえ。唯一つ、はっきり言えることは、さっきの賊は町人の形をした武家ではなかったって、それぐれえさ」

武家ではなかった。武家なら匕首は使わないだろうし、使い方も違ってくる。

「町方がなぜ、おれたちを襲ったのだ。人違い……ではないな」

殺気は、正近と透馬に向かって真っすぐに突き刺さってきた。躊躇いも揺らぎもなかった。殺す相手を確かに見定めた気配だった。

「べらぼうに疲れたな。頭も身体もくたくただ」

透馬は妙に年より臭い仕草で、腰のあたりをさする。

「さんざん歩き回ったあげく、最後は大立ち回りときた。まあ、疲れても不思議じゃねえよな。新里、おまえどうする。今夜は宿直《とのい》にして、酒でもくらうか」

「いや、帰る。帰らねば、みねに余計な心配をかけるからな」

「みね、か」

透馬がひょいと肩を竦めた。

「しばらく逢ってないな。へっ、あんな小うるさい女でも、何だか懐かしいや」

みねは、長く新里家に仕えている女中だ。母の都勢《とせ》が亡くなった後も、義姉の七緒が出て行った後も、変わらず奉公している。庭の松のようだと、時折、正近は思う。時を経ても姿を変えない。少しばかり年をとってさらに肥えはしたが、みねはみねのままだった。

透馬が懐かしがる気持ちは、よくわかる。

「ざっぴんの甘露煮が食いたい」

唐突に、透馬が叫んだ。既に出石町に入っている。この先は重臣の屋敷が並び、白い土塀が延々と続く。燻る煙も、あらゆる物が焼け焦げた臭いも、すすり泣きも、呻き声も、必死の訴えも遠くに追いやられ、静寂が辺りをすっぽりと包み込んでいた。焼け落ちた町々とは全く別の異界の静けさだ。透馬の叫びが、その静寂を破る。

「腹いっぱい、ざっぴんを食いてえ」

「馬鹿、よせ。門番が飛んで来るぞ」

「誰が来ようが知ったことか。おれは、ざっぴんが食いてえんだ」

ざっぴんは柚香下川でとれる雑魚のことだ。鮎などの上物とは縁のない町民や下士が食するとされ、〝魚に非ず〟と嗤われもする。しかし、腸《わた》を丁寧に抜き取って酢漬けにしたり、甘辛く煮付けたり、骨ごと潰してつくねにしたりとどのようにも料理でき、どのような料理でも味を引き立てた。安価でもあり、重宝この上ない代物《しろもの》なのだ。

義姉の七緒は、ざっぴんの甘露煮が得意だった。軽く炙《あぶ》った後、骨まで食べられるようことことと煮込む。酒を使い照りを出し、細切りの生姜で臭みを消す。手間はかかるが、酒の肴《さかな》にも飯のおかずにも絶品だった。みねは七緒から教えられ、寸分変わらない甘露煮を作る。酢漬けや煮付けも得意だ。

「美味えよなあ、あれは。なのに、樫井の家では食えない。一皿たりとも出てこないんだ。酢漬けの一切れさえ、お目にかかれねえんだから嫌になっちまう」

「それはそうだろう。樫井家の膳にざっぴん料理なんて載るわけがない。あれは下々の食するものだ。そのかわり、鮎やら鯛やら馳走が並ぶではないか」

「おれは、ざっぴんが食いてえんだよ。くっそう、口にしたら余計に食いたくなった。てんこ盛りの飯にざっぴんの甘露煮、食わせてくれっ」

「だから、大声を出すなと言ってるんだ。わかった。みねに頼んでみる。今度、持参してやるから心行くまで食えばいい」

うーんと透馬が気のない返事をする。そのあと、ぼそりと独り言《ご》ちた。

「おれは、七緒どののざっぴん料理が食いたい」

透馬が空を見上げる。正近も倣った。月は雲を薄衣のように纏い、冷たく輝いている。

「……みねの味は義姉上と変わらん。そのままだ」

ざっぴん料理だけでなく、汁物も、漬物も、七緒の味だった。それが、ときに嬉しく、ときに耐え難くもあった。

「同じ味でも、作り手が七緒どのとみねでは大違いだ。七緒どのがおれのために料理してくれたと思うだけで、さらに美味くなる。みねだと、そうはいかん」

「みねに、そう伝えといてやる。甘露煮の持参はおそらくなくなるだろうな」

「あ、いや、待て。口が過ぎた。おれは本気で食いたいんだ。あっ、こうしよう」

透馬が手を打ち鳴らす。

「今回の騒動が一段落したら、おれが新里家に出向く。で、ざっぴんと飯と酒とでもてなしてくれ。うん、これはいいな」

「何がいいんだ。おまえは大食らいだから来ると、みねが嫌がる……こともないか。飯を食わせる代わりに、襖の張替えやら建て付けの悪い戸の直しやら松の剪定《せんてい》やら、押し付けられるのは確かだぞ」

「それもいい。あの屋敷のあちこちを直すのも楽しいしな。おまえが、妻など娶《めと》るものだから少し行き辛くなってたんだ。けど、離縁したなら遠慮する相手はいないし、気楽に足を向けられる」

思わず苦笑してしまった。

透馬は遠慮がない。配慮もない。思いの丈を好きに語る。七緒が髪を下したことも、妻であった弥生《やよい》が嫁して一年足らずで去ったことも、正近にとっては傷だ。ようやく瘡蓋《かさぶた》ができ始めたものの、触れられれば、まだ疼く。少し思慮のある者ならば、あえて触れないようにもするのだろうが、透馬はまったく意に介さなかった。ずけずけと踏み込んでくる。繊細の欠片もない性質《たち》なのだ。しかし、透馬だと疼かない。踏み込んで来られても、無遠慮に触れられても、瘡蓋が剝がれたりしない。他の者なら、たとえ半四郎であってもこうはいかない。もっとも、半四郎は他人の弱みや痛みを放逸《ほういつ》に突いたりはしない。他者への思慮、配慮は透馬の何十倍も具えている。

「樫井」

背後から呼び止める。凍てた風が強くなる。袂が揺れる。

「今夜のこと、届け出るのか」

透馬は振り返り「いや」と、かぶりを振った。

「放っておく。下手に騒ぐと、せっかく出した尻尾を引っ込めるかもしれないからな」

「尻尾？　誰の尻尾だ」

「そんなこたぁ、わからねえよ。さっきからそう言ってるじゃねえか」

そこで、唐突に口をつぐみ、透馬は正近を横目で見てきた。嫌な眼付ではないが、意味ありげではある。正近は顎を引いた。

「何だ？」

「あの女の居場所、おまえ、知っているか。舟入町で逢った女だ」

「お梶のことか。いや、知らんが……」

遊女の身請け先だ。詮索《せんさく》していいものではないし、その気もなかった。お梶は遊女であった日々と決別したのだ。新しい、堅気の生き方を手に入れた。それなら、忘れるのが人情というものだ。焼け跡だったから声を掛けた。あれが町中であったのなら、商家のお内儀姿のお梶が供など連れて歩いていたのなら、知らぬ振りをした。目さえ合わさなかっただろう。お梶も何も言わず、通り過ぎたはずだ。

「だろうな。女がいた女郎宿もきれいに焼けちまってた。居場所を探すのは、ちっと難しいだろうな。が、まあ手立てがねえわけじゃねえからな」

「なぜ、お梶の居場所を探さねばならんのだ」

「気になるからだよ。おれたちを襲った輩とあの女が繋がっているのか、いねえのか」

大きく目を見開いていた。そのまま、まじまじと透馬を見詰めてしまう。

「お梶が賊と繋がっている？　まさか、ありえん」

「おまえは、まさかが多過ぎるんだ。世の中ってのはな、ありえんことがありえるに転じるなんざ、珍しくねえんだぜ。頭を冷やして思案してみな。あの女の妙にそわそわした様子が気にならねえか？　で、それから数刻の後、刺客が放たれた。どうしてだ？　女が誰かに報せたからとは考えられねえか。おれたちが、罹災者の様子ではなく、火事の出所と出方に疑念をもって、あれこれ嗅ぎ回っていると勘違いした。それで……」

「馬鹿な」

一笑に付そうとしたが、口元が上手く動かなかった。確かに、お梶の素振りは妙だった。何か言いたげな、縋るような眼つきをしたかと思うと、そそくさと遠ざかっていった。けれど、それだけで、お梶と刺客を結びつけるなど早計の上にも早計だ。透馬が何と言おうと、ありえないものはありえない。それにと、正近は身体の横でこぶしを握った。

「馬鹿げている。万が一、おれたちが出火について調べていると誤解したとしても、ただそれだけで刺客を放つか。失敗すれば、実際に失敗したわけだが、疑念を余計に膨らませるだけではないか。それに、おまえの言う通りだとすれば、この火事は誰かが企てた、つまり付け火ということになるんだぞ」

透馬が右眉だけを上げる。口元に皮肉な笑みを浮かべる。

「新里、頭がだいぶ混乱してんな。話があちこちしてるぜ。付け火かどうかじゃねえ、付け火だから刺客が放たれたんだ。逆にいやあ、このことでおれは、付け火を深く疑っちまうね。そこんとこから、調べてみなきゃならねえと思ってる。まあ、いいさ。これもまだ推察でしかないからな。あーだこーだ言い合ってても、しょうがねえ。まずは、女の居場所を突き止めるのが先決だ」

透馬が欠伸を漏らす。

「ともかく、疲れた。今日は休む。付け火云々《うんぬん》はおいといて、明日の執政会議、踏ん張らなきゃならねえからな。じゃあな」

ひらりと手を振って、透馬は樫井家の裏門に消えた。

正近は夜道に一人、残された。

ばさり。羽音がして、頭上を影が過《よぎ》った。

夜飛ぶ影は梟《ふくろう》だろうか、凪に迷った烏だろうか。


月が隠れた。しかし、樫井家の屋敷は闇に覆われてはしまわない。

あちこちに置かれた石灯籠の明かりは淡く、照らすというより闇に浮かび上がっているに過ぎない。それでも、全てが漆黒に塗りこめられるのを妨げている。

あの明かりに虫が群れ集まっていたのは、ついこの前のような気がする。朝方、翅《はね》を焼かれた虫の死骸を蟻がせっせと運んでいたのも、石灯籠の上に時鳥《ほととぎす》が止まっていたのも、半年も昔ではない。半年前と今と。季節の移ろいを抜きにすればこの場所は、ほとんど変わっていない。しかし、城下はどうだ。何もかもが一変した。目に見えるものも見えないものも、風景も人の暮らしも未来も、ひっくり返り裏返しになり断ち切られ、潰された。

透馬は唇を噛み、空を仰ぐ。

黒一色の空をそれでも雲は流れている。

江戸で生きている祖父を思う。もうとうに六十は過ぎただろう。経師職人の祖父の許で育った日々は、透馬の基だ。あの日々で、透馬は人を知った。政とは遠く隔てられながら、この世を支えている人を知った。ときに卑《いや》しく、姑息《こそく》で、狡《ずる》い。平気で嘘をつく者も怠け者も、どうしようもなく捻《ひね》くれた者もいた。他人のために親身になれる者も、己の仕事に矜持を抱いている者も、こつこつと職に励み子を養っている者もいた。江戸という広大な町で人は蠢《うごめ》き、生きて、世の中の歯車を動かしているのだ。それを目の当たりにし、肌で感じ、育ってきた。

小舞の民と江戸の人々が重なる。まるで違うが、同じだ。同じく世を回し、支えている。あの者たちを救わぬのなら、政の意味は失せる。

さらに強く、唇を嚙み締める。

新里の基は何なのだろう。

思案が祖父から、先刻別れたばかりの男に移る。

新里はなぜ、自分の為すべきことに迷いがないんだ。

正近は生まれたときから武家だった。さまざまな変転を味わい、透馬にはわからぬ苦悶や労苦を背負ってはいるだろう。しかし、武家として生まれ育ったことは変わらない。武家の生き方しか知らぬ者が、民に心を馳せられるのは何故だ。百姓や町人の命と武家のそれを同じだと言い切れるのは、何故だ。

一人の女を心底から想い続けているから、だろうか。

透馬は肩を竦めた。

へっ、らしくねえな。

自分を嗤う。誰であろうと深入りはしない。互いに手を携《たずさ》えも、助け合いもするけれど、その心内や来し方や想いの中身にまで心を及ぼすことを透馬は己に禁じていた。深く入り込めば抜けられなくなる。静心を保てなくなる。

人と人との間合いを過《あやま》たずにいたかった。それが己を守るこつだと学んできた。が、しかし、正近との間が正しく測れているかどうか、正直、自信がない。ないことが小さな怯えに繋がる。稀に、本当に稀に透馬は正近に恐れを感じるのだ。

風が吹いた。

微かに青い匂いがした。雲が割れ、月が覗く。月の光は灯籠よりよほど明るく、地を照らしだす。振り向き、透馬は一瞬乱れた気息を整えた。

「兄上、これは驚きました」

嘘ではなく、驚いていた。まさか、ここで保孝に会うとは思ってもいなかった。

「おれも驚いている。まさか、夜のそぞろ歩きの最中におまえと鉢合わせをするとはな」

寝衣《しんい》の上に羽織を着込んだ保孝は、小さな笑い声を立てた。手に杖を握り、それで身体を支えているようだ。月明りのせいなのか、顔色はさらに蒼い。血を宿しているとは信じ難いほどの蒼白さだ。しかし、それが、月の下では艶めいて、人ならぬものの気配さえ感じさせる。

「こんな刻、こんな寒空の下でそぞろ歩きでございますか」

「ああ、なぜか、昼間より夜の方が気分がよいのだ。ふさも寝入って、あれこれうるさく節介を焼いてこないしな。唯一、おれが好きに動ける刻なのだ」

「さようでございますか。兄上も、いろいろとご苦労がおありなのですな」

いい加減に話を合わせているわけではない。保孝には保孝の背負うた重荷がある。それは、透馬には推し量れない重さと形があるのだ。

「まあな。人にはそれぞれの苦労も幸せもあるということだ。で、おまえこそ、何をしていたんだ。うん？　妙に煤臭いが……。城下に出ていたのか」

「はい。どのような有り様か見て参りました」

「そうか……。おまえはどこにでも行けるのだな」

「は？」

「いや、それで、城下はどうであった」

「一言では言い表せませぬが、凄まじい惨状でございました」

掻い摘んではあるが、兄に今日、見たこと、知ったことを伝える。保孝は身じろぎもせず耳を傾けていた。聞き終えても、束の間、黙り込み、おもむろに吐息を零した。

「そうか、そのような惨いことになっておるのか」

「はい。一日も早く手を打たねばなりませぬ。食料も医者もまだまだ足りておりません」

「うむ。医者の手配は、できるだけのことはやった。明日にでも、かなりの数が集まるはずだ。火傷の治療を得意とする者も何人かおる。その者たちが核となって働けば、治療の道筋も見えてこよう。どんな薬がいるか、何を揃えればいいのか明らかになるだけでも、助けとなるはずだ」

「何と、そのように速やかにお集めいただいたのですか。兄上、かたじけのうございます」

頭を下げる。

兄がここまで迅速に、要を得た計らいをしてくれるとは考えていなかった。

ありがたい。僅かながら、光明《こうみよう》を見た思いがした。

「礼などいらぬ。言うたであろう。おまえはおれに役割を与えてくれた。このまま朽ち果てるだけと覚悟していたおれに、な。そして、おれはおれにできることを為した。なあ、透馬、おれがそなたと同じ、いや、半分でも健やかであったのなら何ができたであろうな」

透馬は顔を上げ、父を同じくする兄を見詰める。

「何を為したであろうか。考えても詮無くはあるが……くっ」

顔を歪め、保孝がよろめいた。

「兄上？　いかがされました」

「いや……少し、息が苦しかっただけだ。案じずともよい」

言いながらも、保孝の息が荒くなる。

「すぐにお部屋にお戻りください。医者を呼びまする」

瘦せた身体を支えようと手を伸ばす。刹那《せつな》、殺気がぶつかってきた。風が唸る。とっさに、飛び退《すさ》っていた。眼間《まなかい》を杖の先が過る。避けなければ、顔をしたたかに打たれていただろう。

「……よいと申した。出過ぎた真似を……するな」

喘ぎながら保孝が言う。熱でも出てきたのか、目の周りがみるみる赤らんでくる。

「申し訳ござりませぬ。お許しください」

膝をつき、頭を下げる。もしやと思った。

もしや、再び一撃が襲ってくるかもと。

きたらどうする。

むろん避ける。病人だろうが、兄だろうが、黙って打擲《ちょうちゃく》されるいわれはない。刃向かいはせぬが、避けて、とっとと逃げてやる。

「……すまぬ」

保孝が詫びた。

「このところ、気持ちの抑えが……利かぬ。人として壊れ始めて……おるのやもしれぬな」

「ずっと臥せっておられるのです。気も滅入りましょう。多少の癇癪《かんしゃく》ぐらいはよろしいのではありませぬか。兄上が壊れているようには見えませせぬが」

「ふふ、見えぬか。そう言うてもらうと……安堵できる。なあ、透馬」

「はっ」

「明日は執政会議だな。罹災者への手立てを……重臣たちが話し合うわけだ。おまえは、そこで言うべきことを……摑んでおるのだな」

保孝の物言いは途切れ途切れではあるが、意外なほどくっきりと耳に届いてきた。

「はい。そのために、この刻まで歩き回っておりました」

「そうか……では、力の限り努めるのだな。重臣たちが動けばよいが」

僅かに笑み、保孝は背を向けた。闇に吸い込まれるように遠ざかり、消えていく。

「動くのを待つんじゃなくて、動かすんだよ」

保孝を呑み込んだ闇に向かって、呟く。とたん、頰に微かなひりつきを感じた。触れてみると、指の腹に薄っすらと血がついた。杖の先が掠ったのだ。真剣なら、頰の肉を削がれていたかもしれない。

やるじゃねえか。

今度は胸の内で呟く。月の光が蒼みを増した気がした。

「何ですと」

透馬は息を詰めた。目の前に、父、信右衛門が座っている。朝餉《あさげ》の後、父の居室に呼ばれた。嫌な気分にはなった。父に呼ばれて気分が弾むことなどない。今までもなかったし、これからもないだろう。しかし、今朝は特に嫌だ。背中のあたりがぞわぞわと、落ち着かない。

仏頂面はしない。不満も不平も憤怒も、その他のどんな想いも浮かべない。信右衛門も透馬も、登城の用意をすませている。家紋付きの裃姿だ。

信右衛門は息子をちらりと見、こともなげに告げた。

「その出立はいらぬぞ。脱ぐがよい」

「はい？」

「今日の登城は罷りならぬ」

「何ですと」

腰が浮いた。

「執政会議に出ずともよいと申しておる。暫く、屋敷内で大人しくしておれ」

詰めた息を吐き出していた。

このおれを弾き出すつもりか。

弾き出すつもりなのだ。なぜ、何のために。

透馬は歯を食い縛る。その軋《きし》る音が頭蓋の中で大きく響いた。

「くそぅ。何さまのつもりだ。あのくそ親父が」

くそ親父だの、狒々爺《ひひ》だの、腹黒い狸だの、透馬の罵詈は止まらない。

「あんなろくでもねえ、すっとこどっこいの半ちく野郎、ちょっとやそっとではお目にかかれねえぜ。よく人間の形をしてるもんだ。いつか、尻尾が生えて、舌が二枚に割れて、屋根の上で踊り出すんじゃねえのか」

くっ。正近の隣で半四郎が噴き出した。俯いたまま、背中を震わせる。

珍しい。

半四郎は、透馬はもとより正近と比べても、ずっと沈着だ。長い付き合いだが、半四郎が情を露わにして憤るなり、哭《な》くなり、大笑するなりした姿を目に留めたことは、そうない。片手の指で数えられる程かもしれない。

その半四郎が笑いを抑え込もうと、懸命になっている。

「なんだよ」

透馬の唇がそれとわかるほど尖った。

「山坂、何がそんなにおかしい。おれは怒ってんだ。笑うような話、一言もしてねえぜ」

「殿の御前で不躾な振る舞いをいたしました。ひらにご容赦くださいませ」

笑いを呑み下したのか、半四郎の物言いはいつも通りに落ち着いていた。

「別に不躾とは思わねえが、おまえが笑うほどおかしいことを言ったかよ」

「いえ、その、つい、頭に浮かんでしまいまして……」

「何がだよ」

平伏の姿勢から身体を起こし、半四郎は口元を心持ち引き締めた。

「大殿が、屋根の上で踊っておられる姿にございます」

「へぇ、で、尻尾は生えてたか」

「ふさふさの狐のような尾が三つも……」

今度は、透馬が笑い出した。半四郎と違って、遠慮がない。天井を仰ぎ、からからと笑う。透馬の笑声《しょうせい》は乾いて軽やかで、屈託《くったく》など何一つないように響く。

「こりゃあ、愉快だ。化け損ねた三尾の妖狐ってやつか。いや、笑えるな」

「殿、お言葉ながら、それがしは妖狐とまでは申し上げておりませんが」

「そりゃそうだ。妖狐なら化けるのは妙齢の美姫だろうからな。親父はやはり、化け狸か化け狒々の類さ。はは、山坂のおかげで気持ちよく笑えたぜ。そのせいか喉が渇いたな。般若湯《はんにゃとう》でも飲むとするか、な、新里」

「まだ、昼前でございますぞ」

「昼だろうが朝だろうが、酒は飲みたいときに飲むのが何より美味いってもんだ」

正近は立ち上がり、障子戸を開けた。

「殿が酒をご所望《しょもう》だ。用意せよ」

控えていた小姓は一礼すると、足早に遠ざかっていく。

視線を巡らせる。

日は中天に差し掛かり、うららかな陽を地に投げていた。ただ、風は北から吹いてくる冬のものだ。明るく凍えた風景の中に、人の気配はなかった。

後ろ手に障子を閉める。

「誰もいないか」

透馬が問うてきた。もう、笑っていなかった。

「ああ。盗み聞きされる心配はない。しかし、な」

「何だ？」

「おまえの近習に取り立てられてから、人払いばかりしている気がする」

「しょうがねえだろう。ここは、親父の屋敷だ。壁に耳あり、障子に目あり。うっかり密談などできるわけがない。みんな、筒抜けになっちまう」

「大殿に筒抜けになると不味い密談をするわけだな」

当たり前だと言わんばかりの顔つきで、透馬は鼻から息を吐き出した。

「新里、山坂、もう一度言うがな。今朝、おれは登城を止められたんだぜ。つまりよ、執政会議に出るなってこった。おれだけ、蚊帳の外に追い払われたってわけだ。全く、くそ親父が。後嗣に据えるだの家を継げだの、好き勝手なことを言いやがったくせに、いざとなると」

「樫井、わかった。文句は横に置いとけ。よく素面《しらふ》でそこまで文句を垂れ流せるな」

「うるせえよ。おれは酒の力を借りなくとも、言いたいことを言えるんだ。新里みたいに、胸に溜め込んで、二進《にっち》も三進《さっち》もいかなくなってへたり込んじまうのとは、違うさ」

「おい、何て言い草だ。おれがいつ、何を溜め込んだ」

「へへっ、言ってもいいのかい。痛いとこ突いちまうぜ。突かれて泣くなよ」

半四郎がため息を吐いた。それから二人の間に割って入る。

「喧嘩は後にしろ。すぐに小姓が戻ってくるぞ。それまでに話すべきことがあるんだろう」

半四郎の言う通りだ。言い争いをしている場合ではない。しかし……。

「樫井が悪いのだ。わざと他人を苛つかせて喜んでおる。小意地の悪いガキといっしょだ」

「はあ？　よく言うぜ。すぐにかりかりして喧嘩を売ってくるのは、そっちじゃねえか。我慢の利かないガキといっしょだぜ」

「いいから、二人とも座れ。無駄にする刻はないんだぞ」

半四郎に無理やり座らされて、正近と透馬は横に並ぶ格好になった。

「おまえたちは出逢った時分と、ちっとも変わっていない」

半四郎が二人を交互に見やり、言った。

「本音でぶつかり合える相手は貴重だ。稀有《けう》といっても過言ではあるまい。だがな、そこに大人の分別や思慮が働かなければ、それこそガキといっしょではないか。おまえたち、いつまでガキでいるつもりだ。おれとしては、もうそろそろ大人になってもらいたいのだがな」

透馬が仏頂面のまま、肘で正近をつついてくる。

「ほらみろ。また、山坂に説教されちまったじゃねえか」

「お互い、省慮《せいりょ》するしかないな」

口元が綻《ほころ》んだのは、透馬の仏頂面が本当に悪戯《いたずら》を叱られた童のようだったからだ。十年経っても二十年経っても、透馬は童を思わせる表情をふっと見せたりするのだろうと、感じたからだ。世間を知り尽くしたつもりの大人になるより、何も知らない童の姿を心の隅に留めたい。そんな埒《らち》もないことを思ったからだ。

「おれは、これから酒を飲む」

不意に透馬が告げた。

「飲んで、ぐでんぐでんに酔っ払い、夕刻まで眠っちまう」

「ということに、するのだな」

半四郎が身を乗り出す。正近も膝を進める。三人は顔を寄せ合い、声を潜めた。

「そうだ。そのあたりは、山坂、うまく頼む。新里では芝居はうてんからな」

「承知」

「ちょっと待て、二人とも。おれを虚仮《こけ》にする気か」

「新里は馬鹿正直で思ったことがすぐに顔に出ると言ってるだけじゃねえか。細けえことに、拘るなってんだ」

「ほら、また、そういうガキの諍いをする。いい加減にせぬか」

半四郎が透馬の膝を音がするほど強く、叩いた。

「話を進めろ。酔い潰れて部屋に籠っている振りをして、どうするつもりだ」

「新里と一緒に、ちょいと探ってみる」

半四郎の眼が僅かに細められた。物事の裏を窺おうとする眼差しだ。前髪を残して、好きに言い合っていたころの面影《おもかげ》が消えていく。

「探るというのは、おまえが執政会議からはじき出された理由を、だな」

「そうだ。どうも気になる。自分で言うのも何だが、いくら筆頭家老の息子とはいえ、おれは末席の末席に座っているに過ぎない。平生は、よほどのことがない限り、意見を問われることさえねえんだ。つまり、居ても居なくても、そう変わらねえってこった。床の間の置物と大差ねえってよ」

正近は心持ち顎を引いた。透馬の横顔を見詰めてしまう。

「そこまで卑下《ひげ》せずともよかろう。かりにも執政の一席にいるのだ」

「そりゃあ、樫井の名前がくっついてるからさ。でなきゃ、誰が相手にするもんか。まあ、おれとしては相手になんぞして欲しくはなかったけどよ。樫井家の後嗣を置物がわりに末席に据えておく。で、差し障りがあれば、外に放り出すって寸法さ。親父も含めて執政連中からすれば、おれは、その程度に過ぎねえ。もちろん、今日の会議だけはとことんやり合う腹積りだったが」

透馬は、まるで他人事のように己を語る。語れる。気儘《きまま》で、自分勝手で、他人への心配りの一つもしない男であるのに、己に執着しない。他人も自分も同じく醒めた眼で眺める。眺められる。

それを美点と言い切れないが、正近にはできない業《わざ》だ。

よく、自分を見失う。

想いや思案に引きずられて、己の本来の姿を見誤ってしまう。

半四郎が腕組みをして、天井に目を向けた。

「では、何の差し障りがあったのか。置物であるはずの樫井透馬を放り出さねばならなかったのは、何故か。そういうことだな」

「そうよ。けど、それの答が、おれにはわからねえのさ」

「ざっと考えれば三つ、ある」

半四郎が視線を戻し、指三本を立てた。

「この前の執政会議での、おまえの発言。もう一つは、樫井家の蔵から米を運び出したこと。三つめは、その腹積りだ。この三つのどれか、あるいは、三つともが因かもしれん」

半四郎は三本の指をゆっくりと握り込んだ。

「違う」。呟いていた。自分の呟きに正近は驚く。半四郎と透馬が、真顔を向けてきた。

「正近、違うとは何がだ？」

半四郎に問われた。透馬は無言のまま、見詰めている。

「樫井の、これまでの発言や行いが因ではないと、そういうことか」

重ねて問われ、正近は小さく唸った。筋道を通して、わかり易く思案の程を話す。そういう能は、半四郎には遠く及ばない。

ただ、感じはする。違うと感じるのだ。そして、感じたことをそのまま口にしても、この二人の前でなら許される。

「あまりに急だと思わぬか」

半四郎と透馬を交互に見やり、言葉を紡ぐ。

「今朝の今朝、大殿は執政会議への出座を禁じた。あまりに唐突だ」

「……だな」

透馬が腕を組み、頷いた。

「言われてみれば、確かにそうだ。ほとんど不意打ちみてえなもんだからな。この前の執政会議や米の運び出しをとやかく言うのなら、あの親父のこった、とっくに引導渡してるだろうさ。『暫く謹慎しておれ』とか何とか、偉そーに命じやがったに違えねえぜ。今日の会議だっておれがどんな腹積りで臨もうとしているかなんて、とっくに感付いてるだろうしな」

「そうさ、おまえが意見するのを否と思われたのなら、もっと早く手を打たれただろう。前の会議の後、釘を刺せば事足りる。しかし、大殿は今朝までは何もお命じにならなかった。無断で布施米を運び出したときでさえ、それを寛容なされた。今日の執政会議はこの件を受けて、各重臣たちも蔵を開く流れになるだろう。その席におまえがいたとしても、別に差し障りはないはずだ」

正近の言葉に、半四郎が首肯する。

「そうだな。大殿のことだ、その流れなど見通しておられるだろう。いや、むしろ、そういう流れを御自《おんみずか》ら作られるのではないか。とすれば、樫井の進言は流れのきっかけになりさえすれ、邪魔にはなるまい。うん、もしかしたら……」

そこで言葉を切り、半四郎は眉根を寄せた。渋面《じゅうめん》、まではいかないが苦い何かを口にした如く、口元が歪む。視線がふわりと空を泳いだ。

こういうときは、待つ。

半四郎が何かを言い淀み、眼差しを泳がせるのは、大抵、思索のときだった。何かを思案し、頭の中で組み立てている。暫く待てば、組み立てた諸々をわかり易く伝えてくれるはずだ。そうわかっているから、待つ。

「あぁ、また、山坂のだんまりが始まった。あぁ、じれったい」

透馬が寝転ぶ。わざとらしく、大きな欠伸を漏らす。相手の言葉をじっくり待つ気はないらしい。その黒目が僅かに動き、廊下と部屋を隔てる障子に向けられる。

正近は腰を上げ、廊下に出た。小姓が膳を前に畏まっている。

「御膳の用意が整いましてございます。このようなもので、よろしゅうございましょうか」

膳には、黒漆塗りの銚子と盃が載っていた。

「ご苦労。しかし、これだけでは足らぬな。も少し、酒を用意せよ」

「はっ」

小姓が頭を下げる。下げながら、一瞬、正近の顔を窺った。丸顔のどちらかと言えば幼くも目に映る小姓が、刹那だけ見せた鋭い眼つきだった。

なるほど、確かに油断ができない。この小姓が知ったことごとくは、その日の内に信右衛門に告げられるのだろう。まさに壁に生えた耳そのものだ。

背中のあたりがうそ寒くなる。

父が子を見張り、動静を探る。

何とも窮屈で、異様ではないか。透馬だから、やり過ごすこともできているのだろう。自分なら耐えられないかもしれない。

大殿はなぜ、ここまで用心するのだ?

寝転がって耳を掻いている透馬を見やる。

樫井は望んで、小舞にいるのではない。むしろ、逃れたいと、身分も出自も捨てて江戸で職人として生きたいと言い続けていた。樫井家後嗣の座を、息子に強いたのはご家老だ。樫井としては不本意ではあっても、ご家老からすれば我が意のままに事が運んだのではないか。むろん、樫井が唯々《いい》諾々《だくだく》と親の命令や指示に従うとは、露ほども考えておられぬだろう。一筋縄ではいかない代物だからこそ後嗣に選んだとさえ思える。その息子の周りに見張りの者を置く。言動を探る。

正近には、樫井家の父子の在り方も信右衛門の心の内も読めない。異形の世界のように感じてしまう。

透馬が起き上がる。膳を前まで運んだが、手を付けようとはしなかった。

「それで、何が言いたいんだ、山坂」

胡坐《あぐら》を組み、半四郎を促す。

「うむ。会議で重臣の方々が蔵を開けると決まれば、どうなるかと推し量ってみた」

「推し量って、どうなった」

「筆頭家老である大殿が、屋敷内のほぼ全部の蔵を開けたとなれば、他の者たちは追随《ついずい》するしかあるまい」

「だな。下手に躊躇い、家老の不興を買うのは得策じゃねえだろう。そういう分別だけは、ちゃっちゃっとできるのが執政って連中さ。で、追随したらどうなる」

「重臣方の財力は半減する」

透馬が頷いた。予《あらかじ》め、答えがわかっていたような素振りだった。

「そうさな。おれが見たところ、樫井家の財は庭に並んだ蔵だけじゃねえ。親父のことだ、どこかに小舞一国を動かせるぐれえのものは貯め込んでいるはずさ」

「落ち着いておられたな」

正近はつい、口を挟んでしまった。開け放された蔵から、次々運び出される米俵、いななく馬、行き交う人足たち、風に舞い上がる土埃。そういう諸々が絡まり合った光景を信右衛門は静かに眺めていた。慌てる風も戸惑う様子も見せなかった。泰然自若《たいぜんじじゃく》とでも言うのか、ゆったりと構えていた。

「けど、他の執政はそうはいかねえだろう。あいつら賄賂《まいない》だの心付けだのをちまちま貯め込むぐれえが関の山だ。それを吐き出さなくちゃならねえとすると、かなり痛手だな。ふふん、なるほどね。親父との力の差はますます開くって寸法か」

「それともう一つ」

半四郎が指を立てた。今度は、一本だ。

「重臣の方々の放出分で布施米が賄えたら、城の蔵を開けずに済む」

正近は息を呑み込んだ。口の中が乾いているのか、動かした舌がかさかさと音を立てる。

不慮の災厄に備え、城の蔵には米、銅、金、銀が蓄《たくわ》えられているはずだ。この大火はまさに〝不慮の災厄〟に他ならない。にも拘らず、城は未だに蔵の扉を閉じたままだった。

くっくっく。

正近の隣で透馬が笑う。いつもの軽やかな、けれど、どこか嘲笑いにも似た笑声だ。

「なるほどね。開かずの蔵の扉たぁ、おもしれえじゃねえか。おれを会議から外したのも、蔵を開けろと騒がれては面倒だからか」

「うむ。どう思う、正近」

半四郎の視線が窺ってくる。

「おれは違うと思う。さっきも言ったが、あまりに急すぎる。おそらく因は昨日の……」

「昨日？　昨日、何かあったのか」

「あ、まだ、話していなかったな」

出仕してすぐ、透馬の腹立ちまぎれの罵詈と愚痴に巻き込まれ、半四郎に伝える間がなかった。もっとも、伝えられることはそう多くない。襲ってきた賊の正体は謎のままだ。

聞き終えて、半四郎は眉間に深い皺を作った。

「そんなことが、あったのか。それは、また厄介だな」

「ものすげえ厄介事さ。襲ってきやがった連中の正体はまるで摑めねえ。けどよ、新里の言う通りだとすれば、さらに厄介なのは、親父さ。親父はなぜ、昨夜の襲撃を知っていた？　それに、あの襲撃と会議からの締め出しがどう繫がるんだ。答えがあるか、新里」

「まるで、わからん」

「だろうな。おれもさっぱりだ。闇夜の烏より、さらに真っ黒で何にも見えやしねえ」

半四郎が僅かに腰を浮かせた。

「樫井、おまえ、これから屋敷を抜け出すつもりなんだな」

さらに声を潜めて、透馬を見る。

「そうさ。せっかく暇ができたんだ。好きに使わせてもらう」

「布施小屋なら、だいたい回っただろう。主だった小屋には手の者を遣わしてもいる。逐一《ちく》《いち》、報告が届くように手配をしているぞ」

「わかってるって。山坂に抜かりがあるなんざ、小指の先っぽほども疑っちゃあいねえよ」

さりげない、かつ、揺るぎない認め方だった。半四郎の頰が僅かに赤らむ。

こういうとき、透馬のことを生来の人たらしだと感じる。

嘘も阿《おも》りも皮肉も衒《てら》いもなく発せられた称賛の一言は、人の心に真っ直ぐに届く。届いた言葉は人を動かす。金や剣では動かせないものを動かすのだ。透馬は誰に教わらずとも、それを知っている。生来の、そして、稀代《きたい》の人たらしだ。

「それなら、屋敷を抜け出るのは……」

透馬が、あからさまな舌打ちをする。

「だから、言っただろうが。探らなきゃならねえことがあるんだよ。山坂だって、『承知』とか何とか答えてたじゃねえか」

「昨日のことを知らなかったからな。知ったとなれば、話はまた別だ。おまえたち得体の知れない輩に襲われたのだぞ。町中をうろつかない方がよいのではないか。再びということも無きにしも非ずだ。大殿のご心中を推し量るのは難いが、屋敷内におまえを留めておけば安心だとのお考えも、確かにあったとは思わないか」

諫める半四郎の頰は、すでに元の色に戻っている。

「あったかもな。けど、それだけじゃなかろうぜ。昨夜の件が城中の会議と繫がるとの新里の読みを信じるなら、屋敷内で縮こまっていちゃあ何にもわからぬままってことになる。ともかく、謎が多すぎんだ。ここはどうあっても探ってみなきゃなるめえよ。あれこれ頭の中でこねくり回すより、まずは動く。それが大切なときもあるんだぜ、山坂」

透馬も引かない。半四郎も粘る。

「おまえは小姓組番頭であって、大目付の任ではない。探る理由も手立てもなかろう」

「理由はおおありだ。おれと新里は命を狙われたんだ。賊の正体を炙り出さなきゃ、おちおち道も歩けねえじゃないかよ。なあ、新里」

「歩けないなら歩かずともよいではないか。屋敷でおとなしくしておれ」

正近の返答に透馬の顔が歪んだ。子どもじみた膨れっ面になる。

「ちぇっ、なんでえ、二人しておれを抑えつける気か。あー、そうかい。じゃあ、もう頼まねえ。当てになんかするかよ。おれ一人でやる」

透馬は膨れっ面のまま立ち上がり、刀を腰に落とし込んだ。

「どこに行くつもりだ」

「行く当てがあるのか」

正近と半四郎の声が重なる。おかしいほど、ぴたりと合わさった。

「へへん、さすがに息が合ってるな。竹馬《ちくば》の友《とも》ってやつかよ。いいさ、おれが帰るまで二人して、ここで遊んでろ」

正近は出て行こうとする透馬の袖を握った。

「拗《す》ねるな、樫井。おまえを一人で行かせたりはせん。供をするのは、おれの役目だ。半四郎、後のことは頼む」

半四郎が、何度目かのため息を零した。

「止めて止まる相手じゃないな。わかった。こちらは任せておけ。夕方までは、何とかごまかしておく。で、樫井、どこに行くつもりだ。行く先だけは教えておいてもらうぞ。まさか、当てもなくうろつくつもりじゃあるまい」

「当たり前だ。おれを舐めんなよ」

「舐めてはおらん。どこに行くか問うただけだ」

不意に透馬が屈みこんだ。柄を摑み、銚子ごと口に持っていく。二口三口、喉に流し込み、口元を手のひらで拭う。諸白の芳醇《ほうじゅん》な香りが漂った。

「新里の烏帽子親にして名付け親のとこだ」

「小和田さまの？」

半四郎が目を細める。正近も同じような顔つきになっていただろう。

「そうさ、狸爺の屋敷に行く。表向きは致仕《ちし》した元大目付だ。約定がなくとも、屋敷にはいるだろうよ」

正近に名を譲ってから、元大目付は遠雲《とおうん》と名乗っている。

小和田遠雲。その名で俳句を嗜《たしな》み、墨絵の筆を取る。ときには釣りに、ときには鳥刺しに出かけ、屋敷内の畑の手入れに余念がない。まさに、絵に描いたような隠居暮らしをしていると、本人が笑っていた。確か中元の挨拶に出向いたときだ。あれから遠雲とは顔を合わせていない。

もう一口、酒を流し込み、透馬は「行くぞ」と呟いた。

酒の香りが、微かに揺れた。


「先生、先生」

千代は近くにいた医者を大声で呼んだ。武士の娘であったころ、人前で大声を出すなど以ての外と躾けられた。女は常に慎み深く、控え目であらねばならない。大声を上げるのはむろん、笑い声を立てることさえ否と教えられもした。しかし、人は慎みを捨てねばならないときも、控えてばかりではどうにもならないときもある。

ここで、それを学んだ。学んでいる。

「先生、来てください。この方が」

昨日、運び込まれた若い女だった。顔半分を除いたほぼ全身が焼けただれていた。血と汁が滲み出て、顔も手足も腫れあがり、異様な姿になっている。さっきまでは、「苦しい」と「水」を繰り返していた。水に浸した手拭いを口元に持っていくと音を立てて吸った。吸った後、「美味しい」と微笑んだ。唇が横に広がっただけだが、千代は笑みだと信じられた。

「美味しいですか。もっと、飲みますか」

尋ねたけれど、女は何も答えなかった。笑みを浮かべたまま動かない。

「先生、先生」

思わず声を張り上げていた。

「先生、来てください。この方が」

千代に呼ばれた医者は、女をちらりと見ただけで触ろうともしなかった。初老の、医者というより出職の職人を思わせる屈強な体軀の男だった。

「駄目だな」

ぽんと放り出すような口調だった。とっさに、意味が解せなかった。

「え……」

「もう、亡くなっている。ただの骸だ」

医者は上っ張りの胸元から白布を取り出し、女の顔に掛けた。その後すぐに立ち上がり、どこかに行ってしまった。医者は骸には用がない。骸の傍らに跪いているより、生きて手当てを待つ者のところに行かねばならない。それは千代も同じだった。この女に千代ができることはもう何もない。

なのに、動けない。「美味しい」。女の最期の呟きがまだ耳の底に残っている。微笑みが目の奥に残っている。つい、さっきのことだ。

足音がして、数人の男たちが入ってきた。「おい、あそこだ」。「あっちにも、二人いるぞ」。男たちは額に鉢巻きを結び、二人掛かりで戸板を提げていた。千代には一瞥もくれず、戸板に女を載せる。そのまま、運び去っていった。

千代はやっと気が付いた。

白布は死人の証なのだ。男たちはそれを目当てにして、骸を運び出していく。苦しみながらも生きている者たちの場所から、寺裏の弔いの場へと。

「おい、ぐずぐずするな。仕事は山ほどあるんだぞ」

怒声が響く。先ほどの医者だろうか、苛立ちが如実《にょじつ》に伝わってきた。

そうだ、ぼんやりしている暇なんてなかった。

庫裡にも本堂にも、怪我人が溢れている。大半は大火傷を負い、呻く力さえなく横たわっている。働かねば、動かねばならないのだ。

「もたもたするな。水を運んで来い」

苛立った怒声が、また耳に突き刺さってきた。慌てて、身体の向きを変える。

「はい。すみません。すぐに」

走り出そうとしたとたん、誰かとぶつかった。足がもつれて、前に倒れる。思いっきり床に打ち付けた膝が痺れ、千代は一瞬、声が出なかった。

「あ、あ、ごめんなさい。申し訳ありません」

誰かが腕を摑んできた。ふっと、香が匂う。尼僧たちに染み込んだ線香とは別の、柔らかな木の香りだった。

「あたしったら慌ててしまって。とんだ粗相《そそう》をしてしまいました。大丈夫ですか」

「あ、はい。大丈夫です。わたしの方こそ慌てておりました」

顔を上げる。

千代よりは年嵩だが、薹たけた女が心配げに見詰めていた。町人の女房の形をしている。今朝から、何とか罹災を免れた者たちが、奉仕者として集まり始めた。大半が町方の人々だ。男は主に片付けや荷運びといった力仕事を、女は炊き出しや怪我人の手当てを受け持っていた。目の前の女もその内の一人だろう。襷で袖を括り、手拭いで髷を包んでいる。剝き出しになった二の腕は滑らかで白かった。

「さっき怒られたのは、あたしなんですよ。つい、ぼうっとしてしまって」

女は会釈すると、桶を抱えて庫裡の外に出て行った。

束の間、後姿を見送る。

「ううっ、水を……水をくれ。誰か……」

近くで呻きが聞こえた。我に返る。「はい、ただいま」。とっさに返事をして、千代は立ち上がった。

「水がほしい。喉が……渇いて、渇いて……」

額と喉に綿布を巻いた男が空を掻くように、手を動かす。額の布には血が滲んでいた。

「お水、ありますよ。飲めますか」

「飲める。飲めるとも……」

男は自力で起き上がり、椀を受け取った。一息に飲み干す。喉に巻いた布に水が滴り、染みを作っていく。指も手のひらも黒く煤けていた。

ふうっ。大きく息を吐いた男の手から、椀が転がり落ちた。千代が背中に手を回すと、痩せた身体から力が抜けた。沈み込むように、床に横たわる。荒い筵を敷いただけの寝床だ。その筵の数も足らなくて、床に直に寝転んでいる者もいる。

「娘さん、ありがとうな。喉に染みたで」

「もう一杯、どうです。唇を濡らしましょうか」

「そうしてもらえると、ありがたいで。恩にきますが、娘さん」

男は意外なほど、生き生きとした物言いをした。声が掠れているのは煙を吸ったせいだろう。それでも、その鄙言葉には力が籠っていた。耳にきちんと届いてくる。

さっきの女が桶を提げて入ってくるのが見えた。医者が受け取り、何か命じている。千代は濡れた手拭いで、男の唇を拭う。乾ききって皮が剝けた唇だ。

「ああ、気持ちええな。気持ちええ。地獄にも仏がおったで」

男が手を合わせる。煤の汚れと巻いた布のせいで、齢が見定められない。

「……娘さん、何て、名ぁだね」

「わたしですか。千代と申します」

「お千代さんか。ええ名だ。おらぁ、幸三《こうぞう》っちゅう名だ。商人町の研ぎ屋だが」

「幸三さん、ですね。商人町というと……」

火元だ。町はほぼ焼滅したと聞いた。住人の半分が焼け死んだとも聞いた。噂だけれど的外れではなかろうと、尼たちが囁き合っていた。

「よく生き延びられましたねえ。よく頑張られました」

通り一遍の慰めや励ましではない。心底からの言葉だった。

こんなになりながら、よく生き延びて、ここまで辿り着いてくれましたね。

唐突に幸三が咳き込んだ。ごぼっごぼっと異様な音が喉から漏れる。

「幸三さん、しっかりして。あっ、きゃあっ」

悲鳴を上げていた。幸三が赤黒い塊を吐いたのだ。血だ。血はどろりと粘りながら、指の間から零れていく。「うぅ、うぅ」と獣じみた呻き声がその後から漏れた。

「待っててください。今、先生を呼んできます」

立とうとした千代の前掛けを煤と血で汚れた手が摑んだ。

「お千代……さん、話があるで……」

「しゃべらない方がいいです。すぐにお手当てをしてもらいますから」

「おらぁ、見たで。この眼で、見た……見たんだ」

幸三が眼を見開く。血走った白眼がぎらついていた。

「え、見た？　何をです」

「火付け……だ。ひ、火を付けたやつらを……」

手拭いを握り締めていた。頭から足の先までが痺れる。息が詰まって、胸が痛い。

この人は今、何て言った？　火付け？　火付けと言わなかったか。間違いだろうか。この耳が、絶え絶えの言葉を取り違えただけだろうか。

「幸三さん、今、何て？」

「あ、油を撒いて……火を付けて……。あれは付け火で……」

声が掠れて聞き取れない。千代は身を屈め、幸三の口元に耳を持って行った。

ごほっ、ごほっ。幸三がさらに激しく咳き込み始める。腥《なまぐさ》い臭いが鼻をついた。

「幸三さん、幸三さん、しっかりして」

「おらぁ、字が……書けねえ。でも……これを見た……」

幸三の手が千代の胸元に伸びてくる。襟から指が突っ込まれる。乳房を強く押された。

声も上げられなかった。唇を震わせ、幸三は頭をのけぞらせた。

「たいへん。先生、先生、早く来てください」

背後で女が叫んだ。千代とぶつかった奉仕者の女だ。

医者に押しのけられて、千代は幸三から離れざるを得なかった。

「千代さん、千代さん、新しい晒を持ってきてくださいな」

「あ、こちらにもお願い。それと、薬を塗るのを手伝ってもらえますか」

「千代さん、手拭いが足りません。お願いします」

尼僧たちから次々に用を言い付けられ、千代は走り回った。庫裡から本堂に回り、そこでも一寸の休みもなく働いた。

一息吐いたとき、夕暮れの光が地も清照寺も包み込んでいた。伽藍の裏、墓地のあたりは既に薄っすらと暗い。

本堂の隅にも、薄闇が溜まり始めていた。そこで恵心尼から湯呑を渡された。

「少し、お休みなさい。昼からずっと働き通しでは、いくら若くても身が持ちません。さ、束の間でも腰を下ろして、これでもすすりなさいな」

無地の粗末な湯呑には甘酒が入っていた。今朝、甘酒屋から喜捨された物だ。罹災者たちに配った後だから、もう僅かしか残っていないだろう。

「これを頂くわけには参りません」

「よいから、お飲みなさい。遠慮はしなければいけないときと、してはいけないときがあるのですよ。大丈夫。他の方々の分もちゃんとあります。お飲みなさい。昔から疲れたときには、これが一番なのです。身体も温まります」

恵心尼の物言いにも温もりがあった。千代は甘酒をそっとすする。仄かな優しい香りが、立ち上る。口に含むとこってりとした甘さが広がった。その甘さが空腹と渇きを気付かせる。心にも胃の腑にも染みる味と温みだ。

恵心尼は微笑み、「千代」と呼んだ。慈しみの籠った呼び方だった。

「あなた、本当によく働いてくれますね。みんな、ずい分と助かっています」

叔母に向かって、千代は微かにかぶりを振った。

「何ほどのこともできません。他の尼僧さまたちのように医術の心得があれば、もう少しお役にも立てるのでしょうが……」

「それは、わたしも同じですよ。承徳尼さまから医術を学び始めてかなりの月日が経つのに、このような大禍の折、何をどうすればいいのか戸惑うばかりです」

「戸惑う？　叔母上さまが」

思わず、叔母上さまと口にしてしまった。千代の知っている叔母は、俗世にいたころから落ち着いて、物静かで、戸惑いや狼狽とは無縁に思えた。「七緒どのは、お見かけとは違って、本当に気丈なお方だわねえ。わたしなら、あのように己を保てるかしら」。母がため息交じりに呟いていたのを思い出す。あれは、ずっとずっと昔、千代がまだ幼女であったころだ。あのときは、母のため息も言葉の意味もよくわからなかったけれど、今なら解せる。叔母と同じように夫を無残に失った現を、母は凌ぎ切れなかった。

「叔母上さまでも、そのようなお心持ちになられるのですか」

「なりますとも。おろおろしてばかりですよ。今日も、これだけの罹災された人たちを前にして、どうしていいか迷いが先に立ち、やるべきことがわからなくなります。そんな自分が情けなくも、悲しくも感じてしまって。でもね」

さらに柔らかく、恵心尼は笑んだ。

「あなたを見ていると元気が出るの。あの小さかった千代が、こんなにも見事に立ち働いている。ならば、わたしも泣き言など言ってはいられないと、ね。本当にあなたには、いつも励まされているのですよ」

「叔母上さま……」

泣きたくなる。辛さや苦労の涙ではなく、張り詰めていた気持ちが緩んで、じわりと滲む涙だ。千代は指で目元を拭った。そして、想いを庫裡に向ける。庫裡に横たわっていた男の荒い息遣いと声がよみがえる。

千代は襟元に手をやった。幸三がここに押し込んだ物を取り出す。くしゃくしゃに丸められた紙のようだった。

「それは、何です？」

恵心尼が覗き込んでくる。千代も今初めて、取り出して眺めた。広げてみる。粗末な紙の上に丸が描かれ、中に文字だろうか〝土〟とも〝上〟とも読める印が記されていた。何だろう、これは？　いや、これより、これを無理に渡してきた男が気になる。

「恵心尼さま、わたし、庫裡に行ってきます」

「庫裡に？　でも、あちらには町方のお手伝いも来て下さっています。今のところ、何とかなっていますよ。今のうちに少しでも休んだ方がいいのではなくて。誰かにお任せできるときは、甘えた方がいいと思いますよ。でないと、いつか、疲れて動けなくなります」

湯呑を受け取り、恵心尼はそう諭してきた。

「いえ、違うのです。ちょっと心配な人がいて……。少しだけ覗いてきます」

襷を締め直し、庫裡に向かう。

怪我人を尼僧や町方の女、医師が手当てしている。呻き声があちこちで起こり、煤けた異臭が漂っていた。さっきと変らない光景だ。しかし、幸三はいなかった。幸三が横たわっていたはずの場所には、顔を白布で覆われた亡骸があるだけだ。

まさかという怯えが、せり上がってきた。

まさか……。

千代は跪き、白布をゆっくりとめくってみる。指先が僅かばかり震えていた。

誰の手当てか、口元も含め、顔がきれいに拭かれていた。そのおかげで、穏やかに寝入っているように見える。ただ、居職《いじょく》らしい白い肌には血の気がなく、死人の色をしていた。

〝まさか〟という思いは、すぐに〝やはり〟に変わった。おそらく、喉から肺腑にかけて、炎や煙にやられていたのだろう。幸三に似た最期を迎えた者を千代は何人も看取っていた。

「息を引き取ってからもう二刻ちかく、そのままなんですよ」

柔らかな声と清々とした香りが耳と鼻に伝わってきた。傍らに腰を下ろした女が笑みを向けてくる。叔母に似た笑みだった。どこがとは、はっきり言い表せないが。

「あなたは、さっきの」

「はい。先ほどはご無礼いたしましたね、お千代さん」

なぜ、名前を、と千代が問う前に女が答えた。

「あちこちから『千代さん、千代さん』と呼ばれておられましたものね。よくお働きになる方だなあと見入っておりました」

叔母と同じような誉め言葉だった。口振りまでも似ている。

「どたばたしているだけの気がします。どれだけのことができているのか……」

「寿命ですよ」

女の口調に微かだが険しさが加わる。ふっと見た横顔も硬い。叔母とは似ても似つかぬ口調であり横顔だ。女は、やや蓮っ葉な仕草で、亡骸に向けて顎をしゃくった。

「お年が幾つかは存じませんが、これがこの人の寿命なんですよ。寿命が尽きただけ。周りがどうにかできるものじゃ、ありません」

突き放したような言い方に、千代は改めて女を見詰める。

「死ぬのは仕方ないこととおっしゃるのですか」

「そうです。それが定めってもんでしょう。天の定めってやつですよ。誰にも逆らえない。今日、ここで亡くなるのは、予め決められていたこの人の定めなんです」

「火事さえなかったら、死なずにすんだのです」

頭の中が熱くなる。幸三は楽に逝ったわけではないだろう。咳き込んで、血の塊を吐いて、息ができなくて、痛くて、辛くて、呻きながら生を終えたに違いない。それを、定めだの天寿だのにすり替えて欲しくない。

火事さえなければ、生きて、研ぎ師の仕事を続けていた男なのだ。おかみさんがいたかもしれない。子どもが、父母がいたかもしれない。仕事をして、笑って、騒いで、食べて、歩いて、おかみさんと寄り添って、子どもを抱き上げて、老いた親の手を引いて……そんな日々が断ち切られた。それを仕方ないで済ませていいのか。

千代は我知らず、こぶしを握っていた。握ったまま、視線を巡らせる。

白い布が点々と散っている。亡骸の印だ。そのうちの一つを男たちが、戸板に乗せようとしている。死人が多過ぎて土葬ができない。焼いて骨にするしかない。この遺体はどこに運ぼうか。男たちのやりとりが、否応なく耳に入ってくる。

この人たち一つ一つの死が定めだとしたら、天は何と無慈悲なものだろう。

千代は気が付いた。

わたしは怒っているのだ。目の前のこの人にではない。無慈悲な何かに、心を炙られるような憤りを覚えているのだ。

女がふっと笑った。温かくも柔らかくもない。冷笑や嗤笑《ししょう》に近い、嫌な笑み方だ。

「お千代さんは、まだお若いからわからないんですよ。この世には、諦めて受け入れなくちゃならないことが、ごまんとあるんです。火事で焼け出されたことも、亡くなることも、誰かを失うことも仕方ないと諦めてなくちゃ前に進めないでしょうよ。諦めて、踏ん切って生きなくちゃ、どうしようもないですよ。何もかも定め。このお人も、火事に巻き込まれたのが不運だったんですねえ。かわいそうに」

女が手を合わせる。千代の中の怒りはさらに熱を持つ。

「もし、この火事が人の手によるものだったら、どうなんです。付け火だとしたら、誰かが火を付けたのだとしたら、それでも定めで済ませられますか」

女が息を詰めた。顔が強張って、ひくりとも動かない。美しいだけに、絵姿のようだった。現の気配が失せている。

「……付け火、ですって……」

唇はほとんど動かないのに、声だけが漏れる。鬢《びん》のおくれ毛が頬に貼り付いていた。

「あ、いえ。違います。違います」

口元を押さえる。怒りに任せて、あらぬことを口走ってしまった。我に返る。怒りはまだ燻っているけれど、それは女に向けるものではなかった。持って行き場のない情動をつい、ぶつけてしまった。

「すみません。あの……」

詫びようとしたとき、男たちがやってきた。幸三を運び出すのだ。亡くなってから二刻が経つ亡骸は、硬く強張り始めていて、人というより丸太のように扱われてしまう。

「ああ、冷たいのぅ」

男の一人が眉を顰めた。人の遺体の冷たさを千代も知っている。父も弟も母も、底なしの冷たさだった。合わせた自分の手のひらが温かいことに、涙ぐみそうになる。

手を合わせ、眼を閉じ、幸三を見送る。襟元で畳んだ紙が音を立てた気がした。

丸に一文字の印。

幸三さん、これは何なのですか。

眼を開ける。傍らを風が通り過ぎていった。誰かが「寒い」と言う。千代は、腰を浮かせ、もう一度、庫裡の中を見回した。

女の姿はどこにもなかった。

六　颪を摑む

小和田遠雲の屋敷は武家町の西外れにある。大目付の任を長く務めた男の住まいにしては質素だった。家禄、家格に相応しい広さはあるが、豪奢《ごうしや》とは程遠い造りだ。襖は無地、欄間《らんま》も格子造りのいたって簡朴《かんぼく》なものだった。

樫井の屋敷と似ているかもしれない。違うのは、暗みがないことだ。

ここは明るい。

庭も座敷も造作《ぞうさ》が大雑把で影が少ないからなのか、風の通りがいいからなのか樫井の屋敷内にこびりついている暗みがないのだ。その分、居心地は良い。

約定のない急なおとないであったけれど、拒まれも待たされもせず座敷に通された。客間ではなく、遠雲の居室に近い奥まった一室だった。

床の間はあるが掛け軸も花もない。家具としては火鉢を除けば、硯箱《すずりばこ》と巻紙の載った文《ふ》机《づくえ》が一つ、行灯が一基あるきりだ。質素を通り越して侘《わび》しささえ漂う。ただ、掃除は行き届いていた。部屋の隅々まできれいに拭われて、塵一つ落ちていない。火鉢には炭が熾《おこ》って、仄かな温もりが伝わってきた。

猫がいた。

薄茶の地に黒い斑紋《ぶち》。虎斑《とらふ》の猫だ。その毛はぼさぼさとして艶がなく、相当の年寄だと見て取れる。火鉢の傍に丸くうずくまり、正近たちが入ってくると僅かに目を開けた。耳の先をひくりと一度動かしはしたが、それだけで鳴き声一つあげない。

「何だぁ、やけに偉そうなやつだな」

透馬が蹴る真似をする。

「お玉《たま》の母御だ。邪険に扱うな」

「お玉？　ああ、ここの狸爺から貰った猫な。母猫は野良じゃなかったのか」

透馬はちらりと虎猫を見やり、肩を竦めた。

「なるほど、上手いこと爺さんの側女《そばめ》に召し抱えられたわけだ。なかなかの遣り手だな。で、娘の玉姫どのは元気なのか」

「すこぶる健在だ。うちに来てから十年以上が経つがまだ十分に務めを果たしておる」

「猫に務め？　そんなものがあるのか」

「あるとも。鼠を獲るという重い務めだ。お玉は二日に一度は鼠をくわえてくる。おかげで、うちの台所も納戸《なんど》も鼠の害を被らなくなった。みねが重宝な猫だと、甚《いた》く喜んでいる」

「……今思い出した。新里の家に厄介になっていたころ、みねによく言われていた」

「『重宝なお方ですね』とな。おまえが手際よく障子の張替えや木戸の修繕をしてくれるので、みねに気に入られていたんじゃないのか」

「つまり猫と同じ扱いをされてたってわけか。くそっ、みねのやつめ」

透馬が本当に悔し気に顔を歪めるものだから、正近は思わず笑ってしまった。

短い間だが、新里の屋敷に転がり込んできた透馬と共に暮らした日々があった。ふっと、そのころの光景が浮かぶ。

母親とは似ても似つかぬ雪白の猫が日向で眠っている。透馬はみねに言い付けられ鉢巻きと襷姿で金槌を握り、みねはその仕事振りに目を配り、ときに褒め、ときに注文を投げつける。そして、七緒は笑みながら二人の様子を眺めていた。その足元に玉がすり寄ってくる。白毛が光の中で煌めいた。

いつ見たのか。あるいは現《うつつ》ではなく正近の心が作った幻に過ぎないのか。

足音がした。

これは現だ。急くでもなく、重くもなく、とんとんと弾む現の音だ。

正近はその場に膝をついた。透馬も刀を傍らに置き、端座《たんざ》する。

「おお、これはこれは珍しい客人がお見えになった」

足音同様に軽やかな声が響いた。声の主、小和田遠雲が着流しに袖なし羽織の出立で立っていた。満面の笑みだ。

「よう、この老いぼれを忘れずにお出でくださったな」

「小和田さまにおかれましてはご壮健のご様子、何よりでございます。こたびは約定もなくおとないました非礼を、なにとぞご寛恕《かんじょ》くださいませ」

正近の挨拶を遮るように、遠雲は笑い声を立てた。

「ああ、よいよい。正近、わしは隠居の身じゃ。堅苦しい挨拶など無用、無用。ささ、それより、隠居爺が樫井さまの上《かみ》に座るわけにはいきませぬゆえ、こちらにお移りくだされ」

遠雲は身振りで床の間の前に座るよう透馬を促した。

「正直、忘れており申した」

透馬が言う。動く気配はなかった。そのかわりのように、老いた猫が身を起こす。

「うん、忘れていたとは？」

「小和田どのをでござる。大層な切れ者と評判だった元大目付のご老人がどうしておられるのか、思いを馳せる暇がござらなんだ」

正近は頬のあたりが強張るのを感じた。いくら身分が上とはいえ、透馬の物言いはあまりに不遜だ。言葉の表だけを捉えれば、遠雲を見下しているとも、からかっているとも取れる。しかし、透馬は口が悪くはあるが、見境なく他人を罵る手合いとは違う。罵詈雑言の後ろにも侮蔑《ぶべつ》の言葉の底にも、それなりの事訳《ことわけ》と計算があるはずだ。

今は、おそらく計算の方だろう。しかし、ここで遠雲を見下すように、からかうように振舞って何の得がある？

「これはこれは、なかなかの仰《おつしや》りようですな、若君。正式に樫井家の後嗣とおなりになってから、また一段とお父上に似てこられたのではありませぬか。頼もしいことで、ご家老もさぞかしお悦びでありましょうなぁ」

遠雲は笑みながら、透馬の一番痛いところを一突きした。それから、何事もなかったかのように上座に腰を下ろす。見計らったように茶と菓子が運ばれてきた。

透馬が顎を上げる。

「ご冗談を。それがし、父上とは似ても似つかぬ若輩者ゆえ、なにやら疎まれてさえおるようなのでござる」

「疎まれる？　ご家老が若君を？　そのようなことがござろうか。無礼ながら、若君の勘《かん》繰《ぐ》りが過ぎる気がいたしますがのう」

膳から湯呑を取り上げ、遠雲は一口、すすった。

「執政会議の場から外され申した」

そう告げると、透馬は姿勢を崩し胡坐をかいた。

「で、なぜおれが外されたか。小和田どのに心当たりがないかどうか、ちっと訊きたくて罷りこしたって寸法さ」

崩したのは姿勢ばかりではなく、物言いも態度も急に砕けて雑になる。もっとも、こちらの方が透馬の素に近くはあるだろうが。

遠雲の表情はほとんど変わらない。ただ、もう笑ってはいなかった。双眸の光が心持ち険しくなったと思える。

透馬の計算が僅かだが読めた。遠雲を揺さぶる腹積もりらしい。この件に、遠雲が関わり合っていると考えているわけなのか。

正近は姿勢を正し、身体を少しばかり後ろにずらした。老獪《ろうかい》な隠居と一筋縄ではいかない男とのやりとりを静観すると決めたのだ。

「やれやれ」

遠雲が長い息を吐き出した。いかにもわざとらしい。

「若君は、この隠居をどこまで買い被っておられるのか。あるいは、からかっておられるだけなのか。よく、わかりませんなあ」

と、苦笑を浮かべる。透馬に向けた眼にはどんな笑いも浮かんではいなかったが。

「それがしは、とうの昔に致仕した隠居爺でございますぞ。執政会議や政《まつりごと》とは、もはや縁もゆかりもない身でござる。よう承知されておられましょうに」

ここでまた一つ、長いため息を漏らす。

「そのような者が何を知っておりましょうか。頭を冷やして、お考えなされませ」

「では、昨日の件も知らぬと？」

遠雲の白毛交じりの眉が微かに持ち上がった。

「昨日の件？　はて、何のことですかな」

「市中で、おれたち、おれと新里が襲われた一件だ」

「襲われた……」

今度ははっきりと両眉が吊り上がる。

「そうだ。市中見回りの際、突然に賊が襲い掛かってきた。なかなかの遣い手だったぞ。ただし得物は匕首だった。あれは、おそらく町方の手だ。武士ではない」

透馬は掻い摘んで、しかし、要領よくこれまでの経緯を伝えた。

むむっと唸りとも息継ぎともつかぬ音が、遠雲の口から零れる。そのまま、腕を組んで黙り込む。好々爺《こうこうや》の面影は消え、鋭さを秘めた眼つきが露わになっている。おそらく大目付として差配していたころ、そのままの眼だろう。

正近は透馬と視線を絡ませた。

これは、とぼけてるわけじゃないな。

ああ、小和田さまは本当に何もご存じないようだ。

言葉にしない言葉を交わす。

「小和田どの」

透馬が遠雲ににじり寄る。遠雲は無言で視線だけを向けてきた。

「こたびの大火、昨日の襲撃、そして執政会議からの締め出し。全て繋がっているとおれたちはみている。ばらばらなわけがない」

遠雲は腕を解き、首肯した。

「でござろうな。若君がそれがしをお訪ねになったのは、この爺が一枚噛んでいると疑い、確かめに来られたから。そういうわけでござりますか」

「小和田どのは、うちの親父とは浅からぬ付き合いだ。致仕したからといって、これまでの関わり合いが全て無になるわけではなかろう。しかも、小和田どのは小舞の国内を探り、調べる役目を担ってきた。城内も市中も、隅々まで知り尽くしておられる。人の裏も表も、だ。親父でなくとも頼りにしたくなるのではないか」

そこで、遠雲が右手を左右に振った。

「お待ち下され。畏《おそ》れながら、それは思い違いも甚だしゅうございますぞ。知り尽くしておるなどととんでもない。まして、樫井家老から頼りにされるほどの器ではござらん」

それにと、遠雲は目を細めた。

「ご家老が、それがしに限らず他人を頼りにするとは考えられませぬな」

「なるほど。確かに、その通りだ」

透馬はあっさりと認めた後、「親父は誰も頼りなどしないだろう。が、重宝に使う術には長けている」と、〝重宝〟に力を込めて言った。

遠雲の眉がまた、小刻みに動く。

「それがしが、ご家老の手先になって働いておると仰せかな」

「手先とは言わん。しかし、内々に命じられれば嫌とは言えぬだろうと……」

言葉を切り、不意に透馬は笑い出した。歯を噛み締めながら、身体を揺らし続ける。堪えようとして堪えきれない。そんな笑い方だ。

「いや、これは失言だった。というか、おれの早計が過ぎたようだ。お許しあれ」

口元に笑みを残しながら、透馬はひょこりと頭を下げる。

「小和田どののほどの方が、誰であってもそうそう容易く使われるわけがない。な、新里」

「殿、刻が惜しゅうございますぞ」

正近は諫める口調と顔つきを、主に向けた。

「今、城下の窮状を考えれば、いたずらに話を長引かせる愚は避けねばなりますまい。小和田さまとてお忙しい身かと存じますぞ」

小和田遠雲は何も知らない。少なくとも、昨日の一件への関わりは無い。

正近はそう見定めた。正直、遠雲と向き合うまで、もしやの疑いは持っていた。遠雲は政の裏の裏を覗いてきた男だ。もしや、何らかの形で関わり合っているのではないかと。しかし、今、疑念は霧散している。霧散すれば、駆け引きを楽しんでいるような透馬の言動を諫めたくもなる。

「なるほど。一理あるな。これは、まことに申し訳なかった」

もう一度、低頭し、透馬は「では」と身を乗り出した。

「改めて、単刀直入にお尋ねする。今、小和田どのがお考えのことをお聞かせ願えるだろうか。むろん、小和田どの一己《いっこ》のお考えとして拝聴いたしたい」

「それがしの思案など、何の役に立ちましょうか」

「役に立つ立たぬではなく、お聞きしたいのだ。小和田どのなら我らにはとうてい至らぬ思案もできよう。そこを聞かせていただきたいのだ」

透馬の物言いはいたって真摯《しんし》で生直《きすぐ》。切迫さえ感じさせた。

雨蛙のようなやつだ。

かりにも主である相手を蛙に重ねるのも気が引けるが、周りに合わせて体色を変えるという生き物と、その場その時のありさまで瞬時に様子を変容させる透馬が無理なく繋がっていく。ただ、偽物ではない。今、透馬が示した真摯さは芝居でも誤魔化しでもない。透馬も正近と同じことを見定めたのだ。

遠雲は関わり合っていない。

「そう言われましても……、若君のお話は寝耳に水のことばかりで、老いぼれの思案では何一つ追いつかない気がいたしますが」

遠雲の口元がもごもごと動く。老いを示すように無数の皺が寄った。

「親父はなぜ、蔵を開けぬのだろうか」

唐突に透馬が問うた。遠雲が眉を寄せ、瞬きを繰り返す。

「なぜだと思われる、小和田どの」

「いやそれは、とんと見当が付きませぬな。付くわけもございませぬ。何度も申し上げるが、それがしが致仕してから幾年も経ち申した。何を知る立場にもおりませぬ」

「小和田どの、ここは腹蔵《ふくぞう》なくお話し願いたい。確かでなくとも構わぬ。もしやとお考えの何かがあるなら教えていただきたいのだ」

「ですから、若君……」

「新たに知った何かではなく、かつて知っていた何かからお考えあれ」

透馬は畳みかける。

大火から続く一連の出来事と遠雲は繋がっていない。ただ、長きにわたって政の中枢近くに侍《はべ》っていた男が、正近たちの知らない何かを知っている。その見込みは十分にある。透馬は、そこを引き出そうとしているのだ。〝今〟でも〝これから〟でもなく、〝これまで〟を探ろうとしている。とすれば、遠雲ほど打って付けの人物はいない。

透馬の問いかけを受け止めたからなのか、あくまで惚《とぼ》けようとしているのか、遠雲は無言だ。戸惑っている風にも見える顔つきで、黙り込む。

「小和田さま」

正近は元大目付の老顔を見詰めた。

「小和田さまなら、今、城下がどのような惨状を呈しておるか重々ご存知でしょう。焼け出され、行き場を失った者たちが溢れております。大火傷を負いながらろくな手当ても受けられず亡くなる者も餓えや寒さに苦しむ者も数えきれませぬ。政とは、そのような者に一刻も早く十分な助けを届けることに他ございますまい」

遠雲の黒目が動き、正近の視線とぶつかる。

「民を救わずして真の政とは言えぬはず。小和田さまとて、そうお考えでありましょう」

遠雲が身動《みじろ》ぎする。一瞬だが、眼差しを空にさまよわせる。

「そなたの言う通りだ。民を救えぬ政は紛い物に過ぎぬ。しかし、城としても指をくわえて見ているだけではあるまい。蔵を開けぬとは申しても、布施小屋を建て、炊き出しなどの助勢には動き出しておるはずだ。薬や医者の手配も急いでおると耳にした。何とか窮地は凌げるのではないか。亡くなった者は気の毒だが……」

透馬が目を細めた。やはり、遠雲の耳には城内の動きが詳しく伝わっているのだ。

「窮地を凌いだその後に、さらなる窮地があるとは思われませぬか」

家を失い、職を失い、家族を失い、命の他は何もかもを失くした市中の民をどう救うか。その手立てを講じるのが政の役目になる。

「有体に申し上げて、今の政が速やかに動いているとは思えぬのです。これは、民にとってさらなる過酷、さらなる悲惨を招くと我らは危惧いたしております」

現の惨状をまともに見ようともせず、会議だけで刻を潰す。透馬は執政たちへの憤りをぶちまけていた。罵詈雑言の類ではあったが、憤りそのものは正鵠《せいこく》を得ている。今は、現を摑み、現に即した施策を示さねばならない。滞りなく、暇どらずにだ。城内の豪奢な座敷で延々と会議を繰り返していても誰の力にもなりえない。

間もなく冬が来る。

温暖とはいえ、小舞の地にも雪は降るし、霜も降りる。身体にも心にも傷を負った罹災者たちが耐えきれるのか。このまま城が何の策も打たぬのなら、何とか生き延びた人々の命さえ危うくなる。

「なるほどな。では、今、何をせねばならぬか。その答《いら》えをそなたは、そして、若君はお持ちか」

透馬と視線を合わせる。透馬が頷き、口を開いた。

「だから、まずは城内の蔵を開けるべきなのだ。万一に備えて蓄えておいたものを万一の今、吐き出さずしてどうするのだ。布施米の蔵だけではない。このさい、全ての蔵を開け放ち、金を罹災者に配り、暮しが成り立つようにする。民の暮らしが安定しなければ、租税も入ってこぬではないか。事には軽重がある。性急になさねばならない重大事と後回しにして構わぬ些事《さじ》とがあるのだ。執政らには、その軽重がわかっておらぬ」

「殿、そこまでになさいませ」

また愚痴と罵詈になりそうな透馬の口を止める。遠雲から執政たちに透馬の憤懣《ふんまん》が伝わるとは思わないが、ここで幾ら吼《ほ》えても何にもならない。

遠雲が低く唸った。

「正近、そなた鳥飼町の筒井道場に通っておったな」

「は？　あ、はい」

今、なぜ筒井道場の名が出てくるのか。

「道場の並びに『よい屋』という古手屋《ふるて》がある。知っておるか」

「『よい屋』、でございますか」

薄っすらとだが記憶にある……気もする。筒井道場のあたりは中、小体の店が並ぶ一画だ。軒も低く、二間から三間ほど、十帖足らずの広さしかない売り屋が連なっていた。『よい屋』も、そういう店の一つではなかったか。軒先に古着や古切れが揺れていた。店の中に足を踏み入れたことはなかったが、真昼でも薄暗かったように覚えている。瘦せて色黒の女がときどき、店の前を掃いていた。

「その店が如何いたしました」

「ふむ。『よい屋』の主は基平《きへい》というのだが、わしとは昵懇《じっこん》の間柄でな」

元大目付と古手屋の主人が昵懇？

「ああ」と、透馬が膝を打った。

「基平とかいう男、御用聞きの役をしているわけか」

いやと、遠雲が首を横に振る。

「御用聞きではござらぬ。ただ、なかなかに頭の巡りの速い使い勝手の良い男でござっての、それがしが大目付のころ、ちょくちょく手先として役立ってくれ申した。若いころから、人の世の裏側を見てきた男で、おそらく何某《なにがし》かの役には立つと思いますぞ」

しばしお待ちを。一言断り、遠雲は机に向かった。手早く何かを書き付けると、火鉢の熱で乾かす。僅か数行の文字が並んでいた。

遠雲がそれを正近の鼻先に突き出す。

「これを基平に渡せ。話の通りが早くもなろう」

「は、かたじけのうございます」

正近は折り畳まれた書付を受け取り、胸元に仕舞った。仄かに墨の香りがした。

「若君、それがしもそれがしなりに頭を働かせてみる所存にございます。さきほどの正近の弁、正論でありましょう。何のための政か、思案せねばなりますまい」

「ふむ。何やら思い当たる節がありそうだな、遠雲」

透馬が初めて元大目付を呼び捨てた。声音に重さが加わる。

「些か、としか今は申し上げられませぬ。なにしろ、半惚けの頭に浮かんだ思念に過ぎませぬゆえ、何かと障りがあろうかと存じます」

「なるほど。で、その障りがなくなれば、思念とやらを明らかにする気はあるのか」

「むろん」

ほんの束の間、座敷に沈黙が落ちる。透馬がひょいと小指を突き出した。

「では、約束しようではないか」

「は？」

「拳万《げんまん》だ。童のころやっただろう。『嘘ついたら針千本、のーます』ってやつだ」

「はあ、拳万でござるか……」

さすがの遠雲も応じ方を決めかねて、口ごもる。

「そうだ、約定の証ではないか」

「いや、若君、それがしも武士の端くれ、誓いの証なら金打《きんちょう》をばここで」

「そんな大層なことをせずともよい。ほれ。指きり拳万、嘘つきなーし、だ」

遠雲の小指に無理やり自分の指を絡ませて、透馬はにやりと笑った。

「これで、よし。では、我らはこれで引き上げる。邪魔をしたな」

透馬が座敷を出て行く。

「正近」

後を追おうとした正近の袖を遠雲が摑んだ。廊下に向かって顎をしゃくる。

「あれは何だ？」

「殿のことでござるか」

「樫井透馬のことだ。あの豹変《ひょうへん》ぶり、あの惚け振りは何なのだ。ころころ変化し、まるで摑みどころがない。あれなら、鵺《ぬえ》の方がまだわかり易く思えるぞ」

「いや、小和田さま、かりにも我が主を妖怪扱いなさるのは如何なものかと存じまする」

まあ近いかもしれないがと、胸の内で呟いていた。

「以前も同じように、そなたたち二人が押しかけてきたことがあったな」

遠雲が囁くように言い、正近が「はい」と答えた。

正近はまだ林弥と名乗り、前髪を落としていなかった。透馬と連れ立って小和田の屋敷を訪ね、当時は小和田正近であった遠雲を問い質したのだ。兄の死について、食い下がった。あのときも身に余るような謎を背負った心持であったが、今はその何倍も謎めいた場に立っている。

しかし、背負いきれない荷ではない。あのころに比べ、膂力《りょりょく》も脚力も気力も増しているはずだ。自惚《うぬぼ》れでなく、己を恃みとしたい。

「直太郎《なおたろう》によう似ておるわ。血は争えんものだな」

遠雲が肩を竦めた。直太郎とは樫井家老の幼名だ。

「と、言うてやればよかったのう。さすればあの若造、さぞかし苦い面をさらしたであろうにな。ふふ、わしも年を取って丸くなり過ぎたのか、遠慮が勝ったわ」

「小和田さま、お戯《たわむ》れを申されますな」

「戯れではない。真のことだ。父親の若いころによう似ておるぞ。父親よりさらに鵺に近いかもしれん。末恐ろしきだ……。正近」

「はっ」

「直太郎にはそなたがおらなんだ。わしは、そなたのような役は担えなんだによってな」

「は？」

遠雲の言わんとすることが摑めない。僅かに戸惑う。

「樫井家老は奸計の徒でもなければ保身に汲々とするだけの俗物でもない。為政者として抜きんでた頭と意志を持っておる。そういう能は若いころから散見できた。わしは、あるときまでだが誰より近くにおったからのう、ようわかっておる。あやつは政に関わるべく生まれてきた男よ。が、しかし……肝心肝文《かんもん》の一点が欠けておる。その一点が何か、正近、そなた答えられるか」

遠雲と目を合わせる。目尻に皺を刻んだ双眸は、若いころと変わらぬだろう鮮明な光を放っていた。

「己より他の者をお信じなされない。そこにございましょうか」

ふんと遠雲が鼻を鳴らす。

「なるほど、少しは世や人の有り様がわかってきたと見える。ただ、直太郎、いや樫井家老は信じないのではなく、信じられないのだ。他人を信じられない」

「他人を信じられない」

遠雲の言葉を繰り返す。

「そうだ。樫井家老が猜疑《さいぎ》の心に凝り固まっているとは思わん。けれど誰かに心を許し、全幅《ぜんぷく》の信頼を寄せる。そういうことができぬ者なのだ。生来の気質もあろうが、あの年まで信じるに足る人物と出逢うことがなかったのも一因であろうな。わしを含めてな。人を信じられぬ者は人に非ず。人の形をした鵺にも猩々《しょうじょう》にも堕《お》ちる。政は人が担うもの。人の心がなければ立ち行かなくなる。わしは、だから、今の小舞の政を憂慮しておるのよ。平常であれば綻びも隠せようが、今、城下は戦場《いくさば》と同じだ。執政たちが、政そのものが試されておる。人を信じられぬ者が、この難局を乗り切れるのか。解《ほっ》れが裂けめにならねばよいがのう」

遠雲は、もう一度顎をすくうように動かした。語調がつと強く、硬くなる。

「あの小生意気な若造にはそなたがおる。父親と同じ道を歩ませるな」

一礼し、正近は廊下に出る。

握りしめた手のひらが汗で湿っていた。

鳥飼町は大半が類焼を免れたおかげか、町の有り様は大きく変わっていない。そう思われた。樫井家の家臣となるまで通い詰めた筒井道場も、周りの姿も記憶にある通りだ。けれど違う。

どこがと上手く言えないけれど、竹刀を肩に道場の門を潜っていたころとは、明らかに異なる風景だ。

日の光を鈍く弾く瓦屋根、店の軒先で揺れる看板、行き交う人々、風に舞う土埃、荷車、棒手振、風呂敷包みを提げた店者。

何も違っていないのに、全てが異なって感じられる。

「暗いな」

透馬が呟いた。

「暗い？　どこがだ」

思わず見上げた空は、晴れていた。日は傾きかけてはいたが、まだ十分に明るく、温もりさえ伝えてくる。凍えが訪れる前の細《ささ》やかな恵みのような日だ。暗みはどこにもない。

透馬が唇を舐めた。

「人の顔さ。誰も笑っていない」

ああと声を上げそうになる。さっきから引っ掛かっていたちぐはぐさ、違和の正体を言い当てられた気がした。

誰も笑っていない。

笑っていないし、しゃべりもしていない。むっつりと押し黙り、目を伏せ、足早に通り過ぎるだけだ。母親と思しき女に手を引かれた童でさえ、不安げな表情で辺りを見回している。

「あれほどの厄災に見舞われたんだ。生き残ったと手放しで喜べるやつなどいねえだろう。みな、何かを抱えちまったんだ。生き残ったことが負い目になった者も、地獄を覗いた者もいる。もう、戻れねえのさ」

透馬の口調は淡々として、どんな情動も伝わってこなかった。

「厄災の前には戻れないと？」

「そうさ。覗いた地獄を忘れることも、背負った負い目を放り捨てることもできないとなりゃあ、これまでと同じようってわけにはいかねえだろうが」

「それなら、誰も救われぬではないか」

「おれは坊主でもなけりゃ神官でもねえんだ。人の済度《さいど》の道なんぞ知るかよ。しょうがねえじゃねえか。前と同じ日々が戻らないなら、新しい日々を生きるしかねえんだ」

新しい日々とは、いかなるものか。

透馬にも答えられないだろう。どのような神通力《じんつうりき》を持っても明らかにはできない。子どもの手を引いた女が、棒手振の男が、店者が、俯き歩く職人が、それぞれの答えを捜し出すしかない。答えは出せない。ただ、支えることはできる。いや、支えねばならない。

「生きていけるだけの糧を配らねばならねえな」

透馬の声は呟きより大きく、はっきりと耳に触れてきた。

「米だけじゃねえ」

「ああ、薬、衣、家、金。政が能う限りの支えになると伝えねば、民は立ち上がれない。今まで以上に動かねば、働かねばならんぞ、樫井」

「言われるまでもねえよ。こちとらが思うように動く差し障りになるものを、とっとと片付けようぜ。町を歩くたびに襲われてちゃ、どうにもならねえからな。それに」

「それに？」

「もう嫌だろう。人を斬るのは」

足が止まった。月下に散った血飛沫の色が、よみがえってくる。濃い血の臭いも、断末《だんまつ》魔《ま》の短い叫びも。

半四郎には話せなかった。透馬は知っている。その目の前で、男を斬ったのだ。

「人を斬ることに慣れちまったらお終いだ。けど、このごたごたを片付けなけりゃ、またいつ何時、刺客が襲ってくるかわからねえ。手加減できるほど温《ぬる》い相手ではなさそうだし、何とか燻し出して早めに退治しなきゃな。毒虫と同じってわけさ」

にっ。透馬が屈託のない笑顔を見せる。

ああ、そうだったのか。

正近はやっと気が付いた。

透馬が昨夜の襲撃に拘るのは、むろん、政との繋がりを疑っているからだ。けれど、それだけではなかった。正近に白刃を抜かせたくない。その想いがあった。

透馬が顔を横に向ける。奥歯を嚙み締めたのか、頰が強く張っていた。

「急ぐぞ。間もなくだろう」

前を向いたまま吐き捨てるように言うと、さっさと歩き出す。

「うむ、『よい屋』はこの先だったはずで……、ああ、あそこだ」

軒下に赤い女童の着物が揺れていた。その横には男物の丹前《たんぜん》が掛かっている。店内は暗く、古着の少し黴《かび》た臭いを風が運んでくる。芳香とは言い難いが、焼け跡の臭気に比べれば、ずっとましだ。

『よい屋』は正近の記憶と少しも違わぬ佇まいだった。ここだけ、刻が止まっているかのようだ。軒下の赤い着物さえ昔からぶら下がっていた気がする。ほんの束の間だが、見惚れていた。

赤子を背負い手拭いを被った女が、店先に出てきた。その後から、小太りで柔和《にゅうわ》な顔つきの男が現れ、赤子を覗き込む。あやしているのか、唇の間から舌が覗き、左右に動いた。

「新里、あの男が店の主か」

「わからぬ。主のことを気にしたこともなかったからな」

「だろうな。看板娘ならともかく古手屋の親仁《おやじ》など、たいていの者は気にしねえよな」

男が正近たちに気が付いた。自分を見詰める二人の武家を訝し気に見返す。透馬が柄に手を掛け、鯉口を切る素振りをする。とたん、男の眼つきが一変した。柔和さなど微塵《みじん》もない、鋭い眼差しが向けられてくる。抜き身を思わせる険しさだ。

間違いない。

正近はゆっくりと男に近づいて行った。

男が一言二言、女に囁く。女はちらりと正近を見やり、店の中に姿を消した。

「ちと、ものを尋ねたいのだが」

男は無言のまま、一歩退いた。間合いを取ったのだ。

『よい屋』の主、基平というのはそちか」

「へえ、さようですが。お武家さまは？」

正近は遠雲から渡された書付を懐から取り出した。

「小和田さまから託《ことづか》ってきた。これを読み、我らに力を貸してもらいたい」

「小和田さま……」

「そうだ、元大目付の小和田さまだ。基平、どうしてもそちに助力を頼みたいのだ。我らの話を聞くだけでも聞いてはもらえまいか」

基平が手を伸ばす。正近から書付を受け取り、素早く目を通す。それから、口の中で何かを呟いたようだ。まったく聞き取れなかった。

「……この先に、水茶屋があります。そこで待っていてもらえますかね」

「水茶屋だな。あい、わかった」

頷く。基平は思いもかけない俊敏な動きで、店の暗がりに消えた。

「なるほど、ありゃあ素人じゃねえな。相当、場数を踏んでるぜ。さすがに狸爺の手先だけのことはある」

くっくっくっ。透馬が楽し気に笑った。

七　闇の落とし穴

恵心尼の眉が僅かに寄った。

それだけで憂えが漂う。頭巾に包まれた顔に翳りが走り、口元が硬く引き締まる。

千代は恵心尼の憂え顔からその手元に視線を下げた。

あの紙が握られている。幸三から渡された粗末な紙。丸の中に〝土〟とも〝上〟とも判ぜられない文字が書きつけてあった。改めて恵心尼に見せたのは、見せるように乞われたからだ。先刻まで、千代は炊き出しの仕事にかかりきりになっていた。稗《ひえ》や粟も混じった雑穀の握り飯と汁物を作れるだけ作り、配ったのだ。

罹災者の数は火事直後のように一気に増えてはいないが、減りもしていない。遺体が運び出された場所には、次の怪我人が運び込まれ、横たえられた。握り飯にかぶりつき、これでは足らない、もう一つくれとせがむ者も、汁を一口二口すすっただけで唇を閉じる者もいた。


庫裡の罹災者たちにとりあえず食事を配り終えて一息ついたとき、耳元で囁かれた。

「こんなことを言うと、住持さまに叱られますが」

一緒に炊き出しを配っていた尼僧だ。千代より十ほど年嵩の、普段は陽気で話好きで、ときにその性質《たち》を窘《たしな》められも、おもしろがられもする比丘尼《びくに》だった。清信尼《せいしんに》という法名を持つ。

「いつもなら『もっと、もっと』と食べ物をねだる人って、餓鬼道に堕ちた亡者みたいって思うでしょ。で、うんざりしてしまいますよねえ。人ってこんなに浅ましいものかしらって」

千代は首を傾げた。餓える辛さは知っている。ひもじくて、ひもじくて口に入る物なら草の根でも、獣の肉でも食べる。もっと、もっと、もっと欲しい。そんな心持になった。あの辛さ、ひもじさ、情けなさは忘れられない。だから、食べ物を求めて縋ってくる者を〝餓鬼道に堕ちた〟とも〝浅ましい〟とも思わない。豪農の娘として生まれ育ち、実家よりさらに豊かな富家《ふか》に嫁いだという清信尼は、餓えの何をも知らないのだろう。

「でも、今回だけは、ねだってくれるとほっとしますよねえ」

清信尼は胸の上を押さえ、こころなし俯いた。

「食べてくれれば、生きられる見込みは高くなりますものね」

自分より上背のある清信尼を見上げる。それから、千代は「はい」と答えた。

「本当に、そうです」

「逆に食べてもらえないと、どうすればいいのか、わからなくなってしまいます」

「清信尼さま、それはわたしも同じです。水さえ飲んでくれなくなると……」

水さえ飲めなくなると、死はもう足元まで来ている。それを追い払う力は、千代にも清信尼にもないのだ。

「亭主がそうでした」

清信尼が顔を上げ、息を呑み下した。

「亭主は火傷ではなく、病でした。胃の腑に腫物ができて、みるみる衰えていったんです」

初めて聞く身の上だった。仏に帰依《きえ》するとは俗世と縁を切ること。髪を下す前に、どんな暮らしをしていたか、どう生きていたかは誰も問わない。尼の身ではないけれど、千代も清照寺に来てから、来し方を尋ねられたことも語ったこともなかった。

「どんなに手を尽くしてもよくならなくて……どんどん痩せていきました。それにつれて、食べる物を口にしなくなって……。いえ、食べられないから痩せてしまうのかしら。それでも、初めのうちは豆腐や魚のすり身なら何とか口にして、『美味しい』なんて笑うときもあったのに、すぐにお粥も喉を通らなくなってねえ。坂道を転がるなんて言うけれど、坂道どころか崖から落っこちていった、そんな風でした」

清信尼の語り口は淡々として、湿り気はない。それがかえって生々しく、当時の有り様を伝えてきた。

やせ衰えた男の、力ない笑顔が見えるようだ。その男は幸三を始め、千代の看取った罹災者の姿に重なっていく。息を引き取る寸前に仄かに笑った人も、泣いた人も、ひたすら見詰めてきた人もいた。名前も知らないまま逝かせてしまった人も大勢いる。

「みなさま、亡くなった方々を悼むより、生きている方々のためにこそ働きましょうぞ。今はそういうときです。御仏もそうせよと仰せのはずです」

数珠を晒や桶に換えても、読経の一刻を炊き出しや介抱に当てても仏は許してくれる。むしろ、それこそが仏の御心だ。承徳尼は尼たちにそう説いていた。その言葉に従い、懸命に動いてきたつもりだった。動くことで、次々に亡くなっていく人たちをひと先ずは忘れようとしていた。そうしなければ、身動き出来なくなる。けれど、亡き夫を語る清信尼の話は、千代の思案を否応なく死者へと繋げてしまう。

「でも、たまに気分のいいときは、汁物を飲み干したり、重湯を二口三口食べられたりしてね。もう、それだけで嬉しくて、ああ、今日は食べてくれた。もしかしたらこれで元気になるのでは、なんて喜んだりしてね。翌日には、重湯どころかお白湯《さゆ》ぐらいしか喉を通らなくなるのに……。ふふ、わたし、根っからのお気楽者みたいで、なんでも良い方に良い方に考えてしまうのです」

「でも、それは清信尼さまの美点でございましょう」

読経の最中に居眠りをしたり、檀家の噂話をしたり、墓参りの老女と長々と巷話《ちまたばなし》を交わしたり、住持や他の尼を呆れさせることも度々だが、屈託なく前向きな人柄は美点というしかない。少なくとも千代は好きだった。くよくよ考えがちな自分と比べて、羨ましくもあった。

「まあ、千代さん、ありがとう。そう言ってもらえると嬉しいわ。でも姑《しゅうとめ》はそうじゃなかった。わたしがあまりにお気楽過ぎて、苛立っていたみたい。亭主の病を喜んでいるのかなんて謗られて、水を被せられたり、頬を叩かれたり、物差しで打たれたりしたのです」

「まあ……」

日々衰えていく夫を見ているだけでも心痛はいかばかりかと思う。そこに、家人からの苛虐《かぎゃく》が加わるとなると、ほとんど地獄ではないか。

「亭主が倒れるまでは、姑は穏やかな、優しい人だったのよ。亭主はたった一人の子どもだったから、姑としては気持ちの持っていきようがなかったのでしょう。嫁であるわたししか当たる所がなかったと、今なら、わかるのですが……。でも、わかったからといって、あの仕打ちを忘れたり許したりは、まだできないのです」

千代は改めて、清信尼の丸く血色のよい顔を見詰めた。

恥じ入る。清信尼を富家から富家に嫁いだ苦労知らずと決めつけていた。清信尼が潜ってきた日々には、千代には計り知れない辛酸があったのだ。まるで思い至らなかった。

それを恥じる。身体が火照るほど恥ずかしい。

「あら、わたし、何の話をしてたんだっけ……。そうそう、食べるってことですよね。だから、食べられるうちは人って死なないって、わたしは思うの。あ、わたしの大叔父って人は、ものすごい大食らいで、喜寿のお祝いの席でご飯を喉に詰まらせて亡くなったんです。そういう亡くなり方は、また、別でしょうけどね」

「まあ」

笑っていいのか、驚いていいのか判じかねて、千代は横を向いてしまった。

「もっとくれってせがまれると、今回ばかりは嬉しいわねえ。こっちも、もっと食べて、もっともっと食べてって気になってしまいます。もっとも、そんなにお米があるわけじゃないけど。もう、足らなくなるんじゃありませんか」

「あと、四、五日は何とか凌げるようです。むろん、雑穀のお粥にして、ですが」

「四、五日の間にご喜捨がなければ、米は底をついてしまう？」

「はい。お薬や晒は樫井さまからのお届けで、まだ、十分に足りております。でも、お米は全ての罹災者に行き届くようにしますと、かなりの量が入り用です。この分だと」

「四、五日で尽きるのですね」

「かと思います。豆や菜物も同じくらいしかもたないでしょう。味噌や塩は大丈夫ですが。とはいっても、このままどなたからもご寄進がないとすれば……そうですね、よくもって十日あまりでしょうか。罹災者の数が増えれば、もっと短くなります」

清信尼が顎を引いた。まじまじと千代に目を凝らしてくる。

「前々から思ってましたけれど、千代さんてすごいですねえ」

「は？　わたしが、ですか」

「千代さんよ。他に誰がおります。今は二人でしゃべっておるのでしょ」

千代と清信尼は台所に続く板場に座っていた。承徳尼も含めて全ての尼がここで寝起きしている。部屋は罹災者に明け渡したのだ。板場の隅には、疲れ切った尼たちが壁にもたれ、横になりそれぞれに休んでいた。

「何と言うのでしょうか。ぱぱってわかってしまうのがすごいと思いますよ」

〝ぱぱっ〟を表すつもりか、清信尼は両手の指を大きく開いた。

「一回の炊き出しにこれだけの量を使うから、残りはこれだけで、人が増えるとこれだけになって、減るとこれだけでって、ぱっとわかるではありませんか。頭の中に算盤《そろばん》や量りが仕舞い込まれているのかしらと、いつもいつも感心しておりました」

清信尼の称賛は素直で衒いがなく、すとんと千代の胸に落ちてきた。

清照寺に来てから真っ直ぐに褒められる、褒めてもらえる心地よさを知った。それまでは、叔母を除いて千代をきちんと称してくれた者はいなかったのだ。特に父が亡くなってからは、厄介者としてしか見なされなかった。

おまえが死ねばよかったのに。

弟が亡くなったとき、母がぶつけてきた礫《つぶて》のような叫びは、今でも心に突き刺さっている。時折、疼きもする。

千代は小さく息を吸い込んだ。

もう一人、真摯に褒めてくれた人がいた。

「ずい分としっかりしておられる。一人前以上の働きをしておられるのだな」

若い武士の紛いでない称賛の言葉を思い出す。思い出すというより、ずっと千代の心内にあって優しく息づいている声であり、口調だった。だから、ふっと、唐突に何の予兆もなく浮かんでくる。その度に頰が仄かに温くもった。

「で、お願いがあるの」

現《うつつ》の声が耳朶《じだ》に触れる。千代は顔を上げた。清信尼が一通の書状を鼻先に差し出している。

「これを、わたしの嫁ぎ先だった所に届けていただきたいのです」

「は……」

「城下の外れにはなるけれど、そう遠くはありません。ここからだと……そうですねえ、二里半といったところかしらね。千代さんの脚なら、半日で行って帰れます」

「は、はあ。でもそれは？」

「これ、訴状なのです」

「は、そ、訴状？」

目を見張る。清信尼はころころと笑い声を立てた。壁にもたれていた尼僧が薄眼を開けて、ちらりと見やってくる。どこまでも明るい笑声を咎めるような眼つきだ。

「嘘よ、嘘。もう、何でも本気にしないでくださいな」

清信尼は何を気にする風もなく、明朗に笑った。が、笑った後、すっと声を潜める。

「訴状ではないけれど、おねだりではあるの。もしかしたら、無心に近いかもしれないけれど」

「はあ、無心ですか」

「そう。嫁ぎ先はそこそこの、いえ、大層な豪農なのです。大勢の小作人を抱えて、田畑、山をたくさん持っています。つまり、米も菜物もついでに材木もたっぷりあるということ。おわかりになりますよね」

「はい。それらを寄進してくださるようにとのお文なのですね」

「そうそう。ついでに幾ばくかの金子も、ね」

清信尼は肩を竦め、口元だけで笑った。

「姑だった人って、根は善良な方でしてね。わたしに辛く当たったこと、ずい分と悔いているようなのですよ。わたしが、あっさり仏門に入ったものだから余計にね。だから、わたしの頼み事に否とは言えないみたいでねえ。ましてや、こんなときですもの。仏の御心に背くようなまね、できないはず。寺への喜捨は亡き人への何よりの供養だとも書いておいたし。拒めるわけがないのです」

「……清信尼さま、それって、あの……」

確かに、ねだるというより無心か巧詐《こうさ》に近いようにも感じる。

「ええ、わかっておりますよ。でも、心篤い方からの喜捨、寄進を待っているばかりでは埒があきません。むろん、樫井さまのような大掛かりな寄進であるなら、一息も二息も吐けますが。そうそうない話ですものねえ。落ち着いたとはいえ罹災者の方はたくさんいらっしゃるし、何とかしなければ、でしょう」

はいと首肯するしかなかった。

「だから、こういう手もあるのかなと、わたしなりに思案したのです。わかってくれるでしょ。わたしは尼僧ですから、そうそう出歩くわけにはいきません。そこにいくと千代さんは、好きに動けます。ね、お願い。引き受けて。千代さんしか頼める方はいないのです」

文を渡される。束の間、考えて千代は頷いた。

「わかりました。明日にでも参ります」

やり方はどうあれ、清信尼は米を手に入れようとしている。それは、今、この寺で生きている、生きようとしている人々に入り用なものの一つだ。

「やってみます。必ず、お渡ししてきます」

清信尼も深く頷く。

「ありがとう、千代さん。ここに地図も入っています。さほど難儀な道ではないわ。ほとんど一本道だからわかり易いと思います。家は松林に囲まれた大きな屋敷だから、とても目立つの。迷いはしないでしょう。姑は梅《うめ》と言います。清照寺から美枝《みえ》の文を持ってきたと告げたら、逢ってくれるはずです。あ、美枝はわたしの俗名なんですよ」

「はい。梅さまですね。心得ました」

もう一度、頷く。懐の奥に文を仕舞い込もうとした。そこから、あの、幸三の遺した紙が落ちる。拾い上げたとき、清信尼が首を傾げた。

「それは何ですの。何かの印?」

「あ、はあ、それがよくわからないのです。亡くなられた方から手渡されたのですが」

清信尼がさらに首を傾け、眉を寄せた。

「何だか、どこかで見たことがあるような……」

「え、真ですか。それはどこで」

思わず声が大きくなってしまった。今まで、曖昧な殴り書きに過ぎなかったものが俄かに現の様相を帯びる。心の臓が高鳴った。しかし、清信尼は眉を寄せたまま、首を横に振った。

「ごめんなさい。見た気がしただけで、思い出せません。形もあやふやだし、気のせいかしらねえ。わたし、そういうことがよくあるの。見た気がしたり聞いた気がしたりするだけで、実際は見ても聞いてもいなかったってこと。ほんとうに、ごめんなさいね」

「あ、いえ」

紙を懐に戻す。胸が高鳴った分、落胆も大きい。そっと奥歯を噛み締める。

清信尼の方は屈託がない。両手を合わせ、口元を綻ばせる。

「でもよかった。これで、上手くお米を頂けたら、わたし、やっとみなさまのお役に立てますものね」

「やっとだなんて」

「いいのいいの、わかっていますから、慰めてくださらなくてもいいのよ。わたしね、要領が悪いでしょ。罹災者の方々のお世話をするのも炊き出しの用意をするのも、手際よくやれなくて、むしろ足手纏いになる方が多いくらいですものね。何とかお役に立ちたいってずっと考えておりましたの。それで、姑のことを思い出して……。さっきも言ったけど善良な信心深い人なの。無心だと言われたらそれまでだけど、姑なら知らぬ振りなどしない、そのままにはしておかない、きっと力になってくれると信じられるのです。そしたら、わたしも人並みに役に立ったことになるかもしれない、なんて思案したのですよ」

「清信尼さまはご立派です」

小声で、しかし、きっぱりと言い切る。

「いつも笑っていらっしゃいます。庫裡に運ばれた方々の中には、清信尼さまの笑顔に支えられた方も励まされた方もおられます。わたしは、どんなときも笑みを絶やさない清信尼さまをご立派だと思います」

阿《おも》ってはいない。耳触りの良い巧言など言えない。本当に思ったことを思ったまま、告げる。一時、庫裡は〝阿鼻叫喚の場〟と称しても過言ではなかった。呻き、泣き声、叫び、血や汚物の臭い。次々息を引き取る人々、惨い火傷の数々。尼僧たちは嘔吐を堪え、胸の中で経を唱えながら手当てに走り回っていた。悪心《おしん》と疲労に倒れそうになりながら、目を背けたくなる現と向き合っていた。

「乱れてはなりませぬぞ。歪めてもなりませぬ」

承徳尼が尼たちに言い渡すのを、千代も末席で聞いていた。心も表情も乱すな、歪めるなと清照寺の住持は告げたのだ。

「笑うておるのです。どんなときも笑みを忘れてはなりませぬ。それがどれほど病み傷付いた人々に安心をもたらすか、わたしは見て参りました。傷の手当はできなくとも、笑むことならできましょう。能う限り笑みを忘れず励むのです」

尼僧たちは一様に首肯したけれど、それがどれほど至難かすぐに思い知った。千代も同じだ。笑むどころではない。頬も目元も口元も引き攣り、知らず知らず必死の形相になってしまう。百年も笑っていない気さえした。

そんな中、清信尼だけは笑みを湛《たた》え、あまつさえ軽傷の者と他愛無いおしゃべりまでしていた。「まあ、献残買のお商売なのですか」「ええ、親父の代から三十年近く続けてまして。けれど、商売物はほとんど焼けてしまったでしょうなあ。身一つで命からがら逃げてきたんで」「わたし、娘のころから献残屋さんに行くのが好きでしたよ。思わぬ掘り出し物があったりして。わくわくするのです。そう言えば一度、友禅の反物を見つけたことがありましたっけ」「ほぉ、友禅の反物をねえ」「ええ、四季の花々をあしらった美しい模様でね。それが、二束三文……とまではいかないけど、信じられないくらい安く手に入ったのです。ほんと、宝を見つけたみたいでした」「献残屋で宝探しとはねえ」「ふふふ、粋じゃありませんか」

そんなやりとりに、明るい笑い声に、眉を顰める者たちもいた。人の生き死にの場で、まして尼僧の身で不謹慎だと。でも、清信尼は笑っていた。住持の教え通り、笑みながら人々に接していた。それは力だ。清信尼の持つ、大きな力だ。

立派だと思う。

「千代さん、ありがとう。何だか元気が出てきました。あなた、他人を励ますのがほんと上手ですね」

「励ましたつもりなどありません。思ったことを申し上げました」

にっ。清信尼が白い歯を見せる。

「ええ、ほんとに。正直な言葉ほど胸に染みるものはありませんね。では、文のこと、くれぐれもお頼みいたしますよ。朝方の炊き出しが終わったら、出かけてくださいな。住持さまにはわたしからお許しをいただいておきますからね」

「はい。お任せください。必ず、お渡しいたします」

そこで、清信尼はふっと真顔になった。寸《すん》の間《ま》、黙り込む。

「千代さん」

「はい」

「余計なことだと重々、わかっているのですが、一つだけ、いい？」

清信尼の眸《ひとみ》が、珍しく翳っている。千代は胸に手を置いた。

「あのね、あなた、早まってはいけませんよ」

「え？」

「お髪《ぐし》のことです。あなた、いずれ、髪を下すつもりなのでしょう」

そのつもりだった。二十歳まで、寺での暮らしを続けたら得度する。むろん、承徳尼や恵心尼の許しを得てだが。剃髪《ていはつ》し墨染の衣に身を包み、仏と共に生きる。迷いや煩悶《はんもん》からも俗世の無常や非情からも離れ、静かな日々を送り、ゆっくりと年を重ねていく。

自分の行く末をぼんやりとではあるが、そう描いていた。

「千代さんはまだ、殿御がどういうものか知らないでしょう」

とっさに意味が解せなくて瞬きを繰り返す。繰り返すうちに、まだ男を知らないだろうと問われたのだと気付いた。

「ごめんなさい、生臭い話になって。これは清信尼ではなくて美枝という女がしゃべっている。そう思って、堪忍《かんにん》してくださいな」

「あの、でも……」

「ね、千代さん、あなたはまだ、こんなにも若いではありませんか。もっともっと多くのことを、清照寺では知ることのできないいろんなことをわかったうえで、得度を考えてもよいのではありませんか？　千代さん、あなた」

清信尼、いや、お美枝という女が身を寄せてくる。そんなわけもないのに、化粧の濃い香りを嗅いだ気がした。

「誰かを本気で想ったことがおあり？」

「え……」

「この人のためなら命も惜しくないと、誰かを想うたことがありますか」

「いえ……ございません」

男はいつでも怖かった。隙を見せれば襲い掛かってくる。千代にとって〝男〟とは、恋い慕う相手ではなく、恐れの印でしかなかった。

不意に腕を摑まれた。目の前で清信尼がかぶりを振る。

「駄目よ、千代さん。叶わなくてもいいから、一度はどなたかに心を向けて。得度するのは、それからでも決して遅くはありません。尼のくせに男と女の話をするなんてと、嫌がられるでしょうが、本心から慕えるどなたかと巡り合った前と後とでは、人の心は変わってきます。繰り返しますが、早まっては駄目よ、千代さん」

仏道への帰依を〝早まって〟とは、さすがに言い過ぎたと気が付いたらしい。清信尼が口元を押さえる。そのとき、恵心尼が入ってきた。千代たちに気が付き、仄かに笑む。

外はもう暮れようとしている。僅かな残光が、立ち姿の美しい尼僧を淡く照らしていた。

「では、わたしは住持さまにお許しを頂きに行って参ります。千代さん、くれぐれもお願いしますね」

千代に向かい手を合わせ、清信尼は足早に部屋を出て行く。出て行く際に、恵心尼と短く言葉を交わしていた。恵心尼が二度、首肯して、何かを告げた。清信尼の顔色が明るくなる。おそらく、元婚家に寄進を乞う話を伝えているのだろう。千代が使いに出ることも含めて、恵心尼にも許しを得ているらしい。

千代はそっと指先を重ねてみた。微かに温い。

誰かを本気で想ったことがおあり？

問われた言葉を胸裏で繰り返してみる。指先がさらに熱を持つ。

若い武士の静かな物言いや眼差しが現のようにくっきりと耳に触れ、目に触れ、肌に触れてきた。気持ちが僅かだが揺れる。

ふっと匂った線香の香りに顔を上げる。恵心尼が傍らに立っていた。

「大役を仰せつかりましたね」

「はい、お引き受けいたしました。文を渡すぐらいなら、わたしにもできるでしょうから」

「そうね、あなたならそつなくやり遂げてくれると、清信尼もわかっているのです。昔、嫁いだ先への寄進願など誰にでも託せるものではないですからね。それに、あなたにとっても寺の外に出るのは良いことかもしれません。ここに来てから、ほとんど外に足を向けていなかったでしょ」

寺から出ることを禁じられていたわけではない。千代がそういう気にならなかった、なれなかっただけだ。

「でも」と、恵心尼は千代に労りの眼つきを向けた。

「今、市中を歩いても辛いだけかもしれませんね。半ば焼け落ちてしまった町もたくさんあると聞きました。ご城下の風景は一変しているでしょう」

その風景を眼前に見ているかのように、恵心尼は睫毛を震わせた。

「はい。よく心得て行って参ります」

「気をつけて。朝の炊き出しはわたしが代わりますから、あなたは早めに出立しなさい。そして、日のあるうちに帰ってくるのです。今は市中の警固もままならぬでしょう。どんな輩がうろついているか用心しなければ。いいですね。明るいうちですよ」

「はい」

「できれば誰かもう一人一緒にいければいいのでしょうが、それだけの人手がなくて」

人は足らない。尼僧たちの疲れは日に日に増して、いつ倒れる者が出てもおかしくない。二人も使いに出せる余裕などないのだ。

「母の形見の懐剣を持って参ります。恵心尼さま、わたし、これでも少しは遣えるのです」

武家の娘の嗜みとして、少しばかりだが小太刀を習った。師範からは、筋がいいと褒められた覚えがある。

懐剣は黒漆塗の地味なものだが、鞘には上り藤の紋様が入っていた。生田家の家紋だ。

恵心尼の腕がすっと伸びて、指先が千代の頰に触れた。

「千代、お願いしますね。けれど、決して無茶は駄目ですよ。せっかく、こうして生き永らえた命ですもの。お互いに大切にしなければ」

叔母を見上げる。

恵心尼、いや、七緒も新里家に嫁ぐとき、懐剣を嫁入り道具の一つとしたはずだ。武家の女なら当たり前の拵《こしら》えだ。その剣で命を絶ちたいと望んだ一時が、一日が、年月があったのだろう。それくらいは察せられる。恵心尼だけではない。清照寺に集う尼たちは誰もがみな、重い来し方を背負っているようだ。それがどんなものか、互いに打ち明けることはない。あの清信尼にしても夫に死に別れた後、どんな行立《いきたて》でこの寺に辿り着いたかは、口にせず仕舞いだった。背負っているものをどう降ろすか、どう軽くするか、あるいは背負ったままでいるのかはそれぞれ、己《おの》が生き方なのだ。

「あ、そうだわ、千代」

恵心尼が手を引き、衣に隠した。墨染のそれは刻々と濃くなっていく闇に溶けて、恵心尼の顔だけが白く浮き出ている。

「夕方、あなたが見せてくれた紙、もう一度、見てもよろしいか。罹災者の方から受け取ったという紙です」

「あ、はい。ここにあります」

渡すと、恵心尼は幾分かは明るい廊下に出て、紙を広げた。

「叔母上さま」

つい俗世の呼び方をしてしまった。慌てて唇を押さえたけれど、恵心尼は憂いを湛えたまま、小さく息を吐き出しただけだった。

「千代、これをあなたに渡した方は亡くなったのでしょうか」

はいと答える。胸の奥が痛んだ。ほんの短い縁だったが、最期を看取れなかったのは大きな心残りになってしまった。もう忘れ去ることはない。長い日々の間に記憶の底に埋もれることはあっても、何かの拍子に浮かび上がってくるだろう。

それも供養になるだろうか。

幸三という名の男がいた。商人町に住む研ぎ職人だった。炎と煙に身の内を焼かれ、血反吐を吐いて亡くなった。千代が知っているのは、その程度のものだ。

でも、忘れない。ずっと覚えている。自分が生きている間だけでも、心の裡に留めておく。

きっと供養になるはずだ。

千代はできる限り詳しく、幸三とのやりとりを伝えた。

聞き終えて恵心尼は僅かの間、庭に目をやった。千代もそちらに視線を向けた。施粥を炊いた窯が見える。今は湯を沸かすための大鍋がかかっていた。焚口から熾火《おきび》が橙《だいだい》と臙脂《えんじ》の混ざり合った色合いで覗く。火は怖いけれど、何より大切でもあった。煮炊きするにも、暖を取るのにもなくてはならない。

「付け火。その方は確かにそう言ったのですね」

「はい。油を撒いて火を付けるのを見たと」

口にしてから急に震えがきた。目の前の仕事に追われ、動き回っていたとき、幸三の遺した言葉を思案する余裕がなかった。けれど、今、口にしてみると……恐ろしい。付け火？　これほどの大火が付け火？　そんなことがあるだろうか。

「ねえ千代、これ、わたしが預かっておいてもいいでしょうか」

恵心尼が紙を丁寧に畳む。

「え？　叔母上さま……恵心尼さま、もしかしたら何か心当たりがあるのですか」

「いいえ、何もありません。でも、あなたが持っていてはいけない気がするの。今の話、この紙のこと、誰かに話をしましたか」

「はい、清信尼さまと……」

庫裡で出逢った女を思い出す。怒りに任せて、荒い言葉をぶつけてしまった。

「お手伝いの女の方に付け火かもしれないと口走った気がします。狼狽えていて、あまりはっきりと覚えていないのですが」

「女の方ですね。お名前はわかりますか。年恰好は？」

恵心尼が重ねて尋ねてくる。問い詰める性急さが感じられた。

「わかりません。若くてお綺麗な方でしたが、もう庫裡にはいらっしゃらないようです。あの、でもこの紙は見せていません。見せたのは清信尼さまだけです。清信尼さまは、どこかでよく似た印を見たことがあると仰いました」

「清信尼が？」

「でも、どこで見たかは思い出せない、思い違いかもしれないとも仰いました」

「そう、わかりました。どちらにしてもこれは預かります。よろしいですね」

有無を言わせない強い口調だった。恵心尼がこんな物言いをするのは珍しい。

「それと、やはり一人で出歩かない方がいい気がします。明日は、誰かもう一人、一緒に行く者を探しましょう。できれば男の方がいいけれど……」

「そんな。わたし一人で大丈夫です。こんなに忙しいときに手を取るわけには参りません」

明日、奉仕者として何人が集まってくれるか、わからない。掃除、洗濯、器の出し入れ、炊き出しの下拵え、施粥の分配、罹災者の身元の記入、親とはぐれた子どもの世話。

千代のように寄進の願い文を携えて心当たりを回っている者もいる。無数の雑用を考えれば、この上、人手を割くわけにはいかないのだ。恵心尼は老齢の承徳尼に代わり、中心になって働いている。人手の不足を誰よりよくわかっているはずだ。

「お言葉に甘えて、明日は炊き出しの前に寺を出ます。それなら、昼過ぎには帰ってこられますから。日の高い内に必ず戻ってまいります。ご心配はいりません」

恵心尼の面にさらに憂いが漂う。

「そうですね。確かにあなたの言う通り、人手はぎりぎりです。誰がいつ倒れてもおかしくない有り様ですものね。わかったわ、千代。必ず昼過ぎには戻ってくるのですよ」

千代は、子どものようにこくりと首を前に倒した。

玄関口を上がってすぐの廊下、出迎えに現れたみねは、

「あら、まあまあ」

と言った後、大きく口を開けた。そのせいで丸い頬が下に伸びて、伸びるときにふるっと揺れた。鼻の穴は横に広がる。

「あはっ、相変わらずおもしろい顔だな、みね」

透馬が遠慮のない笑い声をあげた。みねはすぐに口を閉じ、鼻から息を吐き出す。

「ふん。樫井さまも相変わらず大雑把な人相ですよ。お変わりないようで何よりですけど」

「大雑把な人相ってのは、どういう人相なんだよ」

「だから、樫井さまみたいなお顔じゃありませんか」

「はあ？　おまえにだけは顔のことは言われたかぁねえよ」

「それは、こっちの台詞です。ほんと、ご気性もお顔の造りもいいかげんなんだから」

「おい、みね。いいかげんにしねえと」

「はいはい。ざっぴんの甘露煮とお酒でございましょう。すぐにご用意いたしますよ」

透馬の文句を遮って、みねがにやっと笑った。透馬も同じような笑みを返す。

「へえ、すぐに用意できるのかよ」

「できますとも。樫井さまがいつ来られてもいいように、甘露煮だけは切らさないようにしております。まっ、ざっぴんは安上がりですからね。さほど懐にはこたえませんけれど、できれば、もう少し扶持を増やしていただいてもよろしいのですがねえ。ほほほ」

作り笑いの声を残し、背を向けたみねに正近は声を掛ける。

「間もなく半四郎も来るはずだ。膳は三人分、頼む」

振り返ったみねの表情が、みるみる明るくなった。露骨なほどだ。

「まあ、山坂さまがいらっしゃるのですか。それを早く仰ってくださいな。そうですか。では、ざっぴんだけでは足りませんわね。まあ、何を拵えようかしら」

弾むような足取りで遠ざかる。

「まったく、何だありゃあ。山坂とおれに、どうしてここまで差を付けられるんだ」

透馬が口を歪める。正近は堪えきれなくなって、噴き出してしまった。

「何がおかしい。笑うようなことか」

透馬が不満気に眉を顰めた。それも、おかしい。

「いや、おまえを適当にあしらえるのは、うちのみねぐらいだな」

「ったくよ。口の減らねえのは変わりないってか。おまえなあ、当主なら奉公人の躾ぐらいきちんとやれ。客に対する礼儀ってものがなってねえぞ」

廊下を先に立って歩きながら、透馬は何度も舌を鳴らした。

「客だと思ってないんだろう。まあ、当主の前を勝手に歩く客ってのも、いないからな」

客だと思っていない。それは確かだ。みねにとって、透馬は遠縁のやんちゃ坊主としてて変わらない。客だとも筆頭家老家の後嗣だとも思っていないはずだ。

新里家に奉公にきたとき、みねは色黒の痩せた娘だったそうだ。そのころのみねの姿を正近は、どうにも思い出せないでいる。遥か昔からみねは、どっしりとした逞しい女だった気がしてならない。

近隣の農家から奉公に上がった娘は、一時、他家に嫁いだがすぐに戻ってきた。実家ではなく奉公先に戻ってきたのだ。それからは新里家と共にずっと生きている。兄、結之丞の死、母の死を経て義姉の七緒が得度してからも、正近が嫁を迎えてからも、その嫁、弥生が去っていってからも、みねだけは新里の家にいた。

大樹のようだ。地に根を張り、びくともしない。色黒の痩せた娘は、よく肥えた、透馬に言わせると〝米俵そっくり〟な身体の四十近い女になっていた。

みねに助けられている。そう感じることが、度々ある。女主人のいない屋敷内を磨き上げ、新しい奉公人を躾け、暮しを滑らかに回してくれる。みねがいなかったら、正近の日々はもっと味気ない、暗いものだったに違いない。

「しかし、ざっぴんの甘露煮で一杯やれるのはありがてえな。喉が鳴らぁ」

正近の居室に入るなり、透馬は刀を放り投げ、胡坐をかいた。その刀を拾い上げ、刀架《とうか》に掛ける。それから、透馬の横に座った。

「樫井、あの男は信用できるだろうか」

基平という男。表向きは古手屋の主だが、裏にはまた別の貌《かお》がある……のだろうが、正体は摑めていない。

「うむ、敵ではなさそうだ。そして、役には立ってくれると、おれは見ているが」

ごろりと横になり、透馬は頭を片手で支えた。思い返すように、視線をさまよわせる。

正近も数刻前の基平とのやりとりを脳裡によみがえらせていた。


鳥飼町の水茶屋に客はいなかった。

「わかりました。調べてみましょう」

基平は意外なほどあっさりと引き受けてくれた。正近と透馬を襲撃した相手を捜し出すというのだ。あまりに容易く受け入れたので、正近はかえって不安になった。

「そんなに容易く割り出せるのか」

「蛇《じゃ》の道は蛇《へび》と言いますからな。心当たりを穿《うが》ってみましょう。城下には破落戸も半端者も大勢いますが、お武家さまを襲うだけの胆と腕のあるやつらは、そうそう見当たりませんでねえ」

もったいぶった言い方だ。基平のどこか荒んだ気配は気になるが、ここは任せるしかない。

「幾らいる」

透馬が尋ねた。基平の眼が鈍く光る。唇が僅かに動く。

「五十両」

「えらくふっかけてくるもんだな」

「これは命懸けの仕事になりそうなんでね。そのくらい頂戴しないと割が合いませんで。それに、こんな有り様になって商いはあがったりなんで。おれも危ない橋は渡りたかぁねえですが、かかあと子どもを食わせていかなきゃならねえ」

透馬は懐から袱紗《ふくさ》包みを取り出した。

「とりあえず二十両だ。上手くいけば、残りを渡す。それでいいな」

「しょうがありませんや。それでは、三日ほど日にちをいただきます」

袱紗ごと金を摑むと、基平は水茶屋から出て行く。後を追うように、風が地を吹き過ぎていった。


みねが膳を運んでくる。後ろから二人の小女《こおんな》が、やはり膳を捧げて部屋に入ってきた。弥生を娶ったとき、新たに雇い入れた奉公人たちだ。小女が二人、小者が一人、弥生が去った後も残り、働いている。

みねは満面の笑みで、半四郎の正面に膝をついた。

「山坂さま、お久しぶりでございますねえ」

銚子を取り上げ、さらに笑みを広げる。その間に、小女たちは正近と透馬の前に膳を置き、一礼すると部屋から出て行った。足運びも仕草も作法に則《のっと》って滑らかだった。みねがしっかりと躾けているのだ。

「あ、みねどのに酌をしていただくとは痛み入りまする」

先刻、訪れたばかりの半四郎が文字通り身を縮める。

「まあ、何を仰いますことやら。わたしのような大年増ではお気に召さないでしょうが、昔からのよしみでございます。一献、注がせてくださいませ。ほんとうにご無沙汰でしたものねえ。山坂さまがお出でになるのは、いつ以来でございましょう」

「いや、まことに無沙汰をいたしました。では、遠慮なく」

半四郎が盃を持ち上げる。芳香が漂った。みねは、新里家で一番上等の酒を用意したらしい。

「まったく、何だありゃあ」

手酌で盃を満たし、透馬がさっきと同じ台詞を口にする。それから一息に酒をあおり、膳の上を眺める。眉間に皺が寄った。

「おい、みね」

「は？　なんです」

「なんですじゃねえよ。何でおれの膳だけ、一品しか載ってねえんだ」

「あら、だって樫井さまは、ざっぴんの甘露煮をご所望だったではありませんか。ですから、お望みに添うようにたっぷりお持ちいたしましたのに。ご不満ですか」

「けど、ざっぴんしかねえぞ。山坂や新里の膳には、小鉢や椀があるじゃねえかよ。刺身まで付いてる。どういう料簡《りょうけん》だい」

確かに透馬の膳には、山盛りのざっぴん一皿と銚子があるだけだった。

「もう、本当に細かい方ですねえ。急なお出でだったので料理の材が足らなかったんですよ。樫井さまの分まで回らなかったと、それだけじゃありませんか」

「だから、何でおれの分を後回しにする。客の膳を一番に整えるのが台所を預かる者の心得ってやつだろうが。新里はともかく、山坂とあまりに差があり過ぎる」

そこで、透馬はわざとらしくため息を吐いた。

「七緒どのであったら、こんな依怙《えこ》贔屓なんざ金輪際《こんりんざい》しなかっただろうによ」

「おい、樫井」

半四郎が咎めの視線を透馬に向ける。慌てたのか、盃が揺れ酒が少しばかり零れた。正近は苦笑する。その顔を半四郎に見せ、二度ほど横に振った。

七緒の名を聞くたびに、今でも胸底が疼く。いつまで癒えぬのだと自分で呆れるほどだ。それでも日々の忙しさ、思案に紛れ七緒を見失うことが稀にあった。稀が繋がり、暫くになり、やがて昔日《せきじつ》の記憶に埋もれる。老いた七緒と老いに差し掛かった自分が兄の思い出も含め、ゆるりと話ができる。そんな日がいずれ来る。言い聞かせていた。

清照寺で遠く七緒を見かけた。尼僧の、俗世とは切り離された佇まいだった。それでも胸の内で呼んでいた。

義姉上。

呼べば疼きが増して、息を止めるようだった。その疼きが未練なのか執着なのか、名付けようがない。自分にはまだ、七緒と差し向えるだけの覚悟がないと思い知っただけだ。

誰かに心内の想いを打ち明けたことはない。聞いてくれと口にしてはならない情だと、よくわかっている。それくらいの克己心《こっきしん》はある。けれど、半四郎も透馬も、おそらく、みねもとっくに気付いている。みねと半四郎は気付かない振りをして、半四郎に及んでは七緒の名さえ漏らそうとしない。が、透馬はあけすけだった。

「新里と話すのに七緒どのの名を出すのがご法度となれば、面倒この上ねえじゃねえか。昔話の一つもできなくなるぜ。だいたい山坂はな、気の遣い方が間違ってんだよ。そういう性質だから疲れちまうんだ。よくよく心しないと早死にするぜ」

などと、半四郎をしたり顔で説いたりもしていた。

「おまえは正近と昔話がしたいのか。それはまた、えらく爺臭いことだな」

半四郎は珍しく皮肉で言い返していたが、これも珍しく表情を尖らせていた。半四郎は細やかな心配りができる男だ。相手の心情を重んじ、尊び、大切にする。その為人に何度も救われたし、支えられてきた。半四郎が友として、仲間として傍らにいてくれるのは幸運だとも心強いとも思う。が、このときは、透馬の一言に頷きそうになった。その遠慮ない物言いを妙に楽だと感じたのだ。

今もそうだ。

さらりと義姉の名を口にする透馬に気持ちが軽くなる。

「じゃあ、樫井さまはざっぴんを召し上がらないのですね。わたしの甘露煮が気に食わないわけですか。わかりました。じゃあ、お下げしますよ」

伸ばしたみねの手を透馬が叩く。ぴしゃりといい音がした。

「馬鹿、誰がいつそんなこと言った。ああわかった、わかった。山坂と同じ膳をなんて贅沢は言わねえよ。せめて、もう一品、小鉢ぐらい付けてくれてもいいんじゃありませんかね。おみね姐《ねえ》さん」

小鉢の中身は柿の膾《なます》だった。赤と黄色を混ぜ合わせたような色合いが美しい。「やれやれ、ほんとに遠慮のない方なんだから」とみねが腰を浮かせた。

「まあ、柿はたんと頂いておりますからね。膾もたんとございます。大層、甘い柿ですし、後で口直しにお出ししましょう。あ……」

みねが中腰のまま唇を結んだ。失言に慌てる顔つきになる。正近は口元から盃を離した。

「柿？　どこから貰ったのだ」

「はあ、あの……稲生《いなお》さまから……」

稲生は弥生の実家の名だ。二百石取りの祐筆《ゆうひつ》組小頭の屋敷には、確かに見事な柿の木が数本、植わっていた。曾祖父が無類の柿好きで、手ずから植えたと弥生から聞いたことがある。

「稲生家から届けられたのか」

「はい。何でも晩生の珍しい種であるそうです。小粒ですが、甘みは干し柿並だと弥生さまは仰っておられました。弥生さまは、旦那さまがお帰りになられる一刻程前にお出でになりまして、竹籠いっぱいの柿をお届けくださいましたのです」

意を決したように、みねが滑々《すべすべ》と語る。それから、まっすぐに立ち上がり部屋を出て行く。出て行くまぎわ、振り返り「柿膾、お持ちしますからねっ」と透馬に告げた。

「なんだ、みねのやつ」

みねの足音が遠ざかると、透馬は不行儀に鼻を鳴らした。

「柿膾を持ってくると言いつつ、おれを思いっきり睨みつけやがったぜ。なんでだよ」

「余計なことを言うなと釘を刺したのさ」

半四郎が笑い、透馬の盃に酒を注いだ。

「おまえが正近を下手にからかわないように、な」

「からかう？　おれが？　別れた女房がわざわざ柿を届けに来た。それは、おまえに未練があるからじゃないのか。なんなら仲立ちをしてやるから元の鞘に納まるか、みてえなことを言うってことかい。は、馬鹿馬鹿しい。そんな軽々しい口を利くものか」

「今ので十分軽々しいではないか。樫井、おまえはな他人を慮《おもんぱか》るということを」

「ああ、わかった。もういい。山坂の説教は聞き飽きた。それこそ十分だ」

透馬は手を振って半四郎を止めると、ちらりと正近を見やった。

「なあ、新里。おまえの元嫁の出処、稲生家ってのは確か生き残り組だったな」

〝生き残り組〟とは、政変で敗れた水杉中老に与しながら失脚を免れ、今なお政《まつりごと》に関わっている者を指している。中老の田淵忠泰がその筆頭格になるだろう。

稲生家の当主、弥生の父仁左衛門《にざえもん》は温厚で淳良《じゅんりょう》、武芸より書や音曲を好む。自ら政争に飛び込んでいく気質ではなかった。だからといって上、中位の家臣である以上、小舞を二分する政変を我関せず、高みの見物と決め込むことは許されない。否応なく巻き込まれ、勝者と敗者に分けられてしまう。

稲生仁左衛門は敗者となった。ただ、さしたる咎も受けず、家禄を幾分か削られただけで済んだのは幸運だった。さしたる能吏《のうり》でもない身だ。わし一人処したとて何ほどの益もないと、ご家老は見定められたのであろう」と、仁左衛門自身は笑っていた。

「義父上のお人柄でございましょう。義父上の人望こそをご家老は見定められたのです」

「正近どの、世辞はよいよい。なにやら面映《おもは》ゆいではないか」

「世辞ではございませぬ。真に、そのように思うております」

祝言の前だったか後だったか、そんなやりとりを交わした。

世辞ではない。武家ではなく人として、仁左衛門には学ぶところが多くあったのだ。弥生は父から気性の良さを受け継いでいた。やや融通の利かぬ、思い詰める嫌いはあったが、明るく、他人に優しく、奉公人にも下士にも分け隔てなく接し、慎ましやかで質素を好んだ。みねを立て、頼り、新里家の内をきちんと収めてくれていた。

自分には過ぎた妻だった。

弥生の様子が変わったのは、祝言の翌年、転倒がもとで腹の子を失ってからだ。鼻緒が突然に切れ、石畳に叩きつけられるように転んだ。したたかに腹を打ち、二日後に子は流れた。不運としかいいようのない出来事だ。

「申し訳ございません。わたくしが至らぬばかりに……全て、我が罪にございます。わたくしがもう少し慎重であったならこのようなことには……ならなかったものを」

わたくしが、わたくしがと弥生は己を責めて泣き崩れた。

言葉を尽くして慰めても、励ましても無駄だった。三日経っても五日経っても、弥生は泣き続け、己を責め続けた。

苦しかろうに。

正近は唇を嚙む。誰かを憎むのなら、その憎悪は外へと向いていく。しかし、己で己を苛《さいな》む刃は己の内に留まり、己のみを傷つける。

「弥生、もういい。おまえに非は一分もないのだ。これも定だ。そう諦めるしかない。それより養生に心を砕き、一日も早う元の健やかな身体に戻るよう努めねばな」

弥生を労わるつもりで告げた。不幸な転倒から既に十日が過ぎていた。

弥生がゆっくりと顔を上げる。目の周りが涙で爛れていた。

「諦める……。旦那さまは、あの子のことを諦めておしまいになるのですか」

爛れた目尻が吊り上がる。悲嘆にくれる表情が一気に怒りの形相に変わった。

「そんなに容易く諦めてしまえる。旦那さまにとって、あの子はそれほどのものでしかなかったのですか。それは……それは、あまりに口惜しゅうございます。あまりに、あまりに……あの子が不憫《ふびん》でございます」

そこで、また弥生は泣き伏した。

その日からまた十日が経ち、二十日が経ったころ、弥生は〝あの子〟に名をつけてくれと言い、正近が戸惑っている間に、生を受けられなかった子を〝明丸《あけまる》〟と名付けた。男か女かさえ判じられない子であったのに。

それからは「明丸が生きていれば」が口癖となり、名を口にする度に泣き伏すことはさすがになくなったが、涙ぐみ俯くのが常となっていた。

「死んだ子に名をつけてはならぬ。おまえは現を生きておるのだ。現にいない者に、いつまでも引きずられていてどうする。辛いだけではないか」

正近は諭した。諭した言葉の裏に僅かな苛立ちが潜んでいたかもしれない。現の暮らしに戻ろうとしない妻への苛立ちだ。

弥生はそれに感付いた。そして、やはり眦《まなじり》を裂いた。

「なんと惨いことを仰せになります。旦那さまは、あまりに薄情すぎます。なぜ、明丸のことをお忘れになれるのでしょうか。あなたさまのお子であるのに平気で忘れておしまいになる。それは、明丸がわたくしの子であるからですか。わたくしを疎んじておられるから、わたくしが生んだ子まで疎ましいとお思いになるのですか」

弥生の中で、明丸はいつの間にかこの世に生まれ出ていた。正近には触れることも、見ることもできない赤子について、弥生は正近を詰《なじ》ってくる。詰って、泣く。

見かねた稲生家から弥生を戻したいと訴えられたのは、子が亡くなって半年後のことだった。使者をたてず、仁左衛門自ら出向いての申し出だった。

「正近どのには言葉には尽くせぬほどの世話になり申した。迷惑もおかけした。この上、弥生を新里家におくことはできもうさぬ。なにとぞ去り状を頂きたく、伏して願い奉るしだいでござる」

両手を突き、頭を下げる義父を前に正近は居たたまれない心持になっていた。

安堵していたからだ。

弥生が去ることに安堵している。

もう、あの嘆き悲しむ姿を目にしないですむ。詰り言葉を聞かなくてすむ。妻を憐れまないですむ。心内のどこかが緩んでいく心地よさを味わってしまった。

弥生が謗ったとおりだ。あまりに薄情ではないか。

己の無慈悲に狼狽えてしまう。狼狽は、弥生の去り際の一言でさらに膨れ上がった。

「いたらぬまま暇を申し上げねばならぬのは心残りではありますけれど……、でも、旦那さま、わたくしは今、どこか安らかにも感じておりますの」

これまでの狂おしさとも嫁いできたころの明朗さとも違う、静謐《せいひつ》な物言いで弥生は告げてきた。眸の色からも表情からも険しさは微塵も窺えない。

「旦那さまはいつも、別の方を見ておられました。わたくしではない誰かを今も、見ておられます。それに耐えられるほど、わたくしは強くはございませんでした」

もう強くなくともようございますね。そう続けて弥生は微笑み、深々と頭を下げた。そして、去って行った。正近はただ狼狽する。そうだったのかと、幾度も奥歯を嚙み締める。そうだったのか。弥生を苦しめていたのは生まれることなく消えた子ではなく、明丸という幻でもなく、現を生きているこの身だったのか。

どうしても忘れ得ぬ人がいて、障子の陰に、庭の木々の下に、廊下の陽だまりにその人を見てしまう。見た刹那の高鳴りも、後の揺らぎも面に出した覚えはない。仕草にも、だ。しかし、弥生は感じ取っていた。感じ取り、頼るよすがを見失った心地になっていた。明丸はそのよすがを取り戻す手立てであったのかもしれない。

ようやっと、妻の足掻《あが》きに、闘いに、落胆や苦渋に心が届いた。それでも正近は、弥生を呼び止められなかった。

まだ、見てしまう。どうしようもなく面影を追ってしまう。そういう者の妻に戻れと口にできるわけがなかった。

その弥生が晩生の柿を届けてくれた。それは弥生の心内が今、穏やかである証だろうか。

「稲生家の娘をおまえに娶せたのは、確か小和田の爺だったな」

あけすけな口調のまま、透馬が重ねて問うてくる。

「そうだが、それがどうかしたのか」

「小和田さまは正近の烏帽子親であり、名を渡してくれた相手だ。嫁御の世話ぐらいしても不思議ではなかろう」

半四郎が口を挟む。透馬がいらぬことを言わぬよう掣肘《せいちゅう》しているのだ。当の本人は、まるで気に掛ける風もなく話を続けた。

「小和田の爺と稲生家はどういう繋がりなんだ、新里」

「繋がり？　昔の囲碁仲間だとかではなかったかな。おまえの言う通り、稲生の家はかつて水杉派に与していた。政変も昔のこととはいえ、まだしこりも残り、娘の縁談をあちこちに頼み辛いのだと、ご当主仁左衛門どのから頭を下げられたそうだ」

「ふーん、なるほど。新里なら樫井家の家臣という形ではあるわけだし、水杉の色を払拭《ふっしょく》するにはうってつけだったわけだ」

「ありていに言えばそうなるかもしれん。しかし、仁左衛門どのがそこまで思案したとは思えんな。そういう損得勘定ができるお人ではない」

「わかるもんか。人なんてのは奇々怪々、折れ曲がりも、曲がりくねりもしている。一筋縄じゃいかねえ生き物さ。新里が知っているのは仁左衛門とやらの一面に過ぎねえ。まるで知らぬ貌ってのも、あるんじゃねえのかい」

そこで酒を飲み、ざっぴんを口に運び、透馬は眼元を緩めた。

「うむ、これ美味いな。七緒どのと同じ味だ。みねのやつ、しっかり受け継いでるじゃねえか。いや、立派、立派。へへ、柿膾も楽しみだぜ」

正近は盃を置き、身体を透馬に向けた。両手をついて低頭する。

「殿、畏れながらお尋ねいたします。小和田さまと稲生家の繋がりをなぜに、そこまで気になさいます。何かご思案あっての疑念でございましょうか」

「まことに新里氏の言う通り。殿のご思案とやら、我らにお聞かせ願いたく存じます」

半四郎も膳を横に回し、一礼する。

「てめえら」

透馬が顔が歪むほどの渋面になった。

「嫌味ったらしいのも大概にしろよ。何でここで主従ごっこなんか始めやがんだ。おれが嫌がるってわかってて、やってんのかよ」

「そうに決まってるだろうが」

正近より先に半四郎が答えた。

「おまえがずけずけ、好き勝手なことぬかすからだ。ざっぴんの味などどうでもいい」

「馬鹿言え。どうでもいいはずがねえだろう。こんな美味い物、樫井の屋敷じゃ食えないんだ。食えるうちにたっぷり食っとかなくちゃな」

半四郎を眼で制し、正近は膝を進めた。

「樫井」

「何だよ」

「小和田さまと稲生家が密に繋がっていると考えているのか」

「わからん。ただ密かどうかは別にして、繋がりがあるのは確かだな」

「繋がりがあっても別段、おかしくはなかろう。小和田さまは元大目付だ。顔は広い」

「まあな。確かに、おかしくはない。仕掛けのばれた手妻《てづま》みてえに何の不思議もねえさ」

「なのに、気になるのか」

「人の繋がりってのはときとして剣吞《けんのん》な道具になるからな」

「どういうことだ」

「稲生の後ろに水杉の残党がいるなんてことも、ねえとは言い切れない。そういうこった」

息を吞み込んでいた。

「そんな……ありえん。樫井、まさか小和田さまのことまで疑っているのではあるまいな」

「相手は化け狸の爺さんだぜ。信用なんてできるかよ。けど、正直、今、小舞の政は親父ががっちりと抑え込んでいる。水杉の残党だろうが化け狸だろうが太刀打ちできるとは思えん。というか、無理だな。指先で弾き飛ばされるのがおちだ」

「それに、水杉の残党がいて、その下に集まる人物がいるとしたら……。それは稲生さまではあるまい」

半四郎が低く、ほとんど呟くように言った。透馬が点頭する。

「そうだな。祭り上げられるとすれば、中老田淵忠泰より他はいねえだろうさ。けど、田淵が親父に叛心《はんしん》を抱いているとは、おれには思えねえんだ。田淵ってのは珍しくまっとうな執政で、民への配慮を欠かせば政は成り立たないとわかっている。親父もそのあたりの世の中の治め方ってのは心得たものさ。田淵は親父のやり方を是としている。逆らうより、その政道を受け継いでいくつもりじゃねえのかな。おれの見方が甘いのかもしれねえが」

「おまえが他人を甘く見るわけがなかろう。自分には甘いかもしれんが」

「山坂、そりゃあどういう意味だ」

「いや、さしたる意味などない。しかし、田淵さまに叛心がないならば、水杉派残党の動きなど何ほどのものにもなるまい。担ぐ神輿《みこし》がないのだ」

「うん。まぁそうだ。おれは、だから水杉派の生き残り組を気にしているわけじゃなく」

珍しく、透馬の歯切れが悪い。正近は透馬の盃に酒を注いだ。そして、問う。

「憂いは別のところにあるわけか」

「うーん、憂いというほどの大層なものじゃねえんだが……。誰と誰がどう繋がっているのか。そこんところがはっきりしねえ。はっきりしねえ分、怖えんだよな」

「怖いだと」

半四郎と顔を見合わせる。半四郎は眉を寄せ、僅かにかぶりを振った。透馬の言っていることが解せない。そんな素振りだ。

正近も解せない。

透馬は枯れ薄《すすき》を幽霊に見間違えるような男ではない。薄は薄、幽霊は幽霊、人は人と割り切れる。怯えの情が全くないとは言わないが、少なくとも確かな拠り所のないまま、闇雲に怯えることはなかった。透馬が恐れているなら、それなりの理由があるはずだ。

「おれたちには思いもよらない人と人との繋がり、思いもよらない誰か……そんなものが、この一件には絡んでいる気がしてならねえんだ。おれたちには見定められない暗みに誰かが潜んでいる。そこから糸が出て誰かに繋がり、さらに繋がり……そうやって網ができていく。なんとも嫌な、不気味な心持がしちまうのさ」

もう一度、半四郎と視線を合わせる。

「そういえば、おまえ、賊に襲われたときもお梶と賊の繋がりを気にしていたな」

「うむ。あの襲撃がなけりゃ、おれも今度の大火を失火絡みと思ってただろうな。けど、おれたちは襲われた。あのときも言ったが、お梶って女を疑うには十分な出来事さ。新里が何と言おうとな。あーだけどな、あの女が裏で何もかもを操っているなんてこたぁ、さすがにねえだろう。うーん、だから、誰かがいるんだ」

「暗みに潜んで操っている誰かが、か」

「うむ」

「それが小和田さまかもしれぬと疑っているのか」

「いや、それはないだろうぜ。小和田の爺さんは確かに化け狸ではあるが、襲撃のことは何も知らなかった。それは確かだ。ただ、別の何かを知っている風ではあったよな」

「ああ……だな」

思案気に漂っていた遠雲の眼差しを思い出す。

「暗みに潜んでいる誰かか。まるで雲を掴むような話だ。しかも、全て樫井が感じていることに過ぎん。もう少し確然たる証がなければ動くに動けんぞ」

半四郎がいつにない厳しい物言いをした。わかっていると、透馬がこれも平生とは違う率直さで答える。

「ともかく、基平とやらの報せを待つ。今のところ、そこしか手立てはねえな」

そう言うと透馬は壁にもたれ、遠慮のない欠伸を漏らした。

「何だか疲れちまったな。今夜は泊まらせてもらおうか」

「新里家の朝飯が目当てなんだろう。底が割れてるぞ、樫井」

半四郎がにやりと笑う。

「おや、さすがにお見通しかい。どうせ、城にも上がれねえんだし好き勝手にやったって罰はあたるまいよ」

「ということだ。どうする、正近」

「本音を言えば帰ってもらいたいが、帰れと言って帰るような御仁ではないからな。ああ、そうだ。この前みねが樫井が来たら襖の張替えを頼みたいと言ってたな。お玉が爪を研いで、表座敷の襖を破いたらしい」

「襖の張替えか。うーん、いいな。がちがち頭の勢揃いした会議に出るよりよっぽどおもしれえや。何なら他の襖も障子も直してやるぜ。ついでに建て付けの具合もみてやろう」

透馬の双眸が煌めく。嘘でなく勇んでいるようだ。

「おまえ、ほんとうに重宝なやつだな」

正近が言うと、半四郎が小刻みな笑いを漏らした。みねが柿膾と酒を運んでくる。襖の修繕を告げると殊《こと》の外《ほか》喜び、透馬に酌をした。「君子は豹変す、か」。透馬の呟きがおかしくて、半四郎と声を合わせて笑ってしまう。

穏やかに刻が過ぎていく。こういうとき、ふっと眩《くら》まされる。この世は存外、優しく温かく清々しいものではないかと思えてしまう。

目眩ましだ。刹那の光が消えてしまえば、現は残忍で奇怪で醜悪な姿を現す。これまで幾度もその姿を目の当たりにし、おののいてきたはずだ。

半四郎が銚子を差し出す。盃で酒を受ける。

だが、今はいいではないか。

己に言い聞かす。

今、このとき、笑っていられるのならいいではないか。肩肘張ることも、己を隠すことも、構えることもしなくていい者たちと酒を酌み交わしている今だけ、この世は優しく温かく清々しいと信じていよう。

「窓の格子も傷みが激しくて、取り換えてくださいな。それと、松の剪定をお願いします」

「それだと、三日は居座らなくちゃならねえな。飯はちゃんと出してくれるんだろうな」

「そりゃあ、お出ししますとも。きちんと仕事をしてくだされはですけど」

「飯とざっぴんの他に一品か二品は膳に載せてもらわないと割に合わねえぜ」

「ですから、それは樫井さまの働き振りによりますよ」

みねと透馬の掛合いを聞きながら、盃を口に運ぶ。美味い酒が心身に染みた。


山門の前で千代を見送った。

「くれぐれも気をつけて。できる限り早く帰っていらっしゃい」

言わずもがなの忠言を言ってしまう。恵心尼は手の中の数珠を握り締めた。

「千代さん、義母、いえ、梅さまへの文、お願いいたしますね」

横に並んだ清信尼が手を合わせる。屈託のない笑みを浮かべていた。朝の光の中で千代の顔も清信尼の面も艶やかに輝いている。

若いのだ。

光を弾き、照り映えるほど若い。束の間、恵心尼は二人の若さに見惚れていた。

「はい、お任せください。では行って参ります」

千代は笑みを浮かべ、軽やかな足取りで遠ざかって行った。その後姿に、ほんの一瞬だが影が落ちたように見えた。

ずくん。鼓動が強まる。口の中がみるみる乾いていく。

これは……なに？　わたしは前にもよく似た……。

「恵心尼さま、恵心尼さま、庫裡の方にお出で下さい。待っている方がおられます」

一人の尼僧が呼びに来た。〝待っている方〟とは、つまり、息を引き取ろうとしている者たちのことだ。元から独り身なのか、身内縁者と離れ離れになったのか、ただ一人で今生の別れをせねばならない者が清照寺には次々と運ばれてくる。一人で生まれ一人で死んでいくのが人の定めと言うけれど、人は獣とは違う。仏と共に生き、共に彼岸に渡ることができるはずだ。恵心尼は苦悶の中で命尽きようとしている人々の手を取り、経を唱え続けた。

恵心尼さまの手から経が流れ込んでくる気がする。

あれほど苦しんでいた者が最期は笑んで逝けた。あれは極楽浄土を見たのだ。

痛みが和らぎ、心が穏やかになるそうな。

罹災者たちは身を寄せ合い、囁き合う。その声は恵心尼の耳にも届いていた。

身が竦む思いに捉われる。

これほどまでに迷い、惑っている者が他人を救えるわけがない。死にゆく人々の傍らにいて、経で見送る。それだけしかできない。

おまえは、本心から仏を信じているのか。

ときおり、そんな声を聞く。自分の奥底から沼気《しょうき》に似てぼこりと湧き上がってくる。

答えられなかった。何も答えられない。

手を合わせ、目を閉じ、一心に読経すれば己が無になる心地はする。身体も心も輪郭が崩れ、何処かに霧散していくようだ。そのときだけ、昔を忘れられた。けれど、その一時が過ぎれば、恵心尼の生身と心は確かな輪郭として戻ってくる。どこにも消え去ってはいない。想いが募る。七緒として生きた年月の内に抱えたもの、刻んだもの、背負ったものがよみがえってしまう。それは甘美であり、苦味であり、苦悶であり、喜悦《きえつ》だった。うらかで明るい光景であり、惨い現だった。

自分の来し方を忘れたくて経を唱える。ただ、仏に縋りつく。それだけではないか。

恵心尼は髪を下してからもずっと、揺れ続けていた。

あなたをわたしに縛り付けては、いけませぬか。

わたしはあなたが欲しい。共に生きて欲しいのです。

低く潜められはしても、若さを存分に含んだ声が心を揺らすのだ。亡き夫ではなかった。

この世の風景の内に生きている者の声だ。眩暈《めまい》がする。

何と、罪深い身であることか。

恵心尼は眩暈を堪え、息を詰める。自分を求めて伸ばされる手を摑んでいいのかどうか、安らかな往生をとの訴えに応えられる身なのかどうか、迷い、惑い、蕩揺《とうよう》し続ける。

今までも、今も、おそらくこれからも。

「恵心尼さま。どうされました」

清信尼が覗き込んでくる。

「あ、いいえ、何でもありません。急がなくてはね」

「はい、参りましょう。待っている人たちがたくさんおりますよ」

翳りのない響きを残し、清信尼が足早に歩き出す。

そうだ、待っている人たちがいる。己の罪や咎におののく前にまず、動かねばならない。

恵心尼は顔を上げ、若い尼僧の後を追った。

梅は柔和な顔立ちの老女だった。

柔和ではあるが、物腰にも物言いにも大尽《だいじん》の女房らしい貫禄を漂わせてはいる。長屋門のある屋敷も立派で、通された台所の土間も千代たちの寝所よりも広く感じられた。

「そうですか。美枝が頼ってきてくれましたか」

清信尼の書状を読み、梅は双眸を潤ませた。そして、すぐに寄進の約束をしてくれた。

「とりあえず明日の昼までには米と小豆をあるだけ、お運びいたしましょう。野菜もそば粉も、それに金子も少々、一緒に託けますよ」

「ありがとうございます。清信尼さまもどれほど喜ばれるか。御礼申し上げます」

「いえいえ、こういうときですからね。できる限りのお手伝いはさせてもらいますよ。それが息子への供養にもなると文にも書いてありますからね」

供養になるかどうかわからない。けれど、罹災者の支えには確かになる。来た甲斐があった。役を果たした安堵に身体の力が抜ける。

「お茶でも一杯、いかがです。昼餉《ひるげ》用の握り飯もあります。食べて帰ってはどう？」

清照寺を出てから竹筒の水より他は口にしていない。不意に空腹を覚えた。しかし、ここで腰を落ち着けていては、叔母に余計な心配をかけかねない。

「いえ、これで失礼いたします。早く寺に戻らねばなりませんので」

「そう……。罹災者のお世話があるのですね。美枝も同じように働いているのですか」

「はい。清信尼さまを始め、みなさま、昼も夜もないほど働いておられます」

「そうですか。美枝はあまり要領がよくありませんからねえ。それを気にして思い悩むところもあって……疲れていなければいいけれど。本当に何にでも懸命に、誠を尽くそうとする子なのですよ。元気でやっているのなら何よりですが」

梅の口調は労りが含まれて、柔らかい。

お義母さまが、たいそう案じておられました。と、清照寺に帰ったら伝えよう。

ほぎゃっ、ほぎゃっ。

赤ん坊の泣き声がした。健やかな子なのだろう、力強く四方に響いている。突然だったので、少し驚いてしまった。

「あらあら、目を覚ましたようだわねえ。ほほ、実は三月ほど前に初孫ができましてねえ」

梅の頬が緩む。目尻が心持ち下がる。

「遠縁の者を養子にして、嫁取りをしたんですよ。一年もしない間に男の子が生まれましてね。この通り、屋敷内が急に賑やかになってしまって。ほほほ、子どもってほんとうに騒がしいですよねえ。これで、あんよなんて始めたらどうなるのかしらねえ。でも、赤子が大きくなるのは楽しみでもありますからね。やはり、張り合いが出ますよ」

梅が饒舌になる。もう、清信尼のことを尋ねようとも語ろうともしなかった。心の片隅から零れ落ちたようだった。

二親はとうに亡くなり、実家とは疎遠になっている。かつての嫁ぎ先の方が気安いし、頼みやすいのだと今朝、清信尼が耳打ちした。けれど、ここにはもう清信尼の居場所はない。尼僧が俗世に居所がないのは当り前だ。当り前だが、少し侘しい心持になる。千代もまた、寺より他の寄る辺《べ》をもたない。

胸を浸す侘しさを抑えるように、千代は息を吸い込んだ。

「それではこれで失礼いたします。お約束、まことにありがとうございます」

一礼すると、千代は裏入り口から屋敷の外に出た。

「あ、もし、お待ちなさい」

厩《うまや》の横で呼び止められた。振り返ると梅が小走りに寄ってくる。

「これを持ってお帰りなさい」

竹の皮包みが渡された。よい匂いがする。白い米の匂いだ。小振りの握り飯が二つ、包まれているのがわかった。

「もうお昼時分です。お腹が空いたでしょう。どうぞ、お持ちなさいな」

優しい心遣いだ。千代は両手で捧げるようにして、包みを受け取った。米の匂いに誘われて、さっきよりずっと強い、胃がひりつくような空腹に襲われる。

「遠慮なく頂きます。ありがとうございます」

人の優しさは貴い。それが握り飯という小さなものであっても貴いのだ。

「気をつけて。表の方が少しごたごたしていますからね」

梅が微笑む。言葉を裏書きするように、表から荷車の音や馬のいななきが押し寄せてきた。

「うちは山林も持っているので、材木の買い付けに来られるんですよ」

そこで梅は心持ち身を縮め、目を伏せた。

ここに来るまでの城下の風景が千代の脳裡を過る。出火元と言われる商人町は通らなかったが、飛び火した町々の様子を目の当たりにした。焼け落ちた家々、焼け出された人々の傍らを真新しい木材を積んだ荷車が何台も走り過ぎていた。打ちひしがれ、立つ気力もない人々のいる一方、既に新しい一歩を踏み出した者もいる。材木は町の再建になくてはならないものだ。それを一手に買い占めれば、どれほどの巨利を得ることができるのか。政にも商いにも疎い千代でさえ、思案を馳せられる。けれど、いち早く買い占めに走れるのは、相応の財力を蓄えた大店のみだろう。こういうときに先んじて動けるからこそ、さらに身代《しんだい》を肥やせるのだ。この豪農の家が木々を切り出すことでさらに豊かになり、材木商がそれを売りさばくことでさらに富んでいくことにも、梅が厄災を糧にした豊かさに、僅かながら後ろめたさを覚えていることにも思案は及ぶ。

「それでは、ここで。約束は必ず果たします。美枝によしなに伝えてくださいな」

早口で告げると、梅は厩の陰に姿を消した。後姿にもう一度頭を下げると、千代は握り飯を抱え歩き出す。厩の前には何台もの荷車が並び、人足たちが男の両手に余るほど太い木材を運び出していた。木々の香りと土埃、そして人々の荒い息遣いが混ざり合い風に乗って吹き付けてくる。妙に生き生きしたざわめきだった。

足が止まる。

荷車に掲げられた布旗が目に留まった。幟旗を二回りほど縮めた形で暖簾紋が染め抜かれている。千代は立ち止まったまま、それに目を凝らした。白地に黒丸。その丸の中に上の字が見て取れる。思わず胸元をまさぐっていた。ずっとここに入れていた紙は、恵心尼に渡した。もうない。けれど、幸三が遺した符号は眼裏《まなうら》に焼き付いている。よく似ている。ほとんど、同じとも思える。

「あの、もし」

横を通り過ぎようとする女を呼び止める。赤い襷をして水桶を抱えていた。

「あの、材木を買い付けにいらしているのは、どちらのお店なのですか」

三十絡みの女はちらりと千代を見やり、露骨に眉を寄せた。

「上州屋さんですが、それが何か?」

「あ、いえ。あまりに賑やかなものですからつい……」

「そりゃあ、上州屋さんですもの。城下でも名高い豪商じゃないですか。まあ、それくらいのお店じゃないと、うちとはやりとりできませんが。昔からずっと、お商売の相手だったんですよ」

奉公先を誇るかのように女は胸を張った。

上州屋の名前ぐらいは千代も知っている。女の言う通り、城下屈指の大店だ。

でも、まさか……。

幸三は火付けを見たと言った。そして、あの符号を遺した。

どういうことだろう。提灯か何かに記されていたのだろうか。今更ながら思案してしまう。清信尼は符号をどこかで見た気がすると呟いていたが、嫁いでいた時分、上州屋の暖簾紋を何気なく目に留めていたのではないか。

動悸がする。空腹を忘れるほどの動悸がして、足がもつれるようだ。城下へと続くだら坂を下りながら、千代は何度も唾を呑み込んだ。

でも、でも、そんなことがあるだろうか。

疑念が湧く。頭の中でくらくらと回る。

もし火付けであるならば、上州屋云々という前に、その場に暖簾紋の付いた提灯なり何かなりを携えるだろうか。あり得ない、と思う。もっとも、この世の出来事の多くは千代の思念の埒外で起こる。あり得ない、信じられない、現とは考えられない。そんな事柄が溢れているのだ。己の思念の狭さも浅さも、よくわかっている。でも……。

坂を下りきると、道は二本に分かれる。一本は広く、荷車が十分に通れる幅だ。もう一本は緩やかに曲がりながら雑木林《ぞうきばやし》の中に入っていく。葉を落とした雑木が重なるように立っていて、この季節の力ない陽光を遮っていた。鳥の地鳴きも虫の音もなく、これからの凍てつく季節を覚悟するように、しんと静まっている。林を突っ切る分、近道になると、清信尼から教えられていた。

来るときは書状を届ける気負いで、通り道の暗さも明るさもさして心に留まらなかった。が、荷を下した帰路はうす暗さが少し不気味だ。裸の枝が揺れる様が気味悪かった。それはたぶん、林のせいではなく符号について止めどなく考え過ぎたからだろう。思案が暗い方に引きずられてしまう。頭の隅が疼くようでもある。

早く帰ろう。帰って、恵心尼さまに何もかもお話ししよう。

恵心尼の静かな笑顔が浮かび、千代は動悸が収まるのを感じた。足をさらに速める。

かさっ。背後で物音がした。草を踏みしめるのに似た音だ。

振り返る。誰もいなかった。

気のせいか……。こんなことで怯えるなんて、恥ずかしい。

懐剣を押さえる。前を向く。木々の影が小道の上に落ちて縞模様を作っていた。その木々の間から兎が飛び出し、すぐに枯草の中に消えた。さっきの物音も兎の仕業だったのだろう。

おのれの臆病に、ふっと笑っていた。

かさっ。また音がした。今度は一緒に人の気配がぶつかってくる。

千代の手から握り飯の包みが転がり落ちた。

その老人は恵心尼の手を握ったまま、目を閉じた。息を引き取ったのではない。眠ったのだ。大火から日を過ぎるごとに、徐々にではあるが死者の数が少なくなっている。か細いけれど確かな寝息を確かめて、恵心尼は立ち上がった。渇きを覚えていた。水が一杯、欲しい。そう思ったとき、軽い眩暈がした。目を閉じ、耐える。

とたん、頭の中で昔が弾けた。七緒であったころの昔の光景が一つ、弾けて散ったのだ。散ったけれど、鮮やかによみがえった。ほんの一瞬、ほんの束の間の光景。

悲鳴を上げそうになった。いや、上げていたのだろう。足元にいた罹災者が恵心尼を見上げて、瞬きを繰り返した。

結之丞さまだ。

そうだ、あの日だ。新里結之丞が変わり果てた姿で運ばれてきた日だ。御前鵜飼いの催された夜だった。夏を告げるにしては肌寒い日でもあった。前日の夜半から明け方近くまで雨が降り、止んだ後も雲は去らず日差しが地に届く邪魔をしていた。それでも朝方、雲が切れ、思いがけないほど澄んだ青空が見え、束の間、光が降りてきた。

登城する結之丞を見送った。

空を見上げた夫の顔が光に白く輝いていた。その顔を妻に向け、結之丞が告げたのだ。

「七緒、蛍を見に行こう」

「まあ、蛍を」

「うむ。もう数日すれば、槙野川《まきの》の上流で大層な乱舞が始まるらしい」

「噂には聞いておりましたが、さぞや美しゅうございましょうね。お連れ下さるのなら、是非に見とうございます。お義母さまや林弥どのも、ご一緒に」

「母上はともかく、林弥が蛍など見に行くものかと。何の興もわかぬと一蹴されるのが落ちだ」

「それは……言われてみますと、そうでございますね。林弥どののお年では蛍など、もう嬉しくも何ともございませんね。では、留守居役をお頼みいたしましょうか」

「おお、大役だ。謹んで受けるよう申し渡しておけ」

笑ったのだ。夫と顔を見合わせ微笑んだのだ。それから結之丞は城へと向かった。

あの後姿、日差しを受けた裃の後姿に影が落ちた。七緒はそれを見た。大きな鳥が過ったのかと我知らず天に目を向けたけれど、ただ雲がひしめいているだけだった。

あのとき、胸騒ぎを覚えた。結之丞を追いかけ、縋りつきたいほどの衝迫《しょうはく》に息が閊えた。

同じではないか。

恵心尼は指先を握り込む。冷えきっていた。

あの日、息の閊えはすぐに収まり、七緒は拠り所のない胸騒ぎを一笑に付した。

幸せ過ぎるのだ。満たされているからこそ、怯えてしまうのだ。贅沢で身勝手な怯えを己で笑い、叱る。

けれど、どうなった。

あの日、結之丞さまはどうなった。もう二度と笑いも語りもできぬ姿で帰って参られた。

蛍の約束を果たしてくださいませぬのかと、詰ることさえ許されぬ姿で。

あの影、あの影……今朝の千代は……。

「恵心尼さま、いかがされました。ご気分でも優れませぬか」

清信尼が正面で首を傾げている。

「清信尼どの。すぐに地図を描いてくださいませ」

「は？　何の地図です」

「千代が書状を届けた先です。あなたの嫁ぎ先だったお屋敷です」

「はあ、でも、それは千代さんに渡してありますから」

「早く！　急いでください。急いで」

「は、はい。ただいま、すぐに」

恵心尼の剣幕《けんまく》に気圧《けお》され、清信尼が走り出す。恵心尼も台所続きの坂場に駆け込んだ。隅に置かれた文机の前に座る。筆を摑む。

悩む暇などない。思い浮かんだ手立てはただ一つしかなかった。

林弥どの。そう認めたとき、あの少年はもう少年などではなく、新里家の当主であり、新たな元服名があり、一人前の男なのだと気が付いた。

書き直す余裕もない。

林弥どの。お頼みいたします。どうか屋敷にいてくださいまし。お助けくださいまし。

指が筆が震え、文字が乱れる。背に冷たい汗が流れた。

八　明けやらぬ空の下

誰かに呼ばれた気がした。

千代、千代。

誰だろう、あの声は。男とも女とも、若いとも老いているとも判じられない。母上さま、父上さま、それとも叔母上さま。目の前が白んでくる。ふうっと瞼が軽くなる。柔らかな鳴き声を聞いた。人の声ではない。さっきの呼び声より、ずっと生々しく耳朶に触れる。

みゃう、みゃう。

目を開ける。天井が見えた。清照寺のものとも、生田の屋敷のものとも違う。板目の天井板の紋様には、まったく馴染みがなかった。臙脂がかった色合いも奇妙だ。

みゃう、みゃう。枕もとの鳴き声は続いている。千代は身体を起こした。

「まあ。かわいい」

思わず声を上げる。真っ白な猫が座っていた。千代を見上げ、長い尾を一度だけゆらりと動かす。差し出した千代の指先を舐め、膝の上に乗ってきた。青い目が美しい。

ここはどこ？　わたしは、どうしてここにいるの？

とたん、全身に震えが走った。白い猫が膝から飛び降りた。危ぶむ眼つきを向けてくる。

そうだ、わたしは林の中で……。

襲われた。

小さく悲鳴を上げていた。頭の中で記憶が弾ける。口を覆われた息苦しさや心の臓が縮みあがった瞬間の痛みまで、生々しくよみがえってきた。

口を塞がれた。男の手だった。身を捩《よじ》り、何とか逃れる。

「何者です。無礼な」

誰何し、懐剣を握る。

覆面の男たちが立っていた。林の中は薄暗く、何人いるのか確《しか》とはわからない。ただ、気配は尋常ではなかった。一言も発しないのも、不気味だ。

「さがれ、下郎。狼藉《ろうぜき》は許しませぬよ」

無言のまま男の一人が、前に出る。千代の一喝など吹く風ほどにも感じていないのだ。踏み出した男の足が握り飯を潰す。白い飯がひしゃげ、汚れる。その白さが目に焼き付く。

何ということを。

憤りがせり上がってくる。喉元が熱い。あの握り飯一つあれば、三人分、四人分の粥が作れる。重湯ならもっと作れる。一口の飯を、一粒の米を待ち望んでいる人々がいるのだ。寒くて、ひもじくて泣いている子どもたちがいるのだ。それを踏みにじるとは。

「さがりなさい。さがれ。この恥知らずどもが」

怒りが叫びになる。しかし、その叫びが終わらない間に、男が跳びかかってきた。避けながら、懐剣の鞘を払う。被さってくる影に向けて一振りする。男が「おっ」と声を上げ、飛び退る。千代の抗いを予期していなかったのだ。

「なかなかに活きのいい小娘だぜ」

嗤いを含んだ呟きを聞いた。千代は懐剣の柄を握り締める。

「早く、片付けろ。人が来るかもしれねえんだ」

男たちの一人が、苛立たし気に身体を揺らした。小太りの、背の低い男だ。「わかってる」。上背のある男が答えた。答えるやいなや、先刻と同じように地を蹴った。身を屈め、攻撃をかわす。足を踏ん張り、懐剣を横にはらう。けれど、一撃は空を切り、身体の平衡《へいこう》が崩れる。千代はたたらを踏んだ。

「小娘が、じたばたするなって」

男は千代の手首を摑み、捩《ね》じり上げた。「きゃっ」。悲鳴を上げるほどの激痛が走る。続いて鳩尾《みぞおち》に衝撃がきた。どんという鈍い音が、身体の内側で響いた。

それっきりだった。周りの全てが闇に閉ざされ、闇に呑み込まれていく。物音を聞いたように思う。足音や騒ぎ声や。誰かに抱え起こされたようにも感じた。何もかもあやふやだ。男たちに襲われた恐ろしさだけが、生々しく刻まれている。

みゃおう。白猫が首を振った。首につけた鈴が可憐な音をたてる。

ふっと心が和らいだ。改めて、室内を見回す。行灯が灯っていた。二基も。臙脂色に染まっているのは、行灯のせいだったのだ。

六畳ほどの一間は、いたって質素で床の間の香炉《こうろ》ぐらいしか、目を引く物はない。しかし、掃除が行き届いている。丁寧に使われている部屋だとわかった。落ち着いた、気持ちのよい一室だ。夜具もよく日に干してあるらしく乾いて心地よい。

千代はすり寄ってきた白猫をそっと撫でた。

「ねえ、ここはどこ？　おまえのご主人さまは誰なのかしら」

話しかける。白猫は顔を上げ、左右の耳をひくひくと動かした。

「ここは新里の屋敷ですよ。苫屋《とまや》ですが、どうぞごゆっくり」

息が詰まった。指を握り込み、猫を凝視する。猫は何事もなかったかのように顔を洗い始めていた。普通の、いたって普通の猫に見える。しかし……。

「おまえ、今、しゃべったでしょ。もしかして化け猫？」

あははははは。軽やかな笑い声がして、障子が開いた。冷えた夜気と一緒に、若い男が三人、入ってくる。先頭にいた男が夜具の傍らに座り込んで、「よっ」と手を挙げた。

「今のは、おれだ。まるでお玉がしゃべったみてえだったろう。ちょっとした手妻だろう？　へへっ、驚かしちまったら、勘弁だぜ。けどよ、化け猫ってのは笑えるな。いや、実際、笑っちまったんだけどよ」

早口でまくし立てる。半分くらいしか聞き取れない。それでも、どうしてだか男と一緒に笑いたくなった。張り詰めていた心を緩ませ、柔らかくほぐす。男の笑みや口調には、そんな力があるようだ。

「樫井、べらべらとつまらぬ話はよせ。千代どのが戸惑っておられるではないか。それに、他人の屋敷をかってに苫屋にしおって。無礼も甚だしい」

後ろから現れた人影に、千代は目を見開いた。

「新里さま」

新里正近、あの武士だ。胸の奥が熱くなる。それは、林の中で覚えた怒りとはまるで異質の熱だった。血まで温もり、とくとくと流れていく。

「千代どの、目が覚められたか。気分はいかがかな」

「あ、はい。あの……ようございます。でも、あの」

「うん？　顔が赤いようだが熱でもあるんじゃねえのか」

男の手が伸びて、千代の額に触れる。あまりに唐突で自然な動きだったから、驚く間もなかった。千代は身じろぎ一つ、できなかった。男の手のひらは冷たく、硬かった。それで千代は、自分の顔が火照っていたのだと思い至った。

「樫井、断りもなく女人に触れるなど言語道断だ。控えろ」

正近が男の手を叩いた。「いてっ」。男は顔を顰《しか》め、大仰に手を振る。

「樫井？　え、まさか」

樫井は、小舞の筆頭家老家の名だ。米を始めとして、急場を凌ぐのに十分な品々を届けてくれた。そういえば、正近は主の命を受けて罹災者の様子を調べていると言った。足らぬ物があれば速やかに届けると約束し、その約束を違えず、米や薬、晒、そして医者の手配まで果たしてくれた。境内に次々と運び込まれる米俵や木箱を見たとき、安堵と喜びにくずおれそうになったものだ。木箱の中から、千代の頼んだ襁褓がどっさりと出てきたときは泣いてしまった。目頭が熱くなり、襁褓が滲んで見えた。胸に抱きしめ「ありがとうございます」と、幾度も呟いた。寺で働く娘との約定。武士からすれば取るに足らない、忘れて差し支えない小事だろう。忘れも、蔑ろにもしなかった正近の心意が嬉しくてたまらなかった。その木箱に、三扇の焼き印が押されていた。

三扇は、樫井家の家紋だ。

「あ、あの、あなたさまは樫井家の……」

「うむ。こちらにおわすのは樫井家の御後嗣、透馬さまだ」

正近が告げる。口元に、さも愉快そうな笑みが浮かんだ。逆に、男は眉を寄せ、唇を歪めた。絵に描いたようなしかめ面だ。

「ご、ご無礼をいたしました」

千代はその場にひれ伏した。目の前の若い男が樫井家の後嗣だとすれば、千代とはかけ離れた身分の人だ。本来なら、こうやって顔を合わせ、口を利くことなど叶わない。

自分が今、新里家にいるのは解せた。しかし、なぜそこで樫井家の後嗣と目通りしているのか、事情が呑み込めない。ただ、ひたすら平伏する。

「知らぬこととはいえ樫井さまに不躾な物言いをいたしました。申し訳ございません。ひらに、ひらにご容赦くださいませ」

くすくすくす。下げた頭の上で、密やかな笑い声が響く。噴き出したいのを懸命に抑えている。そんな気配も伝わってきた。恐る恐る、顔を上げる。

正近が笑っていた。その後ろでもう一人、やはり若い武士が横を向き、肩を震わせていた。堪えようとして堪えきれない笑みをそれでも堪えようとしている風だった。ただ一人、樫井透馬だけが渋面のまま座っている。頰のあたりが強張っているのは、奥歯を嚙み締めているからだろう。

「あ、あの、わたしは重ねて何か粗相をいたしましたか」

この上、嗤われるほどの失態をしでかしただろうか。冷汗が出る。

「あ、いや、千代どのに何の落ち度もござらん。気になさるな」

正近が手を左右に振る。眼元も口元も綻んだ顔が行灯の明かりに照らされて、紅い。

「はぁ、でも……」

「いや、あいすまぬ。こいつは樫井家の者として畏まられるのを一番、嫌がるのだ。嫌で嫌でたまらなくて、この通り渋い面になる」

「え？　え、それでは、やはりわたしの粗相でございましたか」

平伏してはいけなかったというわけか。けれど、筆頭家老家の後嗣を前にして他にどんな振舞い方があったのか、千代には見当がつかない。

「ああ、それは違う。誰でも同じことをするに決まっており申す。だから、千代どのを笑ったのではないのだ。ただ、こいつの面容がおかしくて」

そこで我慢が切れたのか、正近は声を上げて笑い出した。後ろの武士も唱和するように笑声を漏らす。その表情も声音も驚くほど若くて、千代より年下にさえ見える。

「てめえら、ふざけるのもたいがいにしやがれ」

跳ねた、と思った一瞬後、樫井は正近の頭を腕に抱え込み締上げていた。

「調子に乗りやがって、何がそんなにおかしいんだ。他人さまの顔が笑えるような上等な面、してねえだろうが。え、どうだ。何とか言ってみやがれ、新里」

「馬鹿、やめろ。痛い。放せ、樫井」

「誰が放すか。多少でこぼこが付けば、ちったぁ見られる面になるぜ」

「こらこら樫井、新里。止めろ。おまえたち幾つだ。千代どのが呆れておられるぞ」

男が止めに入る。しかし、差し迫った様子はない。口元にはまだ笑みが残っていた。

清照寺では三日に一度、近所の子どもたちに読み書きと算盤を教えていた。学びたい者は誰であっても男女、身分の差なく受け入れている。女子にはときに裁縫の指南もする。千代も手習いを受け持っていた。農民や小体の商家の娘、息子が多く、熱心に学ぶ者もすぐに飽きて何かと悪さを始める者もいた。年齢もまちまちで、ときとして取っ組み合いの喧嘩や言い争いが起きる。ふざけて騒ぐのは日常茶飯事だった。騒いで手を焼かすのはだいたいが男の子なのだが、その悪童たちと目の前の武士が二重になる。正近の静かで沈着な佇まいを知っているだけに、あまりに意外で戸惑うばかりだ。

「二人ともいい加減にしろ。まったく、いつまで経ってもガキのまんまか」

千代の心内を見透かしたような男の台詞だった。男は苦笑を浮かべたまま、千代の前に膝をつき、軽く頭を下げた。

「初めてお目にかかる。それがし、山坂半四郎と申す。新里と同じく樫井家に仕えております」

「あ、はい。生田千代と申します」

「山坂、違ぇだろうが。おまえらは、樫井家じゃなくておれに仕えてんだよ」

樫井が口を挟んだが、山坂はさらりと聞き流し、身体の具合はどうかと尋ねてきた。

身体のあちこちに擦り傷ができているのか、ひりひりと痛みはするが何ほどのものでもない。千代はそのことを山坂に告げ、改めて尋ね返した。

「山坂さま、わたしは、林の中で賊に襲われました。あの後、何があったのでございましょうか。わたしは何故に、新里さまのお屋敷におるのでしょうか。お教えいただけますか」

小さな傷は負ったが、男たちに凌辱《りょうじょく》されたわけではない。それは、身体の様子から察せられた。気持ちは落ち着いている。

「うむ」と、山坂は頷いた。それから、ほんの少し千代の方に身を傾けた。

「順を追って、お話しいたそう。座っているのは辛くはござらぬか」

「はい。障りはございません」

仕草も物言いも、穏やかな人だと千代は思った。正近の物静かさとはまた異なるとも感じた。どこがどう異なるのか、はっきりとはわからないが。

「数刻前、新里の許に七緒さま……いや、恵心尼さまから文が届き申した。安助《やすすけ》とかいう子どもが持ってきたのです。急ぎの文だから、すぐに読んでくれとのことでした」

安助。知っている。手習に通ってきている悪童の一人だ。めっぽう足が速く、身が軽く、寺では子ども飛脚と呼ばれていた。

「掻い摘んでお話しするが、恵心尼さまの文には、あなたが寄進の願いに出かけたこと、見送った後、言いようのない胸騒ぎに襲われたこと、すぐにあなたの後を追って欲しいことが書き連ねられており申した。あなたが訪ねる屋敷の地図も一緒にです」

「まあ。それでは、みなさまが駆けつけて、わたしを救ってくださったのですか」

「ありていに言ってしまうと間に合わなかった。あ、しかし、ご安心ください。きゃつらは千代どのを害したわけではなく、いや、狼藉を働いたのは事実だが、それは、あの」

山坂の物言いが急にまごつく。その横に、樫井が座り込んだ。

「要するに、貞操を汚されたわけじゃねえからよかったなって言いてえのさ」

「樫井、婦女子に向けて、そんなあけすけな言い方をするな」

「回りくどい言い方じゃ、伝わらねえだろうが。な、安心できただろう」

「はあ……」

樫井は息を弾ませていた。髷も少し乱れている。まさに、一騒ぎした後の子どもみたいだ。おかしいけれど、笑うわけにはいかなかった。

あっ、わたし笑えるんだ。

笑えるだけの余裕がある。千代は胸元に手をやり、山坂を見上げた。

どうぞ、先を。眼差しに込めた想いを察したのか、山坂が続ける。

「文を受け取ったときには、すでに昼をとうに過ぎておった。我らは馬を駆け、近道も使ったがそれでも、到着するのに四半刻はかかったと思う」

「こいつ、市中の抜け道、近道にはちょいと詳しいのさ。それが役立ったわけよ」

樫井がひょいと顎をしゃくった。振舞いの一つ一つが軽やかというか、軽々しいというか、ともかくおもしろい。ただ、家老家の子息というには、どうにも不釣り合いに感じる。

「我らが屋敷近くに着いたとき、林から人々の騒ぐ声が聞こえた。たまたま林の近くを通った材木運びの人足たちが、千代どのの叫び声を聞いたのだそうだ。気の荒い、怖いもの知らずの人足たちがかなりの数いたので、賊たちも手こずっていたのだ。そこに、我々が到着し賊は逃げ出した。ざっとかようなわけだ」

「だいぶ端折《はしょ》っちゃあいるが、大筋そういうこった。それから、新里の屋敷におめえさんを連れ帰って、座敷に寝かしたってわけさ。それにしても、よく寝てたな。かれこれ宵五つのころだぜ。当身を喰らわされていたが、それだけじゃねえ。ずい分と疲れてたんじゃねえのか。疲れ果てて眠っている。そんな風だったからよ」

〝おめえさん〟と呼ばれたのは初めてだ。面食らう。しかし、それより狼狽が大きかった。

「え、もうそのような刻なのですか。いけない、帰らないと」

「ああ、いいって、いいって。心配すんな。寺へは新里が文を認めた。おまえさんの無事はちゃんと伝えてある。あっちでは、やれやれと胸を撫で下ろしているさ。だから、もう一休みしな。なにも考えずに朝までぐっすり眠れば、疲れも取れるってもんだ。人間、骨休みってのも入り用なんだ」

「はあ、あの、でも……寺では人手が足りません。急ぎ帰らないと、明日の朝の」

「だからよく考えろって」

千代の言葉を阻み、樫井がしゃべる。

「一晩ぐっすり寝て、疲れの取れた身体で働くのと、疲れを残して重い身体で働くのとどっちがよく動けると思う?」

「は、それは、やはりその、疲れのない方がよいかと存じます」

「だろ? だったら話は早ぇじゃねえかよ。一眠りして朝飯でも食ってから帰りな。それで、今まで以上に頑張れるんだ。損な話じゃねえだろうが」

損得の話だろうか。首を傾げたくなる。それでも、樫井の言い分はすとりと胸に落ちた。確かに疲れていた。あの賊たちが何者なのか。何故、襲われたのか。皆目わからない。けれど、それらを知りたいと欲する心より、この心地よい夜具の上でもう一度眠りたい望みの方が勝っている。そこまで疲れていたのだ。

「粗末なとこだが掃除だけは行き届いてる。蕩けるほど眠ればいいさ。けど、ちょいとその前に聞かせてもらいてえことがある」

「は、はい。いかようなことでしょうか」

樫井の背後に正近が座る。その横で山坂が居住まいを正した。

三人とも笑っていない。千代は小さく息を吸い込んだ。

「おまえさん、自分が襲われた理由ってのに見当がつくかい」

「いえ、まるでつきません。纏まった金子を持っているわけでもなく、かといって……」

「おまえさんの身体目当てとも思えねえ、だな」

全身が熱くなる。正近の前であられもない姿を晒したようで居たたまれない気になる。けれど、そんな羞恥は寸の間で消えた。男たちの眼差しも、樫井の口調も張り詰めて強い。余計な情の入り込む隙は、どこにもなかった。

「思えません。女を襲って弄《もてあそ》ぼうという、そんな気配は感じませんでした」

我ながら大胆なことを口にしている。けれど、嘘ではなかった。あの賊たちが放っていたのは淫《みだ》らで下卑《げび》た気ではなく、もっと尖ったもっと鋭い、おそらく殺気と呼ばれるものだ。

「ふむ。薄暗い林の中で娘を襲う。身体目当てでも金子目当てでもないとしたら、残るのは一つ。命、だけか」

樫井の一言に背筋が冷えていく。顔中から血の気が引いていく。そう、あれが殺気だったとしたら、賊が狙ったのは千代の命だ。

「でも、でも、何故、わたしの命など欲しがります。わたしには父も母もおりません。ただ一人の肉親である叔母を頼り、寺で働く、それだけの者です。わたしの命を奪ったからといって、誰の益にも得にもなろうはずがありません」

父も母もいない。そう告げたとき、樫井の後ろで正近が身動きした。表情が曇った。千代を見据えていた視線を外し、横を向いた。

樫井の黒目がちらりと動く。

「おまえさんを殺しても、益を受けるやつも得をするやつもいねえってわけだな。けどよ、おまえさんが生きていちゃあ都合の悪いやつってのは、どうでえ」

「え？　それは、どういう」

意味ですかと続く問い返しを呑み込んだ。解せた。

わたしが生きていては都合が悪い者がいる。わたしが邪魔な者がいるのだ。

暫く思案し、いつの間にか俯けていた顔を上げる。樫井は真っ直ぐに、千代を見詰めていた。ぶつかってきた眼差しは思いの外、優しい。

「樫井さま」

「あいよ」

武士の名を呼んで「あいよ」と返されたのも初めてだ。ことごとくが枠から外れているようなお方だとおかしくも物珍しくもあったけれど、今は興に入っている場合ではない。

「思い当たる節は一つしかございません。あの、聞いていただけますか」

「あたぼうよ。その話を聞かねえですましちゃ、お天道さまに顔向けできねえや」

今度はまったく意味が解せなかった。あたぼうとは、何かの棒のことなのだろうか。ここでなぜお天道さまが出てくるのかも、よくわからない。

「千代どの、樫井の言動を一々気になさらずともけっこう。それより、思い当たる節とはいかがなものか。ぜひ、お聞かせ願いたい」

山坂がさっきより幾分、早口で促してくる。首肯し、千代は話し始めた。要領よく、手短に語る。そんな芸当はできないから、もたもたと、しかし能う限り正しく伝える。

幸三という研ぎ職人が息を引き取る前に、付け火を見たと告げたこと、千代の胸元に奇妙な符号を描いた紙を押し込んだこと、手伝いに来ていた女のこと、その紙を恵心尼に渡したこと、寄進を頼みに行った先で見た材木商の紋が符号によく似ていたこと。しゃべり終える。三人の男は暫く、口を開かなかった。三人三様に思案を巡らせているのか、一点を見詰め、黙り込んでいる。灯心が燃える音が耳に届く。それほどの静寂が満ちる。

「なるほどな」

樫井がまず口を開いた。薄く笑い、後ろに控える二人に顔を向けた。

「なかなかに、そそられる話じゃねえか」

正近も山坂も返事をしない。膝にこぶしを置いた同じ姿勢で、黙っている。

「あ、あの、それで、賊たちはどうなったのでしょうか」

気になったことを問うてみる。賊が捕まり正体がはっきりすれば、事の真相も明らかになるのではないかと、思ったのだ。

「逃げた。人足どころかおれたちまで加わったもんだから、どうにもならなくなっちまったのさ。尻に帆をかけて逃げたさ。おったまげるほど、逃げ足は速かったぜ」

「逃げたのですか」

落胆が滲んでいたのか、樫井が苦笑する。

「そう、逃がしちまった。けど、もう、おまえさんが襲われる心配はあるまいよ。おまえさんを口封じするために殺す、それは失敗した。で、おれたちは何もかもを聞いたわけだ。つまり、口封じをしても、もう無駄だと三つのガキでもわかるって寸法さ」

浮薄《ふはく》にも乱暴にも聞こえる物言いとは裏腹に、樫井は、もう恐れはない、安心しろと強く告げてくれている。おかげで気持ちの強張りが緩んだ。抱えていた荷物を下ろせた気にもなる。そうすると、また、眠気にじわりと浸される。

不意に樫井が立ち上がった。

「よっしゃあ、もういい。聞くことだけは聞いたぜ。お千代、後はおれたちに任せてゆっくり休みな。寺には明日、きちんと送り届けてやるからよ」

「あ、は、はい。ありがとうございます」

この方の動きは、どうしてこうも唐突なのかしら。

一つ一つの動きが弾んでいるようだ。正近や山坂の静とこの弾み。正反対なようでぴたりと合わさっているようで、何とも不思議だ。不思議で摑めない。けれど、信じられる。この方たちなら信じても大丈夫だ。

「千代どの、樫井の言う通りだ。今は何も憂うことなく、ゆっくり休むがよろしかろう。我らも引き上げる。もう一度、お休みなされ。あ、その前に何か膳を運ばせよう」

正近も立ち上がる。こちらは、ゆったりと目で追える立居振舞いだ。出ていく寸前に、正近は振り返り、「お玉、千代どのを頼むぞ」と猫に声を掛けた。

三人が出て行った座敷に、千代は一人残される。いや、一人ではなかった。

みゃう。白い猫が鳴いて、また、膝に乗ってきた。今度は、そのまま丸くなる。

耳の間をそっと撫でると、本天鵞絨《ビロード》のような滑らかな手触りがした。

「おまえ、お玉さんというのね。一晩、お世話になります」

叔母がこの屋敷にいたころ、お玉はもう新里家の猫だったのだろうか。

恵心尼の微笑む姿が浮かぶ。

もしかしたらここは、かつて叔母が暮らしていた部屋かもしれない。叔母はここで寝起きし、書を読み、文を認め、庭に咲く花を見、虫の音に耳を傾け、生きていたのではないだろうか。それは華やかでも贅沢でもないが、穏やかで優しい一日《ひとひ》一日《ひとひ》であったはずだ。少なくとも、千代が微かに覚えている新里七緒の日々はそうだった。

お玉は眠ったようだ。膝がずしりと重い。心地よい重さだ。

行灯の明かりが揺らめく。

その揺らめきを温かいと、千代は感じた。

「お梶だな」

正近の部屋に戻るなり、透馬が言った。

「千代が寺で会ったという女は、十中八九お梶だろうよ」

「ああ……だな」

千代の語った人相からして、そう返事するしかなかった。

「千代はお梶の前で、付け火のことを口走っちまった。それをお梶は誰かに伝えた。伝えられた誰かが千代に刺客を放ったというわけだ。どうだ。おれたちが襲われたのと同じ形ができてるじゃねえか」

「だとすれば、その誰かが誰なのか、正体を明らかにせねばならんな」

黙り込んだ正近に代わって、半四郎が受け答える。

「そのあたりは基平からの報せを待つのが得策だろうよ。餅は餅屋。なにかしらを嗅ぎ付けてくるだろうさ。ただ、その報せを漫然と待つだけじゃ能がねえ。だろ?」

「だな。では、どうする」

「わからねえな」

半四郎が顎を引き、顔を顰めた。透馬が肩を竦める。

「しょうがねえだろう。手元にある札はばらばらで、どう組み合わせられるのか今のところ判じようがねえんだ。おそらく、後二、三枚、手札が足らねえんだろうよ。おい、新里」

「何だ」

「やけに、ぼんやりしてるじゃねえか。大丈夫かよ」

「別に……ぼんやりなどしておらんが」

ぼんやりしていた。息を引き取る寸前の男からの伝言、それにまつわる火付けという事実、千代を襲った刺客たち、禍々しい出来事だ。が、禍々しさに心を奪われていたわけではない。

懐の奥が静かに熱い。決して肌を焼かぬ幻の炎が青く燃えているようだ。

七緒からの文が、炎の核にある。

林弥どの。一行目の文字を目にした刹那、息ができなかった。文字ではなく、七緒の声で呼ばれた気がした。「林弥どの」と。

胸騒ぎがする。どうしても収まらない。無理を承知でお頼みする。千代を守っていただきたい。無事に連れ帰ってもらいたい。

乱れてはいるが、七緒の手跡で認められた文を読み終えた直後、正近は駆け出していた。

「馬を引け。急ぎ、馬の用意だ」

「ははっ」

「おれたちの分もだ。つごう、三頭いるぞ。急げ」

透馬が命じ、若党たちが四方に散る。

「おれが案内する。ここは普請方組屋敷の近くだ。近道を知っている」

半四郎は既に、袴の裾を括っていた。

半四郎を先頭に馬を駆り、林近くに辿り着いたとき騒ぎの声を耳にした。屈強な人足たちが何かを喚いている。

「何者だ。この野郎」「こいつら女を手籠めにしようとしてやがる」「やっちまえ」「あぶねえ、匕首を持ってやがるぞ。気をつけろ」

馬から降り、林の中に入ると剣呑な気配がぶつかってきた。覆面姿の男たちが人足数人に囲まれている。背後の草むらには、女が一人横たわっていた。千代だ。半ば草に埋もれているが、横顔に見覚えがあった。

賊の一人が正近たちに目をやる。千代の傍らにしゃがむと、匕首を振り上げた。一瞬早く、正近の投げた小柄《こづか》が賊の肩口に突き立つ。倒れるかと思ったが、賊は小柄を刺したまま林の奥に逃げ込んだ。他の賊も続く。

「野郎、逃がすか」「一人残らず捕まえろ」「待ちやがれ」。人足たちが後を追う。道は狭く、大の男だと一人通るのがやっとだ。動きからして、賊は予め、逃げ道を調べあげてあるようだ。

本気だったな。

あの賊は正近たちの目の前で千代を殺そうとした。一分の躊躇いも、迷いもなく刺そうとしたのだ。人足たちが騒がなければ、おそらく、いや確かに千代は喉なり胸なりを一突きされ、息絶えていただろう。正近たちは気を失った千代ではなく、血だらけの骸と対面していたはずだ。ぎりぎり間に合った。上州屋の雇われ人だと名乗った人足たちに丁寧に礼を伝え、屋敷に戻ってきた。

とりあえず、清照寺に使いを出す。

千代どのは無事にて、ご安心いただきたく一筆啓上奉《たてまつ》る。一晩、新里の屋敷にお休みいただく所存にて、ご心配これなきよう願い奉る。

用件だけを短く伝える文を書く。筆の先が惑った。

恵心尼どのと記さねばならない。痛いほどわかっている。なのに、書けない。

林弥どの。恵心尼の、いや七緒の文字と囁きに心が揺れる。息が喉に閊えるようだ。結句、宛名を記さぬままになった。使いの者に清照寺の恵心尼に渡すよう言い含めはしたが、己の揺らぎを己が嗤う。

おまえはまだ、引きずっているのか。いったい、幾つだ。もう、前髪の若者ではないんだぞと、嗤う、嗤う、嗤ってしまう。

義姉上と一度は呼んだ人からの短い文。捨てることができるだろうか。正近は唇を噛む。捨てきれず、こうやって懐深く抱き続けるのだろうか。

半四郎も透馬も何も言わない。正近に届いた文にも正近が出した文にも、ほとんど心を向けていない。そんな風に振舞っていた。千代についても、深くは触れてこない。千代は生田清十郎の娘だ。正近は清十郎を斬った。いわば、千代にとって親の仇になる。清十郎は刺客として兄結之丞を手に掛けた相手であり、透馬を殺そうとした男でもあった。

だから、おれは正しかったのだ。非は一つもない。兄上の無念を晴らした。何より、あのとき清十郎を斬り捨てねば、樫井の命はなかったではないか。そうだ、おれは間違ってはいない。為すべきことを為しただけだ。

無理にも己に言い聞かす。そうしないと、まともに千代を見られない心持ちになる。

しかし、無駄だった。言い聞かしても言い聞かしても、心は晴れない。

父を失った後、千代が過ごしただろう日々に想いを馳せる。弟も母も失い、縁者の家々を転々とし、危害を加えられそうになり逃げだしてからは清照寺に辿り着くまで、ただ一人で生きてきた。そう知っている。気になって、密かに調べたのだ。それは正近が考えていたより遥かに過酷なものだった。

過酷な生き方を強いた者、その内に己も含まれている。

おれは間違っていないと、どう言い聞かせても、千代への後ろめたさは消えなかった。直に顔を見、声を聞けば、なおのこと募ってしまう。千代が何も知らずにいること、生来の美質を損なわぬまま生きていることがさらに棘《とげ》になり、針になり、突き刺さってくる。初めて出逢ったとき、千代は罹災者のために懸命に働いていた。あれほど真摯に、懸命に他人と向き合っている娘を不幸にした。泣かせた。辛酸を味わわせた。考えれば考えるほど、心内が重くなる。鉛の塊を呑み込んだようだ。

「新里」

透馬が呼んだ。

「もう一通、文を書け」

短く命じた後、透馬は二度、舌を鳴らした。

「ぼけっとしてんじゃねえよ。基平に、お梶の人相を報せるんだ。飛び抜けた佳人《かじん》ではないが、小股の切れ上がったちょいといい女だったよな。年のころは三十前の大年増ってところか。ともかくできる限り詳しく報せておくがいいさ。基平は賊の出処に心当たりがある風だった。お梶と賊は十中八九、繋がっている。だとしたら、賊の後ろにいるやつを引きずり出す手掛かりになるかもしれねえ」

「わかった。やってみる」

「おや、やけに素直じゃねえか。気味が悪ぃな」

「納得できることなら素直に従う。別に闇雲に逆らってるわけではない」

「ふーん。てことは、お梶が怪しいって認めたわけだな」

「さすがにな……」

認めざるを得ない。賊が動くたびにお梶の影がちらつくのだ。関わりは一切ないと、もう言い切れなかった。しかし、お梶が男たちを動かしているわけではあるまい。

お梶の後ろに何者かが潜んでいる。さらに、その後ろには闇に沈み、正体の一端すら現さない者がいるはずだ。

「狸爺の手先として働いてた男だ。さすがに、字ぐれえすらすら読める風だったぜ。できるだけ詳しく書いておけよ。何か釣り上げる針になるかもしれねえ」

透馬が顎をしゃくる。その先に文机があった。正近は机の前に座り、筆を握った。

「山坂、この火事で材木商ってのは、かなり儲けてるのか」

「そうだな。多くの家々が焼失した。新たに建て直さねばならん。家には材木がいる」

「うむ。風が吹けば桶屋が儲かるってやつだな」

「違うだろう。それは当てにならぬことの例えだ。新たな普請で城下の材木商が潤うのは、もっと直截《ちょくせつ》な話になる」

透馬と半四郎のやりとりを背後に聞きながら、筆を進める。

「だからといって、儲けのために付け火をしたと決めつけるのは早計だぞ、樫井。ましてや、上州屋は城下屈指の豪商だ。城への貸付金だけでも莫大な額だろう。火付けなどという剣呑な手立てを取らずとも商いは盤石《ばんじゃく》なはずだ」

「しかし、この大火で一儲けも二儲けもできるのは確かだな」

「それを言うなら、瓦屋も大工も畳屋も儲かる」

「ふむ、なるほどね」

暫く黙り、透馬は「しかしな」と続けた。

「金のあるやつは、新しく家も建てられるだろうが、ない者はどうなる？　その日暮らし、かつかつの暮らしの者は城下にごまんといる。新しく家を建てるどころか、長屋にさえ住めなくなる者たちが、半端なく出てくるんじゃねえか」

正近は筆を置き、若党を呼んだ。認めた文を鳥飼町の古手屋『よい屋』まで届けるよう言い付ける。若党が走り去ったのを見届け、振り返る。それを待っていたかのように、半四郎が深く首肯した。

「間違いない。半端なく出てくる。だからこそ政《まつりごと》の出番だぞ、樫井」

「ああ。罹災者への急場の手立てが一段落したら、次はいよいよ根本的な佑助《ゆうじょ》に取り掛からなくちゃならねえな」

「これまでは米や薬が、どうしても入り用だった。医者もだ。しかし、これからは」

「金がいる、だな」

「まさに。焼け出され、住む家も仕事も失った者たちをどう支えるかが肝要となる」

透馬はさっきまで正近が使っていた筆を取り上げると、懐紙を広げた。

「どう支えるか。お頭《つむ》に浮かんだことを言ってみな。ほい、まずは新里から」

冗談めかした口調だったが眼は張り詰めていた。正近も居住まいを正す。

「おまえたちの言う通り、金だ。見舞金でもお助け金でもいい。どんな名目でもいいから、罹災者一人一人に当座を凌げるだけの金を城から配らねばなるまい。当座を凌げたら次は、暮しが落ち着くよう尽力する。民の暮しが何とかなったあかつきには、利平《りびょう》のない、返金日限を定めない貸付をやるべきだ」

「ふむ」。透馬の筆が懐紙の上を滑っていく。跳ね癖のある文字が書き連ねられる。悪筆ではあるが、妙に威勢のいい手跡だ。

「付け加えることがあるか、山坂」

「この機に乗じて、米や油、その他諸々の値を引き上げようとする動きが必ず出てくる。それを抑えねばならん。むろん材木もだ。それに、人もな」

「人とは、女衒が女を買い漁るってことだな」

「うむ。暮しが成り立たなくなり、娘や妻を売るしかなくなる。大きな厄災の後は、女衒が暗躍すると聞いた覚えがあるのだ。それを止めねばな。城下の女が江戸や大坂に売られていくのを黙って見ていては小舞の名折れではないか」

「当たり前よ。女は大切にしねえと、お釈迦さまの罰が当たるってんだ」

懐紙が一枚、畳の上に落ちる。それを拾い上げ、正近は膝の上に手を置いた。

「樫井、どうするのだ。これらを現に為そうとするなら執政会議に出座せねばならぬ。しかし、おまえは大殿から登城さえ禁じられた。動きが取れないぞ」

透馬が筆を文机の上に投げ返した。墨の滴が飛んで、壁を汚す。みねが見つけたら、眦を吊り上げるだろう。

「動きが取れない？　抜けたこと言うんじゃねえよ。手立てなんて本気で考えりゃ、幾らでもあるんだ」

透馬の言うことは、手跡そのままに威勢がいい。

「では、どうするのだ」

透馬が一瞬、目を伏せた。微かな翳りが面を走る。

「中老に逢おうと思う」

低く抑えた呟きが漏れた。

「田淵さまに？」

思わず前のめりになる。半四郎も同じように、倒れそうなほど身体が前に傾いていた。

透馬は腕を組み、天井を見上げる。そこには、ただ、行灯の火影が揺れているだけだった。

九　日輪の居場所

小舞六万石の中老、田淵忠泰の屋敷は静まり返っていた。そして、やはり倹《つま》しい。門構えや敷地は格式通りではあったが、屋敷内は贅とも華美とも無縁の倹しさだ。かといって、樫井家のようにどこまでも広く、入り組んでいるわけではない。廊下は真っ直ぐに続いているし、あちこちに竹垣が設けられてもいなかった。

通された奥座敷も目立った装飾は一切施されていない。しかし、床の間には菊花が活けられ、御殿火鉢にはたっぷりの炭火が熾っている。清潔でもある。廊下にも座敷にも塵一つ、落ちていないようだ。

この質実さは、遠雲の屋敷とよく似ている。が、ここにはからりとした明るさ、軽やかさはない。かわりに微かな重みと暗みが漂っていた。その気配を厳威《げんい》と呼ぶべきなのかどうか、正近には判じられない。

「ふーん、いかにも武士の住処《すみか》といった拵えだな」

出された茶を音を立ててすすり、透馬はさらに歯をせせった。あまつさえ、噯《おくび》まで漏らす。

「樫井、下品が過ぎる。おまえには節度というものがないのか」

正近は思いきり顔を顰める。この男にかかれば、中老屋敷の厳威など微風《そよかぜ》ほどの意味もないらしい。

「別段、誰が見ているわけでもねえだろう。いつもいつも、畏まってたら息が詰まらぁ」

「よくもぬけぬけと、そういう台詞が吐けるな。おまえがいつ畏まったんだ」

「おれはいつだって、畏まってる。みねの前なんかに出たら、畏まり過ぎてがちがちだぜ」

「確かにな。みねに逆らうのは身の程知らずというものだ」

「おや、冗談が言えるようになったのか、新里。大人になったな」

「冗談ではない、本音だ」

正近が告げると、透馬はくすくすとさも楽しげに笑った。

こいつは、どこでもどんなときでも笑っていられるのだな。

透馬といると、この世には越えられない困難も成し遂げられない望みも無い、と、思わされる。むろん、現《うつつ》の世がどれほどの困難と諦めに満ちているか知らないわけではない。知った上で眩まされてしまうのだ。

足音がした。

「おなりにございます」

障子の陰から、若党が告げる。正近は、座敷の隅まで退いた。本来ならば、従者として別室に控えていなければならない身分だ。それを透馬が拒み、同座を求めた。樫井家の名が効いたのか、細かな武家の則など意に介しもしなかったのか、正近は透馬共々、この座敷に案内されたのだ。

戸がほとんど音もなく横に滑った。

平伏する。頭上に明朗な声が響いた。

「これはこれは、樫井どの、ようお越しになられました」

「約定もなくまかり越しました。非礼は重々承知の上でございますが、なにとぞ、ご寛恕くだされませ。また、不躾な往訪にも拘らず、田淵さまにおかれましては引見をお許しくださいましたこと、誠にかたじけのうございます」

詫びと謝意の口上を、透馬はすらすらと述べた。つい先刻、歯をせせっていた本人とは思えない品めいた口調だ。

「そのような堅苦しい挨拶はよろしいのではないかな。評議場でもあるまいし、それがしもこのように寛《くつろ》いだ姿でご無礼申し上げております」

忠泰は縹《はなだ》色の着流し姿だった。その袖を振り、笑んでみせる。

「それに正直申し上げてそれがし、さほど暇ではない。樫井どのとて同様でありましょう」

「然り」

「ならば、余計な袖較べは無しといたしませぬか。話はささっと前に進めるが肝要かと存じる。なあ、新里。そうは思わぬか」

不意に声を掛けられる。驚いた。透馬の登城に付き従い、何度か忠泰を目にする機会はあった。むろん、遠く、廊下を渡る姿を見たに過ぎない。家老家の一家臣と中老とでは身分に開きがあり過ぎる。言葉を交わすことも、顔を合わせることも一度としてなかった。忠泰が自分の名を知っているとは意外としか言いようがない。

「どうだ、新里」

「ははっ。恐れながら、ご中老の仰せの通りかと存じまする」

「新里、面を上げよ」

命じられ、正近はゆっくりと顔を上げた。

忠泰の視線がぶつかってきた。

偉軀《いく》の男だった。座しているので身の丈は確とは測れないが、遠目にも他の執政たちからは頭一つ、二つ抜きん出ていた。肩幅は広く、袖から覗いた腕先も首もがしりと太い。体術、とりわけ拳法の達人と聞いた覚えがあるが、むべなるかなと納得できる。

「ふむ。兄君の面差しがあるのう」

忠泰が目を細める。透馬の肩が刹那、小さく上下した。

「兄を……ご存じでいらっしゃいますか」

「この小舞で、一度でも剣の道を志した者なら、新里結之丞の名を知らぬはずがあるまい」

忠泰は一息を吐き出し、「手合わせをしたことがある」と告げた。

「まだ二十歳にもなっていなかったころだ。これでも、なかなかに剣を遣えてな……。市中の道場では逸材だの麒麟児《きりんじ》だのともてはやされ、すっかりその気になっておった。まあ、若いとはそういうものよな。世間を知らず己を過分に信じる。わしは、すっかり天狗になって、領内に並ぶべくもない剣士だと、さすがに口にはせなんだが胸の内で己を恃むところは大いにあった。それで、剣名高い結之丞どのに手合わせを申し込んだのだ」

正近の全く知らなかった逸話が語られる。

寸の間閉じた瞼の裏に兄の姿が浮かんだ。死者は老いない。いつまでも亡くなったときのままだ。年だけは、いずれ兄に追いつき、追い越すときがくるだろう。

「道場の兄弟子から『おまえでも、筒井道場の新里には勝てぬかもしれんな』と言われたことが、腹に据えかねてな。今思い返せば、わしの慢心を見抜いた上での忠言だったのだろう。それを若いわしは解せなんだ。誰が一番の者か知らしめてやると意気込み、無理やり手合わせの場を拵え、結之丞どのを引っ張り出したのだ。うむ、やはり若かったな。若くて愚かだった。己の愚かさに、こうして話していても冷汗が出る」

忠泰が苦く笑う。

「それで、手もなくやられたというわけでございますか」

透馬がさらりと口を挟む。忠泰の苦笑いがさらに広がった。

「さようでござる。三本勝負でただの一本も取ることが叶いませなんだ。それで、剣に見切りをつけ申した。体術の稽古に励み、これはこれで練達もしたのですが、もはや、我が一番と自惚れる愚に落ちはしませんでした。この世には必ず上がいると、結之丞どのに教えられましたからな。あの方はそれがしにとって道標の一つとなってくれた。そう信じており申す。だから……無念でござった。結之丞どのの最期があまりに信じ難く、無念極まりない想いにござった。今でも得心がいかぬ気持ちは残っており申すが」

そう語る中老の顔を、正近は見詰める。

この言葉が本心からだとすれば、田淵さまは一切、何もご存じないことになる。少なくとも、兄の死に纏わる小舞の闇を知らぬことに……。

透馬がほんの一瞬、正近に視線を投げた。

容易く信じ込むなよ。

そう告げている眼つきだ。

そうだ。容易く信じるわけにはいかない。中老はわざわざ兄との縁をだすことで、何も知らない自分を演じているだけかもしれない。しかし、本当なら、兄の死を本気で無念と感じているのなら、家中を揺るがした権力争いの暗部とは関わりないことになる。

「今でもそうお考えか」

透馬が前に向き直り、問うた。いつもの、軽みを含んだ口調だ。

「何と仰せになった？」

問われた相手は意味が解せなかったらしく、心持ち眉を寄せる。

「今でも、この世には必ず上がいると思うておられますか」

「……武芸のみならず諸事に及んで、それがしなどより優れたる者、秀でたる者は幾らでもおり申す。努めても励んでも決して追いつけぬ者がおるのです。それが現というもの。ま、それくらいはわかる齢になり申したな」

「政《まつりごと》はいかがでございます」

忠泰の眉が今度ははっきりとわかるほど、顰められた。心内が素直に出る性質なのか、そのように振舞っているだけか、そこもまだ判じられない。

「政の場において、最上の者になりたいとはお望みなさいませぬか。努め、励めば昇りつめられるとお考えになったことはございませぬか。むろん限りはございましょう。戦国の世ならいざしらず今は太平の世。千代田城の主にまでは、ちと無理がありましょうが、小舞の執政としての天井なら手が届かぬ場所ではありますまい」

「樫井どの。何が仰りたいのだ」

忠泰の眉間の皺がさらに深くなる。

「田淵さまの野心をお尋ねしております。いずれ、執政の頂《いただき》を極めるお気持ちをお持ちなのかどうか、と」

「そのために、当屋敷に参られたのか」

「あ、いや。用向きは他にございます。話の流れに乗って、ついつい舌が滑り申した」

透馬が軽く頭を下げる。忠泰の渋面は変わらない。

「樫井どのの心中は量れませぬが、それがしとしては、さような野心はさらさら持ち合わせておりませぬ。昔も今もこれからも、忠義を尽くすのみと心得ておりますゆえ」

不意に忠泰の表情が崩れる。からからと哄笑《こうしょう》の声が響く。

「と申すのが、身を保つコツとやらでござろうか」

「世間で言う建前とやらでございますか。とすれば、本心は……」

「ないと言えば嘘になりもしましょう。政に関わるのなら、いずれは頂をと望むのは咎められるものではござりますまい」

「咎めはされませぬが、除かれるおそれは大いにございますな」

「さよう。中老の座におりはしますが、ご家老からすればそれがしなど、指で弾き飛ばせるほどの小物に過ぎませぬ。そこは、ようわかっており申す。野心は野心、現は現。現を見ずして野心を先走らせても身の破滅を招くだけと心得ております。しかも、今の小舞の執政は、豺狼当路《さいろうとうろ》ではござらん。ご家老を軸として役割を果たしておるはず。いや、ともかく、今は政云々を論じるときではござりますまい。平常とは違う。目の前の難事に執政一丸となって取り組まねばならぬ折ですぞ」

正近は透馬の背中に目を凝らす。

忠泰の言うことは正論だ。今は平常に非ず。政道を説くより先に、為すべきことは数多《あまた》ある。これが忠泰の心底からの言葉であれば、少なくとも中老の眼差しは民に向いている。

どうする、樫井。信じるか、信じ切れるか。

「では、なぜ、蔵を開けませぬ」

透馬が、らしからぬ低い声で問うた。

「かような危局の際、蔵を開けて布施米を放出するのは習いではございませぬか。それを父上も田淵さまもなさろうとしなかった。それがしには、どうにも腑に落ちぬのでござる」

「その理由を知りたくて参られたのか」

忠泰が再び、眉間に皺を寄せた。透馬が身動ぎする。

「新里」

「はっ」

懐から帳面を取り出し、透馬に渡す。透馬はそれを忠泰の膝元に置いた。

「これは？」

「民の窮状を能う限り記したものです。余すところなくとは明言できませぬが、今、罹災者に何が入り用なのか、何を欲しているのか救済の手立ての参考にはなりましょう」

忠泰は帳面を手に取り、慎重な手つきでめくった。正近たちの走り書きを半四郎が清書したものだ。端正な筆致で、あの惨状が書き連ねられている。

苦痛や餓えに苦悶する声、呻き、嘆き、嗚咽、焼け跡の悪臭と目に染みる煙、焼け爛れた肌、血の臭い、折り重なる死体、しゃがみ込む人々……。直に見た、聞いた、嗅いだ諸々だ。何を求められたか、訴えられたかも細かに記してあった。

読み終え、忠泰は暫く無言だった。ややあって、

「これは、本来なら検分使の役割だな」

と、呟いた。ほとんど独り言だった。しかし、透馬は応じるかのように、深く首肯する。

「然り。しかし、まだ、城から検分使は遣わされておりませぬ」

「今日の会議で明日から検分使たちが市中を回ると、正式に決まり申した」

「遅すぎまする。既に城下では薬や米の不足から死者が出ておるのですぞ」

透馬が腰を浮かせる。

「もう一度、申し上げる。火に焼かれた、煙で息を塞がれたではない。あの大火から何とか逃げ延びた者たちが薬が足りぬゆえに、米がないゆえに命を落としておるのです。事は一刻を争う。一刻を無駄にすれば、何人、何十人もの民が落とさずともよい命を落とすことになる。田淵さま、改めてお尋ねいたします。執政の方々は、迅速に動いておれば救える命をなぜ、救おうとなさいませんでした」

返事はない。構わず、透馬は続けた。

「検分使ですと？　これから市中の様子を把握し手を打つと申されるのか。遅い。何もかもがあまりに遅すぎる。執政方は何を先んじて行うべきか、わかっておられるのか。いや、わかる前に考えようとなさっておられるのか。本気でこの厄災に立ち向かう気がおありなのか。それがしには、どうしても得心がいかぬのです」

「殿」

正近は、思わず透馬の袖を引いた。

「お控え下されませ。なにとぞ、お控えを」

口で諫め、眼で窘める。

熱《いき》り立つな。ここで大声を上げて何とする。

透馬がちらりと横目で正近を見やる。冷めた眼つきだった。

ああ、なるほどな。

袖を放し、退く。

透馬は熱り立ったわけでも、怒りに我を忘れたわけでもない。ただ、憤ってはいる。動きの鈍い政に、罹災者に目を向けぬ執政たちに激しく憤ってはいるのだ。しかし、それを中老相手に生でぶつけるような男ではない。ぶつける振りをして、相手の出方を窺う。それくらいの駆引きは朝飯前の男でもある。

剣の勝負も政を論じる会議も情に煽られていては勝ち目は薄い。どこであろうと、どういうときであろうと静心を保てる者が勝つのだ。

透馬が稀代の剣士であったことに、改めて思いを馳せる。

「ご無礼をいたしました」

透馬が低頭する。顔を上げ、「が、しかし」と続ける。

「怒りに任せつい本音を吐露いたしましたが、本音は本音。こたびの厄災についての城の手立てにはどうにも納得がいかぬのです。布施米の件につきましても」

「蔵は開ける」

そう告げ、忠泰はやや前のめりになった。

「これも今日の会議で決められ申した。明日、卯《う》の刻をもって開扉《かいひ》いたす」

透馬の背中が張り詰めた。息を整えたのか、肩がゆっくりと持ち上がった。

「開扉し、布施米ことごとくを速やかに配る手筈《てはず》にござる。その折は、この帳面が役に立ちましょう。お借りして構いませぬかな」

「ご随意になされませ。活かしていただけるなら本望でござる。焼け跡を走り回った者たちの苦労も報われるというもの。されど、田淵さま」

透馬が食い下がった。背後からでも、田淵に鋭い視線を向けているとわかる。

「ここで開扉できるものならば、なぜもそっと早く布施米を放出されませんでした」

「間に合っていたからでござる」

「間に合っていた？」

「ご家老家が蔵を開けたことで、他の重臣方もそれに倣った。有体に申さば倣わざるを得なかったのでござる。ご家老の意思に背くとみなされることを恐れたのでござるよ」

「なるほど。誰も彼も追従したわけですか」

「さよう。結句、多くの米が重臣家から運び出された。それは、罹災者が当座を凌ぐには十分な量でござった」

思わず疑念を申し立てたくなる。むろん、正近に許される挙ではない。透馬と忠泰のやりとりを黙って聞いているしかなかった。

「その米はどこに消えました。罹災者の許にはまだ届いておりませんぞ。十分どころの話ではござらん。まるで足りておらぬのです」

正近の心内を代弁するかのように、透馬が問い詰める。

「しかし、今のところ餓死者は出ておりますまい。樫井どのの帳面にも記載はござらんな」

大きく目を見開いていた。

ご中老は罹災者の有り様を知っておられるのか。

知っているのだ。

詳細とまではいかなくとも、城下の大方の様子を摑んでいる。

「それは、下々の者が互いに助け合い、手を差し伸べ合って何とか凌いでおるからです。それも既に限りが見えております。まして、冬の到来は目前に迫っておるのです。早急の手立てがいるのは明らかではありませぬか。なのに、十分とはどうにも解しがたく、納得できませぬ。田淵さま、も一度、お尋ねいたす。十分と言われた米はどこに消え申した」

忠泰がかぶりを振る。緩慢な仕草だった。

「消えたわけではござらん。これから順次、布施米として配る手立てにござる」

「順次？　そのような悠長な場合ではござるまい」

「一気に出すわけには参らん」

「なぜに」

一瞬、座敷に沈黙がおりた。誰も何も言わない。か細い虫の音だけが聞こえてくる。忠泰が束の間、天井を仰いだ。

「一気に大量の米が出回れば、米の値が大きく崩れる危惧がござる」

透馬が振り返った。目が合う。戸惑いが揺れていた。正近も波立つような惑いを覚える。

「では、米の値崩れを危ぶんで布施米を抑えている。そういうわけでござるか」

口調には戸惑いを微かも滲ませず、透馬が問い直す。「さよう」と、忠泰は答えた。こちらの物言いからも情は一切、窺えない。

「布施米が布施米として正当に使われるなら、なんら憂いはあるまいが……」

「つまり、市中に出た米を横領する輩がいると？」

「明言はできませぬ。ただ、その懸念が払しょくできぬのは事実でござろう。万が一にも、闇の米が出回れば米の値が大きく崩れるのは必定《ひつじょう》。そうなれば、米問屋だけでなく領内の商い全てに悪しき影響を及ぼすのも明らかでござる」

「それなら取り締まりを強め、城が米の流れをしっかりと掌握、制御すれば済むことではございませぬか」

「それができる仕組みが整うておりませぬ」

あっさりと、言い切られる。

馬鹿なと思う。この難事に速やかに対処できないのは執政の手落ちではないか。そのツケを罹災者に背負わすのは、あまりに理不尽だ。

そう叫べないのがもどかしい。しかし、正近の想いは透馬のそれと、合わさった。

「田淵さま、しかし、それはおかしゅうございますぞ」

語気を強め、透馬が前のめりになる。その動きを御するように、忠泰は片手を上げた。

「申されたいことはわかる。此度のような惨事を想定した仕組みを新たに作ろうとしなかった。旧来のままのやり方で乗り切れると安易に考えていた。結句、領民救済の枠組みが整わず、刻を無駄にした。全て、政の失策でござる」

「と、お認めになるのですな」

透馬が膝を進める。忠泰が口中の唾を呑み下した。

「認めざるを得ぬでござろう。この十年あまり、新田開発、新たな産業の奨励、商いの振興などなど、財政を堅実とするための方策は着々と実を結んできたと言え申す。が、反面、領民救済の枠組みにまで手立てが及ばなかったのは事実でござる」

「及ばなかったというより後回しにしていた、し続けていた、というのが真実でございましょうな。救済の枠組みを幾ら整えたとて、財政が豊かになるわけではない。むしろ、費《つい》えが入り用となる。ならば、手を付けぬのが得策と執政方はお考えになったのではありませぬか。領民は国の基。その命や暮らしを守るのが、実は、財政を盤石にする有効な手立てだとは、どなたもお考えにならなかった。あまつさえ、この期に及んでも米の値崩れを懼《おそ》れて布施米を抑えるという。二重の手落ちではありませぬか」

正近は僅かだが鼓動が速くなるのを覚えた。

透馬と忠泰の言は、執政への不服申し立てと受け取れはしまいか。それは取りも直さず、執政の中枢にいる筆頭家老樫井信右衛門の非を打つことに繋がる。

透馬はさておき、忠泰がそういう挙に出るとは考えてもいなかった。まして、透馬は樫井家の正式な後嗣だ。信右衛門と血の繋がった息子なのだ。

ご自分の弁がご家老に筒抜けにならぬと信じておられるのか、それとも……筒抜けになっても構わぬのか。

忠泰の顔を見据え、正近は口元を引き締めた。

「樫井どのの仰せももっともかと存じる。が、米の値が崩れれば財政にとって、大きな打撃となる。城下の商い全てに多大な害を及ぼすのだ。それは何としても避けねばならぬ。この先、城下の復旧には莫大な費えがいるのは必定でござろう。小舞の財政も盤石とは言い難い。さらなる悪影響を被るわけには参らぬのだ」

さりとてと忠泰は続けた。

「罹災者たちを見捨てるわけではござらん。能う限りの手立ては講じまする。重臣方の尽力もあり、布施米はむろん、当座の復旧の掛かりに目処がつくだけの財用は集まり申した。

後は米の値を考慮しながら、罹災者の救済にあたることになりましょう」

「えっ」と透馬が叫んだ。

「お待ちください。では、執政方がなかなか蔵を開けようとしなかったのは、後々を考えてのことと、そう言われますか」

「少なくとも、ご家老のご真意はそうでありましょうな」

ふん。透馬が鼻を鳴らす。

「なるほど、そうでござりますか。で、改めてお尋ねするが我が父の真意は、重臣に蓄えた財を吐き出させ弱体を狙うところにあったのか、復旧のための要脚《ようきゃく》を集めるところにあったのかどちらでござる」

寸の間の沈黙の後、忠泰は答えた。

「どちらもご真意かと存ずる」

「しかし、父は揺るがぬ地歩を築いております。領民救済のために助力しろと言われれば、断れる重臣はおりますまい。それとも、あえて重臣方を試さねばならない、その力を削がねばならない何事かがあるのでございますか」

今度は返事がない。若き中老は腕組みしたまま口を結んでいる。

あえて重臣方を試さねばならない、その力を削がねばならない……。

透馬の言葉を心内で反芻《はんすう》する。息が詰まった。

まさか、そんな。

思わず、透馬の背中に目をやった。震えも強張りもしていない。

「よもや、水杉派が息を吹き返したわけではございますまいな」

正近の胸裏にある疑念を透馬が言葉に換えてくれる。正近は真っ直ぐに、忠泰を見詰めた。

「その懸念がござる」

忠泰の返答は短く、簡明だった。遠回しに暈《ぼか》したり、誤魔化したりしない。それを心地よいと感じ、そんな呑気な感慨に耽っているときではないぞと己を叱る。

「懸念とは？　いかようなものでございます。重臣の中に水杉派の蘇活《そかつ》を画策する者がおると、そういうわけでございますか」

透馬が畳みかける。

「そこが詳しくはわからぬのです。ただ、今の政を転覆しようとする気配があるように思われる。ただ、気配は気配、確かなものではないのだが……」

忠泰の口調はとたん、歯切れが悪くなった。

信じられない。

中老の前でなければ、正近は大きくかぶりを振っていただろう。

水杉派が息を吹き返そうとしている？　それは、あり得ない。

今の小舞の政が領民にとって最善であるとは、とうてい言い切れない。それは罹災者の有り様からもわかる。変事があれば容易く切り捨てられ、顧みられない者が大勢いるのだ。しかし、樫井家老を軸として回ってきたこれまでの政が、それなりに役を為してきたのも事実だった。変えねばならぬことも廃さねばならぬことも多々あったが、ここ数年、天候に恵まれたおかげもあり飢饉や打毀《うちこわし》の騒動は起きず、むろん政変もなく、武家、町民の別なくほどほどの暮らしはできていた。平時に限ればだが、小舞内は静穏であり安定していたと言える。水杉派が台頭する余地があるとは考えられない。

「田淵さま」

透馬はさらに膝を進めた。

「それは真でござりますか。真なら、どのような事実を基に断じておられる」

「断じてはおり申さん。懸念があると申しただけでござる」

「その懸念の出処は？」

「わかりませぬ。ご家老は何事かを承知しておられるようではござるが、それがしには……」

「詳しくは語らぬと」

そこで、忠泰は口元だけで笑んだ。

「今さら口にするまでもござらぬが、それがしは水杉派に与した者の子でござる」

「それゆえ、父が胸襟《きょうきん》を開かずにいると仰せか」

「いや、さような卑屈な考えはしておりませぬ。ただ、ご家老としては、こと水杉派に関する限りはそれがしを信用しきれぬのかもと……あ、やはりこれは卑屈な思案でござるな」

「それはありますまい」

透馬が一言のもとに否む。

「父が、信じ切れぬ相手を中老の地歩に据えるわけがござらん。水杉派の残党を掣肘する意味もない。僭越ながら、田淵さまの能を要須《ようしゅ》と考えたからこその擢用《てきよう》に違いありますまい。父は情ではなく利勘及び思案で動きますゆえ」

「畏れ入りまする」

忠泰がゆるりと頭を下げた。

では、ご家老は田淵さまを信じ、腹心の者として重用なされたのか。

誰かに心を許し、全幅の信頼を寄せる。そういうことができぬ者なのだ。

遠雲の声がよみがえる。

「確かに、中老の座はご家老の擢用あってのこと。ただし、それはそれがしの能より欲の無さを見抜かれてのことかと思われます。いや、思うのではなく、はっきりと告げられました。そなたは戦国の世に生まれずしてよかったのと、戦国の世において欲心のなさは仇《あだ》にも瑕にもなろうが、太平の世では珍重されると」

自らを無欲と言い切る男を、正近は凝視する。忠泰はあるかなしの笑みを浮かべていた。

「先刻申し上げた通り、野心がないわけではござらん。執政の頂にて政を執り行うのもおもしろかろうと考えることはござる。しかし、そのために策を講じるとか、隠密裏に動くとかはできませぬな。それほどの欲心はまったくござらん」

そこで忠泰は腕を組み、目を伏せた。

「幼いころから、いろいろと見て参りましたのでな。地歩にでも財にでも権勢にでも執着し過ぎれば身を破滅させると、肝に銘じたわけでござる。生来の面倒くさがりで、拘りの薄い性質でもあり、父からは疎まれ、たびたび叱責されており申した。男子として如何なものかと。ま、それがしが唯一拘り、励んだのが剣の道ではあったのですが、それも、結之丞どのに天狗の鼻をへし折られてからは、極める気持ちも失せ申した。うむ、真にさようでござる。新里どのにあっさり敗れた折、己の中で何かが砕けた気がいたしたが……あれが、それがしの中に残っていた驕《おご》りやら欲であったやもしれませんな」

「なるほど、得心がいきまする。しかし、ご気性はさておき、父が田淵さまの力量を買うておるのは事実。だからこそ登用した。欲心なく才に恵まれた者。田淵さまは父にとって、願ってもない人材でありましょうな。で、父は、いずれ我らが田淵さまを訪ねることを見抜いておりましたな。その上で、問われたことに答えてやれと申しましたか」

忠泰が腕を解く。瞬きする。

「まさに。開蔵が遅れた理由も含め、包み隠さず教えてやれと仰せでござった」

「田淵さま、もう一度お尋ねいたす。水杉派が動き出したという確証はないのでござるな」

透馬が畳みかける。

「ござらん。少なくとも、それがしは摑んでおり申さぬ」

「此度の大火、付け火の疑いはござらんか」

忠泰の動きが一瞬止まった。驚愕の表情がありありと浮かぶ。

「なんと……それは、水杉派の一味が城下に火を放ったと……言われておるのか。騒乱を引き起こすために？　いや、まさか、それはあまりに」

「突拍子もない思案と思われますか」

うむと唸ったきり、忠泰は黙り込んだ。ややあって口を開いたときには、物言いは落ち着きを取り戻していた。

「証となるものがござるのか」

「付け火を見たと申す者がおりました。ただ、その者は火傷が因で亡くなった由にござる」

「真偽の確かめようはないわけでござるな」

「いかにも」

「このことは、ご家老には？」

「まだ報せておりませぬ。何分にも曖昧な点が多くございますゆえ」

「しかし、もし事実とすれば由々しき事柄でござるぞ」

「事実とは言明できませせぬ」

忠泰が再び唸る。

「今お聞きしたこと、それがしからご家老にお伝えしてもよろしいのか」

「お任せいたします」

透馬は一間ばかり退き、低頭した。正近も倣う。

「長居をいたしました。これにて、御免仕ります」

「樫井どの。待たれよ」

立ち上がった透馬を呼び止め、忠泰も腰を上げる。正近は透馬の傍らに片膝をついた。忠泰が危害を加えるとは思えないし、殺気はおろか尖った気配は一切感じない。それでも、すぐに動けるよう身構える。

身を挺《てい》して透馬を守るのは、己の役目だ。透馬が主だからではない。この男に賭けているからだ。やがて執政の中枢に昇り詰めるだろう男に賭けるものも、託したい想いも溢れるほどにある。一蓮托生、共に足掻いてもらうぞと透馬からは何度も言い渡されていた。おれだけ苦労するのは御免だと。むろん、そのつもりだ。地獄だろうが地の底だろうが、共に行く。透馬がいなければ未来は思い描けないのだ。

「いち早く屋敷の蔵を開け、米を配ったのは樫井どのの差配でござったな」

「近習と相談の上でござる。一刻を争うと判断しましたゆえ。しかし、それが重臣方にどのように影響するかは、思案の埒外にございました。田淵さまのお話を聞く限り、それがしが開けずとも、いずれ、父が開蔵していたわけです。ただ、罹災者の救済はまずは刻との勝負。父や田淵さまのように思案分別を働かして適宜《てきぎ》を計っていては、救える命を散らすはめになりましたでしょう。それがしは、あれでよかったと思うております」

「目の前の救える命をまずは救う。それを先んじて行うべきとのご意見か」

「さよう。政に関わる者が思慮すべきは民の命でござろう。米の値崩れを防ぐために、布施米を抑えるなど愚策の極み。それなら、米商人による買い占めを厳しく禁じる達《たっ》しを出せばよいこと。その上で米価の調節をすべきでありましょう。水杉派の動きなどにかまけておる場合ではなかろうと存じまする」

束の間、透馬の視線がからんでくる。

て、ことだよな。

うむ。文句なしだ。

透馬の言うことは、ずれていない。的の真ん中を射ている。聞きようによっては、いや、どう聞いても執政の面々を責め咎めているとしか思えないが、それもよいと正近は合点する。透馬は憤っているのだ。冷めた政に腹を立てている。その怒りを共にしたい。

「では、働きなさいませ」

「は?」

「政に関わり、中枢に座し、存分にお働きになるがよろしかろう。言うだけなら誰でもできまする。難事のさい、政をどう動かすか。民を守る仕組みを新たにどう作るか。樫井どの自ら、手掛けられる覚悟がおありなのかな」

透馬が顎を上げる。双眸の奥がぎらついていた。

「覚悟など、とうの昔にできております」

寸刻の沈黙の後、忠泰は告げた。

「近いうちに殿がご入部あそばされる由にございます」

「殿が」

「此度の大火により、ご公儀より帰領願いが許されたとのこと。早ければ月が替わるころには、小舞にお戻りあそばされます。樫井どの、殿の御前で新たな仕組みなり、施政のあり方なりを述べられるがよかろう。樫井どのには、その機会が与えられもいたしましょう。殿におかれましては、新たな政の形を模索されているとも、江戸に生まれ育ちながら、小舞の地への愛着は一入《ひとしお》にあらせられるとも聞き及んでおります。政を変えたいのなら、よき機会かと存ずる」

そこで忠泰は膝を折り、手を突いた。

「及ばずながら、一身をかけてお手伝いいたしまする」


「何だ、ありゃあ」

透馬が足元の小石を蹴った。

小石は転がり、掘割に落ちた。

「何で話が急に御前云々に変わっちまうんだ。おまけに、一身をかけて手伝うだとよ。へっ、おれが『かたじけない』と涙の一つも流すと思ったのかよ」

「田淵さまはそんなこと、思うてはおられなかっただろう。あれは心底からのお言葉だったと、おれは感じたが」

　忠泰は本気だった。樫井透馬の力量と信念を確かめたうえで、本気で支えも助けもすると手を突いたのだ。そこに他意や不直《ふちょく》はないと、正近は思う。

「おまえは、相変わらず甘いな」

「樫井は田淵さまに二心《ふたごころ》を感じたのか」

「いや、まったく。田淵の欲心の無さは本物だ。地歩にも蓄財にもほとんど関心がない。しかも、頭は切れる。弁も立つ。だから、親父が空座だった中老職に据えたんだ。願ってもない人材だと、ほくほくしただろうな。まあ、側女が二人いるってこったから、色欲だけは一人前に持ってるらしいがな」

「えらい言いようだな」

　苦笑いしながら、昼下がりの道を並んで歩く。柔らかで清澄な光は間もなく傾き、赤みを帯び、地に黒い影を作るだろう。

　千代を清照寺に送り届ける役は、半四郎に任せた。その後、上州屋に回り昨日の礼を告げがてら、様子を探ってくる手筈になっている。今頃、千代は既に寺に帰り着き、恵心尼に昨日の出来事を報せているかもしれない。

　恵心尼、いや、七緒の笑顔が浮かぶ。安堵に緩んだ眼元と口元、柔らかな吐息。細い指先の動きまで浮かんで消えない。

　人は人にここまで囚われてしまうのかと、己で己に戸惑う。まだ戸惑ってしまう。

「なあ、新里」

「あ、うむ」

「親父がおれを会議から外した理由、詮ずる所、よくわからぬままだったな」

「ああ、田淵さまのお話だと手続き上は病欠だったらしいが、どう考えても、おまえへのあの襲撃が因としか思えんな」

「襲われたのは、おれ一人じゃねえぜ」

「おれは関わりあるまい。少なくともご家老にすれば関わりないはずだ。おまえが襲われたと知って登城を止めた。おまえの身の安全を図ろうとされたのではないか」

「それだと、城内でおれが襲われる懸念があるってことになる」

「確かに。しかし、そんなことが……」

あるだろうか。

決してないと言い切れないが、現に即しているとは言い難い。

「城内でも城下でもいいが、樫井を襲って斬り捨てる。それに、どんな意味がある?」

正近の呟きに、透馬の顔が歪んだ。

「勝手におれを斬り殺すな。そうそう容易く殺られてたまるかよ。第一、おれを殺して得をするやつなんて、誰もいねえぜ。水杉派の残党云々なら怨みからってことも有りだけどよ、それなら、狙うのはおれじゃなくて親父だろう。それによ、あの襲撃は水杉派がどうたらこうたらじゃなくてよ、お梶絡みだぜ」

「しかし、ご家老はそうはお考えにならなかった。おれたちは水杉派の動きなど知らなかったから、お梶にばかり目がいったが……」

足が止まる。透馬も立ち止まっていた。顔を見合わせる。

「樫井、まさか」

「ああ、まさか、じゃねえかもしれねえな」

透馬が軽く口を開けた。正近も痞《つか》えを感じ、息を吐き出す。吐き出した後、呟く。

「お梶と水杉派が繋がっている？」

「見込みはあるな。お梶ってのは、武家の出だろう。父親は水杉派に与し、先の政変で自害した。とすれば繋がっていたとしても不思議じゃないぜ」

お梶から親兄弟について真の話を聞いた覚えはない。しかし、立居振舞いから武家の女であったのは確かだし、あの政変の後、生きるために、親や子を生き延びさせるために苦界に落ちた女たちは数多いた。全て、水杉派の家中の者だ。

正近はかぶりを振った。

「不思議ではないが、納得はいかん」

「そうか」

「ああ、お梶は武士の争いを心底から厭うていた。昔の何もかもを捨てて、町人の女房として生きるつもりだったはずだ。そういう女が、今さら武家のごたごたに関わり合って来るとは思えん」

「どうだか、わかるものか。人の心意なんてもんは外からじゃわかんねえもんさ。けど、おれたちやお千代を襲った無頼漢《ぶらいかん》にしろ、水杉派の残党にしろ、女一人が動かせるわけがねえよな。後ろで糸を引いているやつがいるんだ」

「結句、そこに戻るな」

歩き出す。風が凪いでいる分、日差しの温かさが増す。天も地も穏やかで優しい。天を仰ぎ地に立つ。人とはそういうものでありながら、いつの世も乱れ、騒ぎ、争う。

「お梶より気になるのは、親父だな」

透馬の呟きに頷く。

「そうだな」

「おまえも感じたかい」

「ああ、何かちぐはぐ、というか事を急ぎ過ぎる気がする。ご家老のなされようとは思えん」

筆頭家老の何を深く知っているわけでもない。しかし、樫井信右衛門という人物がどれほど深謀遠慮《しんぼうえんりょ》であるか、戒心の上にも戒心を重ね、為すべきことを為すべき機に過《あやま》たず為す、その術に長けているか、それは骨身に染みてわかっていた。

「だよな。重臣どもに米を吐き出させるのだってよ、何でそうまでしてやつらの力を削がなくちゃならねえんだ。そこまでしなくとも、親父の地歩は盤石なはずだぜ」

「水杉派の動きを懸念してのことと、ご中老は仰せだが……」

「本当に水杉派が動いているなら潰せばいいだけのこと。そう難しい仕事じゃねえだろう。もし、この大火が水杉派の仕業だとしたら、ここに至るまで放っておいた親父にも重大な責がある。何を考えているかよくわからんが、思案あって放っておいたなんて言いやがったら」

透馬がこぶしを握る。

「許せねえな」

「うむ」

政略、駆け引き、政争。政に纏わる諸々を全て否とはしない。闇を知らずして光のみを語っても虚しい。わかっている。しかし、民の命や暮らしを脅かし、奪ってまで為さねばならないどんな為政もない。それを推し進める者を許せない。許してはならぬと思う。

「事実を確かめなけりゃならねえな。親父が」

「しっ」

透馬の前に回る。腰を落とし、鯉口を切る。

「誰だ、出てこい」

武家町に入っていた。重臣の屋敷が並ぶ一画だ。ここでも日はうららと明るい。しかし、どこまでも続く土塀や塀から覗く大樹が道に影を刻み、暗みを作っている。人の通りもほとんどない。

屋敷と屋敷の間を走る路地から、人影が一つ、ゆらりと現れた。

「基平じゃねえか」

正近より先に透馬の気配が緩む。正近は足を引き、詰めていた息を吐いた。

「なぜ、そんな所に隠れていた。おれたちを驚かすつもりだったのか」

問うてみる。基平の気配は小さな棘を含んでいた。殺気と呼ぶほど剣呑ではないが、小さく浅く突き刺さってくる。

「おれは報せたいことがあって、そちらさんの」

と、基平は正近に向かって顎をしゃくった。

「お屋敷に行こうとしてたところです。で、ここんところで遠くにお二人の姿を見つけたもんだから待っていた。それだけですがね」

「しかし、妙な気配を放っていたぞ」

基平の口の端が僅かにめくれた。おそらく、笑ったのだろう。

「長いこと危ない橋を渡ってますと、知らぬ間に妙な気配とやらが染みつくもんなんですかねえ。けど、おれの気配を捉えるお武家さまも、そうとう危ないお人じゃありますね」

「まさにまさに、こいつはそういうやつなんだ。おれなんか、根っからまともだからよ。まるで気が付かなかったぜ」

正近を押しのけ、透馬が進み出る。

「で、報せってのはなんだ？」

基平は透馬と正近を交互に見やり、声を潜めた。

「今朝がた、槙野川に女が浮かびました」

「え……」

身体中から血の気が引いていく。指先が痛いほど冷たくなる。

「これといって目立った傷はなかったそうで。役人は自分で飛び込んだ、つまり自死として片付ける風です。正直、町方の女一人、どうなっても構わねえんでしょうよ。町中は死体で溢れかえってんですからね」

「その女がお梶だってのか」

透馬の口調が張り詰め、声が掠れる。

「へえ、間違いありません。人相、年恰好、そちらのお武家さまの文の通りです。何より、亭主が自分の女房に違いないと明言したそうですし」

「亭主とは何者だ」

「呉服町の『いざよい』って料理屋の主です。どうも、こいつがちょいと癖のある男のようでしてね」

料理屋……。そうだ、お梶が言っていた。馴染みの客に身請けされるのだと。料理屋の主人で……時折、嫌な眼付になると……。

お梶が？　ほんとうにお梶が死んだのか。

「というと」

「よく似てるんですよ」

「誰にだ」

「二鮫の仁吉《じんきち》って悪党です。押込み強盗の一味でした。仲間はほぼ捕まったのに、仁吉だけは上手いことずらかりましてね、ぷっつり行方知れずになってたんですが」

「二鮫の仁吉。聞いたこともないな」

「二十年も昔の話ですからね。お武家さまたちはまだ、襁褓をしてた時分でしょう」

「かもしれんな。で、その仁吉って野郎がいつの間にか舞い戻って、料理屋の主人に納まってたって寸法か」

「へえ。年を取って、顔つきは些か変わってはいましたが間違いないと思いますぜ。おれは一度覚えた顔は滅多に見間違いはしねえんでね」

「そりゃあ結構な才持ちだな。しかしなあ、そんな厄介なやつが関わっていたわけか。それなら、匕首を手に人を襲うなんて真似はお茶の子さいさいだな」

「まあ、仁吉の手先なら、人を殺すのなんて犬猫を始末するのとそう変わらねえぐれえに考えてるでしょうね」

「お梶は、剣呑な亭主に殺られちまったわけか」

「おそらく。どういう経緯かはわかりませんが、亭主の悪行に怯えて逃げ出そうとしたのか、あまりに多くを知り過ぎて口封じされたか、そんなとこでしょうね」

透馬と基平のやりとりが流れていく。

お梶が、殺された。

ねえ、抱きなよ。

まっ、そんな、本気で感心しないでくださいな。ふふっ、新里さまってほんとに、何でも本気なんですねえ。

新里さま、今のわたしにどのような望みが許されます。

ほっといておくれよ。女郎が酒を飲まなくてどうすんだい。

投げつけられた、囁かれた、告げられた言葉一つ一つが浮かんでくる。もたせかけてきた身体の重みと熱、とろりと眠たげな眼つき、何かに堪えているかのように結ばれた口元。

あの女が殺された。

透馬がゆっくりと背筋を伸ばす。腕組みをし、空を仰ぐ。

「二鮫の仁吉、水杉派の残党、付け火……布施米、重臣たち……」

空を仰いだまま、何かを呟き続ける。その横顔が、一瞬、歪んだ。一太刀をあびた者のように歪み、震える。

まさか。

唇がそう動く。

頭上に張り出した見越しの松から鳥の影が一つ、舞い上がった。

十　滾《たぎ》る命

千代は半四郎より半歩遅れ、俯き加減に歩いている。

「千代どの」

足を止め、呼びかける。動きが急過ぎたのか、振り返った胸に千代がぶつかってきた。

「きゃっ」

「あっ、こ、これは無礼をいたした」

よろめいた千代を支えようと手を伸ばす。その指がとっさに摑んだ腕は、思いの外硬く引き締まっていた。腕を含め、女の身体を知らないわけではない。だから、驚いた。半四郎の知っている女の腕はどれも柔らかく、たいていい火照っていたのだ。こんなに引き締まり、確かな手応えのあるものはなかった。

そういえば、母上も……。

数年前に亡くなった母を思い出す。普請方勤めの下士の娘に生まれ、同じ役職の男の許に嫁ぎ、終生、暮しのやりくりに苦労した人だ。母の腕も硬かった。痩せてはいたが骨ではなく肉の張りを伝えてきた。

「よい一生でした」

息を引き取る半日ほど前、母は呟き、にっと笑った。微笑むとかではない。悪戯を思いついた悪童のように、さも楽し気に笑ったのだ。半四郎がまだ和次郎と名乗り、透馬の近習に召し出されて間もないころだった。

「心残りは、旦那さまより先に逝かねばならぬことだけ……。あなた、お許しくださいね」

枕もとに座っていた父は腕組みをして、眉を顰めた。

「いらぬ心配をするな。わしはこう見えても女には困らぬ。ぜひ後添《のちぞ》えにと望む者は星の数ほどおるのだ。選《よ》るのに難儀するほどだぞ」

「おやまあ……初めて耳にするお話ですこと……」

母はまた笑い、ゆっくりと瞼を閉じた。

「芳子《よしこ》」

父が母の名を呼ぶ。返ってくる声はなかった。二度と目を開けぬまま、翌朝、母は息を引き取った。父が逝ったのは、母の葬儀から一年余り後だった。後添えを娶ることはなかった。半四郎の名を息子に手渡し、一日の大半を仏間で、母の位牌の前で過ごしていた父は、その仏間で倒れ、三日と経たないうちに不帰の人になったのだ。「芳子」。今わの際に呼んだのも母の名だった。やつれてはいたが穏やかな死に顔を見ていると、悲しみより、淋しさより安堵に近い柔らかな情を覚えたものだ。

母上がお迎えに来られたのだな。

そう思えば涙ではなく笑みが漏れた。

千代の腕の手触りは母を思い起こさせる。

「あ、これは重ねて無礼いたした」

摑んでいた手を放す。仄かに赤らんだ頰で、千代は頭を下げた。

「いいえ、わたしの方こそ申し訳ございません。考え事をしていてつい……」

「考え事？　此度の件についてでござるか」

「はい。あの、山坂さま。わたしが襲われたのはやはり、あの紙に記された符号のせいでございますね」

「さよう。それと、千代どのが罹災者から聞いた付け火の話とやらが関わっておるのでしょう。そうとしか考えられませぬ。あ、しかし、もう心配はご無用かと存ずる。我らもその話を知ったわけでござるから、千代どのの口を封じる意味はなくなったはず。と、これは樫井も申しておりましたな。まあ、用心するに越したことはござるまいが、闇雲に怯えずともよろしかろう」

いえと、千代はかぶりを振った。

「怯えているわけではございません。ただ、腑に落ちない気がいたしまして」

「腑に落ちぬとは、いかがなことか？」

千代を覗き込む。黒目勝ちの双眸が真っ直ぐに半四郎に向けられた。その眸があまりに美しいものだから、半四郎は思わず身を引いてしまった。

「はい。わたしは上州屋さんの紋とあの符号が似ていると、とてもよく似ていると思いました。もちろん符号は幸三さん、あ、付け火を見たと訴えた罹災者の方です。亡くなられましたけれど」

千代が目を伏せる。睫毛の影が表情にうっすらと翳りを作った。

「幸三さんの走り書きなのですが、とっさに似ていると感じたのは間違いありません。でも、もしあれが上州屋さんの紋だとしたら、おかしいとも思うのです。幸三さんは、付け火を見たと言い残しました。はっきりとはわかりませんが、おそらく提灯の紋を見たかと思われます。でもそれが真だとしたら、そんな提灯をわざわざ使うなんて、考えられない気がするのです」

半四郎は深く首肯した。

「千代どのの仰る通りかと存ずる。わざわざ正体を明かすような真似はすまいな」

「でも幸三さんが嘘をつくはずがありません。息を引き取る間際の方が嘘をつくなんて考えられませんもの」

息を引き取る間際であっても、人は嘘をつく。真実を語らない。地獄に落ちるとしても語らねばならない嘘も、語ってはならない真実もあるのだ。しかし、それを目の前の少女に告げる気にはならない。それに、千代の言い分には理が含まれている。

「そうであるなら、考えられるのはざっと二つか」

呟く。千代が見上げてきた。

「火付けの一味は、上州屋の紋が付いた提灯を憚ることなく使っていた。わざと使ったと考えるのが一つ」

「わざとというのは、上州屋さんが関わっているかのように見せかけるためにですか」

「さよう。上州屋を付け火の罪人に陥れるためにでござる」

千代は半四郎を見上げたまま、ほんの心持ち眉を寄せたようだ。

「でも、それはあまり効のないやり方ではありませんか。火が出たのは夜半でございましょう。人通りはほとんど絶えておるはずです」

「でござろうな。だからこそ、付け火にはおあつらえ向きの刻で」

半四郎は口をつぐんだ。あまりに露骨な言い方をしたと気付いたのだ。しかし、千代は半四郎の沈黙に被せるように、急いた口調で続けた。

「幸三さんが付け火を見たのはたまたまです。上州屋さんに罪を着せる企みがあるなら、もっと確かな方法があるのではありませんか」

「ほう、では、千代どのが企み人なら、どのようなやり方をなさる」

千代の黒眸《くろめ》が揺れる。寸の間黙り込んだ後、千代は答えた。声がやや低くなっている。

「わたしなら、噂を流すと思います」

「噂を？」

「はい。あの夜、商人町で上州屋の紋入り提灯を見たとあちこちで吹聴《ふいちょう》するのです」

「なるほど、ありもしない事実をまことしやかに言い触らすわけか」

「はい。その方がずっと効がある気がいたします」

「確かに。しかし、そんな噂はとんと聞き申さんな。では、提灯は提灯として使われたに過ぎない。そういうことでござろうな。つまり、明かり道具として使われた。それに、たまたま上州屋の紋が入っていた。こちらのたまたまなら、あり得ましょう」

千代は頷き、ふっと小さな息を吐いた。

「それが二つ目のお考えですね」

「さよう。それにしても、千代どのは敵に回せば恐ろしい方だな。なかなかの策士だ」

半分本気で、しかし、冗談めかして告げる。

「まっ、そんな」

千代は顔を赤くし、頭を下げた。

「はしたない物言いをいたしました。お許しください」

「企て云々をお尋ねしたのはそれがしでござる。千代どのが詫びられる筋合いではござらん」

「でも、少し口が軽くなりました。山坂さまとお話ししていると、つい遠慮を忘れます」

「それはこちらも同じ。ついつい、気安くしゃべり過ぎましたか」

「あ、いえ。わたしは楽しゅうございます」

そう言ってから、千代はさらに顔を赤らめた。

「いけない。また、はしたないことを申し上げました。す、すみません」

「いや、はしたなくはござるまい。ただ、千代どの」

「はい」

「それがしは、千代どのをお送りした後、上州屋に回るつもりです。知り合いの女人の窮地を救ってもらった礼を言いに来た。それを口実に様子を窺ってこようかと考えております」

「はい」

「ですから、この一件は我らに任せてもらいたい。万が一にも千代どのを剣呑な目に遭わせるわけには参らん。我らを信じて、全てを委ねていただきたいのだ」

千代は半四郎と視線を合わせ、ゆっくりと頷いた。

ああ、似ているなと、半四郎は思った。

千代は七緒によく似ている。顔立ちはまるで違うのに、ちょっとした仕草とか表情が重なるのだ。新里の屋敷でもふっと思う折があった。叔母と姪だから似ていても不思議ではない。しかし、「七緒どのに似ているな」。そんな一言を、正近の前で口にできなかった。暗いのだ。

千代に向ける正近の眼差しは暗い。正近は隠しているつもりだろうが、ふとした拍子にその暗みが零れる。零した眼元が歪む。身体のどこかを抉《えぐ》られたかのような歪みだ。気になる。

あいつは何を抱えているのだ。

正近に心を馳せる。

和次郎、林弥と呼び合っていたころ、十二の年から鳥飼町の道場で共に励んできた。和次郎、林弥、それに上村源吾《うえむらげんご》。剣友と一言で言い表せない繋がりをしてきた。自分の少年の日々を二人が豊かに彩ってくれたのは間違いない。源吾は政変に巻き込まれ、果てた。まだ十四だった。政変どころか政の端にさえ触れていなかったはずだ。源吾の死が鎹《かすがい》となったのか、友に理不尽な死を強いたものへの怒りが繋ぎ目となったのか、正近とは家族、親族を越えた結びつきとなっている。少なくとも、半四郎はそう思っていた。その正近の千代への眼差しに暗みが滲む。気にはなる。なりはするが問い質す類のものではないと、承知もしている。どんなに親しくとも、長い付き合いであっても踏み込んではならない領分が、人の心にはあるのだ。半四郎たちはそれを心得ている。誰に教わったわけではないが、人としての在り方として解しているのだ。あの樫井でさえ無遠慮にも軽薄にも振舞いながら実は思慮深く、越えてはならない一線のぎりぎり前で立ち止まっている。

ただ、おそらく樫井は知っているのだろう。

拠り所はないが、半四郎は思う。

正近の抱えているものの正体を知っている。

それを腹立たしいとも妬ましいとも感じない。樫井が少しでも正近を楽にしてくれるのなら、抱えているもの背負っている荷を取り除いてくれるなら、何よりだ。

「山坂さま?」

千代が半四郎を見上げたまま、首を傾げた。

「あ、これは、ついぼんやりと……ご無礼いたした」

「まあ、山坂さまでもぼんやりなさるのですか」

「え?　それは、まあ、気持ちが緩むことは時折ござるな」

「そうなのですか。樫井さまは、山坂さまのことを、頭の中に歯車があって二六時中かちかちと回っていると仰っておられました」

千代が自分のこめかみに指先を添える。

「はあ?　樫井のやつ、そんなことを申しましたか。いったいどういう料簡で言ったのか」

「いつも、きちんと正しく動いているという意味ではございませんか」

「それでは、誉め言葉になります」

「誉め言葉ではいけませんの」

「樫井が素直に他人を褒めるなど、あり得ないのでござる。褒めるというよりからかっているのではありませぬか」

「まあ、それでは樫井さまがお気の毒です。でも、少しわかります。樫井さま、他人をからかったり、混ぜ返したりするのがお好きそうですものね」

「慧眼でござるな。他人の話に容赦なく突っ込むのも、樫井の得意技の一つです」

千代が袖で口を覆った。それでも笑いが漏れる。半四郎も笑い声をあげる。

清照寺が近づいてきた。山門と本堂の黒い甍《いらか》が見える。寺の石段に続く道は白く乾いていた。道縁の枯草の中で彼岸花の葉が濃い緑色を際立たせている。

惜しいな。

胸の奥で呟いていた。我知らず零れた呟きだ。

あの山門を潜れば、半四郎の役目は終わる。

終わるのが惜しい。もう少し、こうやって歩いていたい。そういうどこか甘やかな想いは、久々だった。想いに引きずられ、一人の少女の面影がよみがえってくる。

百合。花の名を持つ娘は、小さな履物問屋の娘だった。母が鼻緒付けの内職をしていたから、品を届けているうちに親しくなった。小柄でおっとりとした気質ながら、眸はくるくるとよく動き、可憐な小鳥を思わせる。一緒に歩いていたのを樫井に見られ、遠回しに、いや露骨にからかわれた覚えがある。きちんと言い交したわけではないが、嫁にするなら百合だと決めていた。百合は身分の差を気にしていたが、身分云々を言えるほどの家ではない。あのときは、軽輩の身がありがたかった。

前髪を落とし、出仕が叶ったら、正式に申し込むつもりだった。まさか、あんなにもあっけなく逝ってしまうとは考えもしなかった。

「百合さんが風邪をこじらせて臥せっているそうですよ。明日にでもお見舞いにいきなさい。ほら、ちょうど卵をたくさんいただいたの。これを手土産にするといいですよ。滋養があるものが風邪には一番ですもの」

母から告げられた翌日、百合は息を引き取ったのだ。寝付いて二日ともたなかった。

百合と千代は違う。まるで別人だ。しかし、昔、和次郎として胸を騒がせた情動が今、同じように動く。

「山坂さま」

千代が足を止めた。

「お願いがございます」

息を一つ呑み込み、千代は続けた。

「もし、付け火であるなら、誰かが何かの目途で火を付け、あの大火を起こしたのなら、わたしはその者を許しません」

半四郎を見据えた眼に、一瞬、こちらがたじろぐような激しさが宿る。

「たくさんの人が亡くなりました。清照寺に運び込まれ、息を引き取った方々だけでもたくさん……とても、たくさんなのです。幸三さんの他に、わたしはお名前を知らぬ人ばかりでした。名を尋ねる暇なんてなかったのです。そんな間もないほど次々に亡くなっていきました。何の罪もない人たちです。死なねばならないどんな罪もなかったはずの人たちです」

半四郎は黙って千代を見詰め、耳を傾けていた。

「もし、誰かがわざとあの火事を起こしたというのなら、火を付けたというのなら、その誰かは人殺しです。たくさんの人々を殺しました。許せません。許せるわけがありません」

そこで千代は軽く、唇を嚙んだ。

「御仏の心は慈愛です。何人も許し、その済度を導くと寺で教わりました。でも、でも、わたしにはできません。あの大火を起こした者を許すなんてできません」

千代は上気した顔を左右に振り、俯いた。

「気を昂らせてしまいました。申し訳ありません」

「いや、千代どのの言うことはよくわかる。我らだとて同じだ。許せるはずもない」

「でも、でも、そのような心は御仏の教えに反しましょうか」

「千代どの、これは現世の話です。現世の罪は現世のやり方で償わねばなりますまい。それがしには仏の説く道などわかりませぬが、現世の罪を償った後に仏の済度はあると思うております」

千代が瞬きを繰り返した。そして、小声で言った。

「現世の罪は現世のやり方で償う」

「さよう。人の犯した罪は人の法で裁くべきです。仏に託すべきものではござらん」

瞬きが止まる。目を見開いたまま、千代は「はい」と声を震わせた。

「千代、ちよー」

呼び声に振り返る。尼僧が一人、石段を駆け下りてきた。

「あ、叔母上さま」

千代も駆け出す。石段の下で二人はしっかりと抱き合った。

「千代、千代、よかった。無事で本当によかった」

「叔母上さま。申し訳ありません。心配をかけてしまって、わたし、わたし……」

「いいのです。いいのですよ、千代。あなたは何も悪くないの。無事でいてくれて、よかった。本当によかった」

尼僧は顔を上げ、半四郎を見た。微笑み、辞儀をする。

七緒さまと呼ぼうとして、半四郎は息と一緒にその名を呑み下した。喉の奥がむずりと動き、軽く咳をしてしまった。

「恵心尼さま、お久しゅうございます」

「山坂どの、この度は真に、真にありがとうございました」

もう一度、深々と恵心尼は頭を下げた。千代も並んで低頭する。

「千代さーん、千代さーん」

恵心尼より遥かに大きな声が響く。山門の前で、尼僧が一人、手を振っている。墨染の衣の袖がはためくように揺れた。

「清信尼さまです」

「ええ、まあ、尼とは思えぬ大声ですね。でも、清信尼は昨夜から、ずっと泣いていてね。あなたに何かあったら自分のせいだと、どう慰めても駄目だったのですよ」

恵心尼が千代の背中をそっと押す。

「さ、元気な姿を見せて安心させてやりなさい」

「はい」

半四郎を見上げ、何か言おうとした千代を身振りで制する。

「もう、これ以上、礼も詫びも無用でござる。しっかり堪能いたしました」

「まっ」

千代が笑んだ。屈託など微塵もない明るい笑みだ。笑むには蕾《つぼみ》が開くという意味もあるが、この笑顔はまさに花弁を広げた花のようだと思う。

「山坂さま、でも、わたしはお話ができてほんとうに楽しゅうございました。救われた気もいたします。そして、後のことは、全てお任せいたしますね」

「しかと引き受け申した。千代どのは千代どのの為すべきことを全うなさるがよい」

「はい。そのようにいたします。樫井さまにも、あの……新里さまにも、よろしくお伝えくださいませ」

正近の名を口にしたとき、千代は僅かに睫毛を伏せた。一礼し、半四郎に背を向ける。

「千代さーん、千代さーん、お帰りなさい」

やたら声の大きな、小太りの尼僧は両手を広げて千代を迎え入れた。

半四郎は軽く唇を結んだ。

他人の幸、不幸は計るものでも、計れるものでもないと承知しているけれど、少なくともこの寺に千代の居場所があるのだけは確かだ。

恵心尼と視線が絡む。少し慌てて、頭を下げた。

「では、それがしはこれで」

「千代の命を救っていただきながら、碌《ろく》なおもてなしもできません。お許しくださいね」

恵心尼の口調は新里の屋敷で耳にしていたものより低く、緩やかだった。

「今がどのようなときか、恵心尼さまたちのお働きがどれほどのものか、よく存じておるつもりです。気遣いは一切、ご無用に願います」

恵心尼の口元が綻んだ。

「山坂どの。本当に立派におなりあそばしましたねえ。道場稽古の帰りにお寄りになって、賑やかだったころが幻のようです」

「はい。源吾共々、お世話になりました。遠慮もなく美味い飯をたらふく馳走になって」

口をつぐむ。源吾と、すらりと口にできた。久々のことだ。非業の死を遂げた友の名は重い。呼ぶたびに、呟くたびに、思い出すたびに気持ちを疼かせる。沈ませる。しかし、今は源吾の闊達《かったつ》な物言いや笑声が軽やかに思い出されるばかりだった。

「山坂どの、このような願いを乞える身ではありませんが……」

恵心尼が手の中の数珠を握り締める。

「どうか、生き延びてくださいませ。源吾どののように、結之丞どののように、あたら命を散らさないでくださいい。生きて、ずっと生きて、正近どのの傍にいてあげてほしいのです。なにとぞお願いいたします」

「恵心尼さま」

「身勝手なお願いと重々承知しております。でも……」

「むろん、そのつもりでおります」

恵心尼が顔を上げ、半四郎を仰ぐ。

「正近とは、おそらく樫井とも一蓮托生です。死ぬも生きるも、いえ、共に生きると決めております。その覚悟に揺るぎはございませぬ」

「山坂どの」

恵心尼は両手を合わすと、白布に包まれた頭を下げた。半四郎も礼を返す。

「では、それがしはこれにて」

「はい。また、お目にかかりましょう、山坂どの」

千代と歩いてきた道を引き返す。

風が冷たい。一人になったとたん冬風の寒さが身に染みる。

足を止め振り返ると、風と光の中に佇む尼僧の姿が、小さく見えた。

二鮫の仁吉は思いの外、福相《ふくそう》だった。

遠目にも丸い頬や垂れた目尻、大きな耳朶が見て取れる。

「なるほどね。稀代の悪党だから稀代の悪相をしてるってわけじゃねえんだ。合点したぜ」

透馬はそう言って、饅頭を頬張った。

「樫井さま、声がでかすぎます。もう少し頓着してくだせえ」

基平が眉を顰める。遠雲の手先として世の裏側を渡ってきた男は用心深く、隙がない。

「殿、基平の言う通りです。もそっと声をお潜め下さいませ」

正近も口調だけは丁寧に、透馬を諫める。透馬と二人なら「今がどういうときか考えろ」と叱りつけもするのだが、さすがに、人前では憚られた。

正近たちは、料理屋『いざよい』の斜向《はすむ》かいにある茶店に座っていた。夏場は簾《すだれ》がかかる出入り口には腰高障子がはめられ、竈の上の鍋からは盛んに湯気が上がっている。その障子を僅かに開けて、様子を窺う。

半刻前、茶店の床几《しょうぎ》に腰を下ろしたとき、『いざよい』の表戸は閉まり、人の気配は感じられなかった。お梶の遺体は既に家内に運び込まれていると、耳元で基平が囁く。

お梶……。

おまえ、本当に死んだのか。殺されたのか。おれは、誓いを果たせぬままになるのか。

胸の内で語り掛ける。

とうとう救えぬままだったか。

込み上げてきた想いは苦く、舌の先を痺れさせた。

「甘くて美味いな、この饅頭。餡が絶品だ」

「樫井さまは、甘い物が好きなんで？」

「うむ、好きだ。酒も好きだがな。そっちは、相当いける口だろうな」

「それが、まるっきりの下戸でして。酒を飲んだことも酒に吞まれたこともありませんぜ」

「本当か？　俄かには信じられん話だ」

基平と透馬は旧知の間柄を思わせるやりとりを交わしている。

抜け目ないところも、情に流されない冷徹さも持ち合わせているくせに、透馬は他人の懐にするりと入り込む。人たらしの権化《ごんげ》のような男だ。

「もう一つ、食いますかい」

「おまえの奢《おご》りか」

「ご冗談を。どうして、おれが家老家の跡取り息子に奢らなきゃならねえんで」

「おれから、たんまり巻き上げたじゃねえか。饅頭ぐらい奢ってもいいだろうが」

「あれは、仕事の代金でさ。命懸けのね。こっちとしては、むしろ、樫井さまに奢ってもらいたいぐらいですがねえ」

「お断りだ。おれはおれの分だけしか払わんからな。おーい、饅頭をもう一つ、くれ」

基平が苦笑いする。そうやって、透馬はつごう四つの饅頭を平らげた。

「現れましたぜ」

四つ目を透馬が摑んだとき、基平がまた囁いた。

『いざよい』の表戸が僅かに開き、黒い小袖姿の男が出てきた。

福相だ。

男、二鮫の仁吉は続いて出てきた長身の男に耳打ちして、顎をしゃくった。長身の男は頷き、足早にどこかに去っていった。仁吉の方は寸の間空を仰いだ後、踵《きびす》を返して家の中に消える。『いざよい』の戸は再び固く閉じられた。

「新里、どう見た？」

四つ目の饅頭を平らげ、透馬が湯呑を持ち上げる。

「仁吉よりも、後から出てきた男が気になります」

「うむ。油断ならない気配だったな。動きにも隙が無い。ありゃあ素人じゃねえな。だろ？　基平さんよ」

「あの男、春蔵って下足番です。むろん、表向きはですがね」

「裏に回ればどうなんだ」

「さてね。そこまでは調べ上げちゃいませんが。ただ、『いざよい』の奉公人の中に、春蔵の他にも剣呑な気配のやつはいますぜ」

「なるほどね。おれたちや千代を襲った連中か」

基平はかぶりを振り、ぼそぼそと続けた。さっきまでの軽みは微塵もない。

「どうですかね。おれには言い切れませんが。何の証もねえんで。ただ、仁吉の女房を殺ったのはあいつらでしょう。飛び込みに見せかけて殺すって手は、あいつらの十八番《おはこ》なんで」

「なるほどね。押込みから殺し屋稼業に鞍替《くらが》えしたわけか。だから、あれだけの構えの店が持てたってわけだな」

透馬の言葉に誘われ、正近は改めて『いざよい』を眺めてみた。

小体ではあるが、黒い瓦屋根も漆喰の壁も夕暮れ間近の光を浴びて、うっすらと紅い。焼け焦げ、跡形もなくなった家々ばかりを見てきた眼には、染みるほど豪奢に映る。

「店の評判も悪くねえ。大店の旦那衆や偉いお武家はさすがに使わねえが、その下あたりの商人やお武家が客になっていますね」

「繁盛しているのか」

「そこそこ」

「仁吉の金回りは悪くなかったってわけか」

「さて、どうでしょうね。一時、女郎屋で派手に遊んでた風ですし、賭場《とば》にも出入りしていたみてえです。おれの見るとこじゃ、金繰りにはかなり困ってたんじゃねえのかな。けど、裏に新しい座敷を造ったりもしてるし、本当のところどうなんでしょうかね」

「押込みで手に入れた金は相当な額だったのではないのか」

尋ねた正近を見やり、基平は頭を横に振った。

「相当な額にはなるでしょうが、所詮、あぶく銭ですからね。あぶくみたいに消えてしまいますよ。まして二十年も前の話だ。残っちゃねえでしょうね。けどね、お武家さま、あぶく銭ってのは良い味がするんですよ」

意味がわからない。正近は基平の眼を覗き込んだ。基平が苦笑を返してくる。

「手間暇かけないであっさり手に入る金はね、甘いんですよ。金を楽に手に入れる味を覚えたら、あくせく働いて日銭を稼ぐなんて馬鹿馬鹿しくなる。そういうやつは、たんとおりますぜ。正直、二鮫の野郎が料理屋の主人に納まって商いに精を出してるなんて、おれには信じられませんよ。まっとうな銭勘定ができるとは思えませんからね。ただ」

基平は湯呑に手を伸ばし一口すすり、続けた。

「お梶って女房を貰ってから、店の評判がぐっとよくなったのは事実ですよ。よく気の回る、いい女房、いい女将だったんでしょうね」

透馬が心持ち眉を寄せた。

「それをあっさり殺っちまったのか」

「通いの女中の話によると、昨日、仁吉とお梶が諍いをしていたそうなんで。中身まではわからなかったが、その後、お梶がひどく泣いていたのは見たとも言ってましたぜ」

「ふーむ。お梶は亭主の正体に気が付いたってわけか。あるいは、亭主がなにをやったかに、な。千代のことを仁吉に報せたのはお梶だ。ついでに言えば、おれたちが焼け跡を探っていると報せたのもお梶だろうよ。おそらく、付け火に亭主が関わっていると薄々は感付いていたんだろうな。火付けは極刑に処される。生きたまま火炙りさ。亭主の罪が明らかになるのが怖くて仁吉を質したのか、逃げてくれと懇願したのか。ところが仁吉の方は悔い改めるどころか、口封じに千代を襲い、知り過ぎた女房まで始末しちまった。まったくな、お梶も一人でとっとと逃げりゃよかったんだ。奉行所にでも訴え出れば、少なくともあんな最期は迎えなくてすんだはずだぜ」

正近は透馬から目を逸らした。

一人で逃げれば、また一人になってしまう。仁吉は亭主だ。お梶がやっと手に入れた家族だ。捨てて逃げることも、裏切ることもお梶は考えもしなかっただろう。一緒に死んでくれとは告げたかもしれない。罪を共に被って地獄に落ちるからと縋ったかもしれない。

そして、殺された。あんな最期を迎えてしまった。

おれは何の助けにもならなかった。

握りしめたこぶしが小刻みに震えた。

お梶は正近に、助けてくれと手を伸ばすことさえしなかった。

「で、どんな客が出入りしてるんだ」

透馬の声がひやりと冷たい。基平が僅かに顎を引いた。

「ですから、中あたりの商人やお武家です」

「武家の名は？　誰が出入りしているかわかってるんだろう」

「いえ、そこまではちょっと摑んでませんがね」

カタッ。音を立てて、透馬は湯呑を置いた。

「おれはおまえに銭を払った。結構な大金をな。だからよ、小和田の狸爺のところに持って行ったのと同じぐらいの獲物は渡してもらわねえとな。割が合わないぜ」

基平が首を傾げ、当惑顔になる。

「おれはもう長いこと小和田さまとは会ってねえですがね」

「とぼけるな。武家町でばったり出会った、あのとき狸爺の屋敷からの帰りだったんだろうが」

基平の眉がほんの一寸ほど吊り上がった。

「何のことです？　変な言い掛かりは無しですぜ、樫井さま」

ふふんと透馬が嗤う。

「おまえは新里の屋敷に向かおうとして、たまたまおれたちを見つけ待っていた。そう言ったよな。けど、新里の屋敷に行くつもりなら道が違う。もう一本先の路地を通るはずだ」

「どの道を行こうが、こっちの勝手でしょう。武家町なんてとんと縁が無いもんで、一筋、間違えたんですよ」

「そうか。けどな、基平。おまえのいた路地を行けば、狸爺の屋敷の裏手に出るぜ。おまえは遠雲に調べ上げた諸々を伝えに行った。その帰り道、おれたちとばったり出会ったって寸法じゃねえのか。で、とっさに路地に引っ込んだところを新里に見つかっちまった。上手いこと言い逃れたつもりなんだろうが、ふふ、そうそうごまかされやしないさ」

基平が身を引き、横目で透馬を窺う。忌み物を見るような眼つきだった。それから、にやりと笑う。唇がめくれ、黄色い歯が覗いた。

「なかなか鋭い御仁だな。家老家の後嗣にしとくのは惜しいぜ」

「だろ？　おれもそう思う。この並外れた才を無駄にするのは、あまりにもったいない」

「……そういうの、自分で言うかね」

薄笑いを浮かべたまま、基平は立ち上がった。

「ともかく、おれの役目はここまでですぜ。銭に見合うだけの仕事は果たしましたからね」

「後は遠雲に直に聞けってことか」

「どうですかね。お武家のごたごたはお武家でどうにかするのが一番でしょうよ。まあ、また裏調べが入り用なときは声を掛けてくだせえ。それなりの働きはしますぜ」

言うが速いか、基平は障子戸の間をすり抜け出て行った。戸はかたりとも音を立てなかった。透馬が「あっ」と小さく叫ぶ。

「あの野郎、茶代を置いてかなかったぞ。おれに払えってことかよ」

「樫井、大声を出すなと言ったろう。いいではないか、茶代ぐらい払ってやれ。それより、『いざよい』の武家客が気になるのか」

「ただの客ならどうでもいいさ。けど……」

透馬が言葉を濁す。

「そうだな。仁吉たちが付け火の張本人だとしても、裏で糸を引いている者がいる。そうでなければ……樫井、どうした」

「うん？　何がどうしたって」

「何か思案事でも抱えてるのか」

「抱えているとも。思案事ばかりさ。ここの払いだって、おれがしなくちゃならねえし」

「樫井、おまえ」

透馬の前に、座り直す。

「裏に潜んでいる者の心当たりがあるのか」

透馬が顎を上げる。その姿勢のまま、何も言わない。

あるわけか。

「誰だと尋ねても答えないだろうな」

「もしかしたらと思っているだけだ。だから、まだ、口にできねえんだ。それに、おれの的外れな料簡に過ぎねえ気もするし……。けど、何でわかった？　そんな思案顔をしていたか」

透馬が自分の頰をするりと撫でる。

「いや、顔じゃなくて物言いだ。いつもより歯切れが悪かった」

「鋭いな。武家にしとくのは惜しいぜ」

「おれには並外れた才はないが、おまえとも長い付き合いだからな。ちょっとした調子の変りも何となく察せられるようになった」

「腐れ縁だとでも言いてえのか」

「長い付き合いだと言っただろう。穿った見方をするな」

「ふん、この先の方がずっと長え付き合いになるさ。覚悟しとくんだな」

「そんなものは、とっくにできてる。何を今さら、だ」

眼元だけで笑い、透馬が立ち上がる。

「もう少し、待ってくれ。おれも自分の思案がまだ信じられずにいるんだ」

その声は妙に掠れて、そのくせ重かった。正近は、透馬が珍しいほど困惑していることにやっと気が付いた。

「わかった。けどな、樫井、どういう場合でも一人で動くな。おれや半四郎がいることを忘れるなよ」

「へっ、忘れたくても忘れさせてくれねえだろうが。鬱陶しいったらねえよな」

「腐れ縁だからな」

「けっ、好きなようにぬかしやがるぜ」

茶店の主人に銭を払い、透馬は通りに向かって顎をしゃくった。

「帰ろうぜ。山坂ももう戻っている頃合いだ。あ、そうだ。山坂の土産に饅頭を買っておこうか。新里、今度はおまえが払えよな」

透馬の口調はいつも通りだ。ぽんぽんと弾み、どこに飛んでいくかわからない。それでも、眼差しの中の翳りが心に掛かる。

表通りに出る。

『いざよい』は表戸を閉ざしたままだ。あの料理屋の内でお梶はどう生きていたのか。怒りが込み上げてくる。それが、お梶を殺めた者に向かっているのか正近自身へなのか、判じられない。胸の奥底が熱く、燻る煙の臭いさえ嗅いだ気がした。

「上州屋によると、提灯は盆と大晦日《おおみそか》に取引先に配るのが先代からの習いになっているのだとか。見せてもらったが、かなりの上物だった」

と、半四郎は言った。

「上州屋ほどの大店になると材木の卸先も相当な数になる。卸先からさらに大工店だの家建てのために材木を買った相手に提灯を配るのだそうだ」

「へえ、山坂、おまえ上州屋の主人と直に話をしたのか」

「ああ。樫井家との関りは何一つ告げなかったのだが、丁寧に接してくれた」

「そりゃあ山坂の為人が功を奏したんだろう。新里だと、そうはいかなかったろうさ。胡散臭がられて適当にあしらわれたはずだぜ」

透馬が饅頭を手にしたり顔で頷く。

「為人云々を樫井にだけは言われたくないな。それに、饅頭は半四郎への土産ではなかったのか。何を一人で、食ってるんだ」

「うるせえな。新里は細かくて、口うるさ過ぎる。饅頭が食いたいなら食えばいいだろう」

「いらん。見ているだけで胸焼けする」

半四郎がわざとらしく空咳をする。それから、一枚の折り畳まれた紙を取り出した。

「提灯の配り先を概ね書き出してある。手代が帳面を調べてくれたのだ」

「そこまで？　へえ、ずい分あっさりと上州屋の懐に入り込んだんだな、山坂」

「正直に話したのだ。つまり、此度の大火は付け火の疑いがあるかもしれぬと仄めかしてみた。上州屋の紋入り提灯を見た者がいるとの噂も聞いたと。正攻法が一番と思ったからな。しかし、上州屋は提灯の噂には驚いていたが、付け火についてはさほどでもなかった」

饅頭を持った手を止め、透馬は鋭い視線を半四郎に向けた。

「驚かなかった？　付け火だと知っていたというのか」

「そうではない。もしやと疑っていたのだ」

「なぜだ。その疑心はどこから湧いた」

透馬が身を乗り出す。正近も耳をそばだてた。

「蔵がやられたらしい。舟入町の蔵が破られて中の金子がきれいに持ち去られた」

「湊の蔵に金が仕舞ってあったのか」

「荷揚げのさいに人足を雇ったり、急な費えのために百両箱を三つ、四つ用意してあるのだそうだ。むろん、番人は付けていた。しかし、あの火事だ。逃げ出してもやむを得まい」

「その金を盗み取られたってことか」

「そうだ。上州屋の身代からすればさほどの額ではないかもしれん。しかし、やられたのは上州屋だけではない。紀州屋、伏見屋といった豪商の蔵も軒並みやられたそうだ。上州屋の場合、番人が慌てて、蔵の鍵まで放り出して逃げていた。他の店も同じようだったり、錠前を壊されたりして、数百両を運び出されていたということだ。合わせれば相当な金子になる」

あぶく銭ってのは良い味がするんですよ。

基平の一言が思い出される。一度、覚えてしまった味を忘れられず、あぶく銭に手を伸ばしたのか。

「火事のどさくさに紛れれば盗人も怪しまれない。で、上州屋たちは付け火の上での盗みではないかと疑いもした。もちろん、訴え出てはみたが役人も上州屋自身も火事の後始末に追われて、そのままになっているとのことだ。このままうやむやになるだろうと上州屋は諦め顔だったな」

正近は小さく唸っていた。

「ちょっとした三文芝居のようだな」

ああと半四郎が首肯する。

「押込み一味の生き残りが火を放ち、盗みを働いた。筋としては至ってわかり易い」

「しかし、そんな容易い話ではあるまい。仁吉たちだけで動いたとは考えられん。仁吉は金繰りが苦しかったようではあるが、だからといって火付け盗賊の罪を犯すだろうか。二十年前、二鮫の一味は押込みはしても、火付けまではやっていないはずだ」

正近の言葉に、半四郎がもう一度頷いた。

「確かにな。ただ、火事騒ぎが起これば盗みはし易くなる。大変な重罪ではあるが、その一線を越えたわけだ。なぜ、越えたか……」

二十年前は踏み止まっていた罪の線を、今回はまたぎ越した。なぜか？

「捕まらない担保があったのか」

呟いていた。半四郎が息を吸い込む。透馬はぴくりとも動かない。

「火付けをしても、押込みをしても捕まらないとわかっていれば一線を越えられる。もともと、罪を犯すのに躊躇いなど持っていない輩だ。捕縛されないのなら何でもやるのではないか。あ、いや」

何か言いかけた半四郎を手で制す。

「自分でも突拍子もないことを言ってるとわかっている。火付け盗賊の罪を免れる道なんてあるわけがないからな。ふと思いついたことを口にしたまでで……うん？　おい、樫井」

「何だよ」

「どうした？　さっきから黙り込んでおるではないか」

「別に……。おれだって、日がなしゃべってるわけじゃねえだろうが」

「日がなしゃべっているぞ。黙っているのは、寝たときと食っているときぐらいだ」

「新里、おまえ、いつか打ち首にしてやるからな。覚悟しとけ」

透馬は饅頭を頬張ると、折り畳まれた紙を広げた。暫く眺め、息を吸い込み、ちらりと半四郎に目をやった。

「山坂、これは……」

「うむ。知った名前があるな」

透馬の視線が正近に移る。正近は身を乗り出し、折り目の付いた紙に目を走らせた。透馬と同じように、息を吸い込む。

まず、いざよいの四文字が目に飛び込んできた。裏に新しい座敷を造ったりもしてるし、基平はそう言っていた。料理屋『いざよい』に上州屋の提灯が渡されていても不思議はない。そう驚きはしない。正近が息を呑んだのは別の名を見たからだ。

稲生仁左衛門。弥生の父だ。

「稲生どのは屋敷のどこかに新しい座敷を拵えたらしい。その普請を手掛けた大工の棟梁が、武家に提灯を配っても構わないかと尋ねてきたそうだ。それで名前を憶えていたと、これは上州屋の手代の弁だ」

「そうか。それはまあ、屋敷の普請ぐらいするだろうから……」

そうだ。普請など珍しくもない。傷んだ屋根、壊れた廊下、新しい座敷、誰だって直し造る。狼狽するようなことじゃない。

「狸爺は知っていたのか」

透馬が誰にともなく問う。そして、「おそらく知ってるだろうな。基平のことだ、この辺りは調べ上げてるだろうぜ」と、自分で答える。

「いや、ちょっと待ってくれ。提灯の配り先だからといって稲生どのと火付けを結びつけるのは早計だ。あまりに、早計過ぎる」

「正近の言う通りだ。ここに書き出してある者全てが付け火に関わっているはずもない。『いざよい』は別にして、他は関わりないと考えるのが道理に適っている気がするが。いや、むしろ『いざよい』が関わっているのなら、それで提灯の件は解せるのではないか」

透馬は答えない。食べかけの饅頭を、それが奇異な何かであるように見詰めている。正近は半四郎と視線を合わせた。半四郎が僅かに首を傾げる。

正近は透馬ににじり寄った。

「樫井、何を考えている。話せ」

やはり答えは返ってこない。

「おまえ、何か思うところがあるのだろう。先刻から様子がおかしいぞ」

「別に何も……。まんじゅうを食べ過ぎただけだ」

「樫井！」

肩に掛けようとした手を振り払われる。

「うるせえよ。ほっといてくれ」

「ほっておけるわけがなかろう。一緒に足掻けと命じたのはおまえだぞ。おれも半四郎も足掻く覚悟で近習にあがっているのだ。わかってるのか」

透馬の唇が尖る。すねた童の顔付で頷く。

「わかってる。わかってはいるが……。新里、山坂、おれは自分が信じられねえんだ」

「はっ？」

思わず半四郎と顔を見合わせる。共に生きた日々の中で、透馬から愚痴も文句も罵詈も泣き言もたっぷり浴びせられてきた。心のままにほとばしる言葉を爽快とも厄介とも感じてきたのだ。しかし、透馬から己への惑いを聞くのは初めてだった。自惚れと紙一重の自《じ》恃《じ》も矜持も溢れるほど持ち合わせている男のはずだ。

「樫井、頼むからきちんと話をしてくれ。信じられぬとは自分の思案のことか」

「……うむ。あまりに……まさか、そんなことは……くそっ」

唐突に透馬が立ち上がる。食べかけの饅頭が転がった。その勢いのまま部屋を出て行こうとする。正近はその袖を摑んだ。

「待て、樫井。どこに行くつもりだ」

「親父のところだ」

「大殿の……。我らも同行するぞ」

「おまえらはいい。ここで待ってろ」

「待てるか。ついていく」

「新里、袖を放せ。父親に逢いにいくだけだ。一々、くっついてくるな」

「刀を摑んでるぞ」

透馬が瞬きする。立膝《たてひざ》の正近を見下ろす。

「樫井、刀を摑んでいるんだ。気が付いていないのか」

透馬の左手には黒鞘の一振りがしっかりと握られていた。いつもは座敷のどこかに無造作に放り出されている物だ。武士の魂が宿る剣をいい加減に扱うなと説教し、人斬りしか用をなさない道具に魂なんて宿るもんかと言い返された。そういうやりとりを二度も三度も繰り返してきた。

「その刀で何をしようというのだ。父親に逢うのに人斬りの道具はいるまい」

透馬の喉の奥からくぐもった音が漏れた。頰を一筋の汗が伝う。半四郎が膝行《しっこう》すると、両手を差し出す。透馬は吐息を零し、放り投げるように一振りを渡した。

正近も息を吐く。それから、おもむろに立ち上がった。

「けっこう。では参ろうか」

透馬が舌を鳴らす。

「おまえらなあ、おれがお家乗っ取りだの、幕府転覆だのと言い出したらどうすんだ。それでも、ついてくるのかよ」

「家老職につくのさえ億劫がる男が、ご城主や公方《くぼう》さまの座を狙うとも思えんが、もしそうなれば、付き従うさ。そういう約定だったはずだ。な、半四郎」

刀架に黒鞘を納め、半四郎は「どうかな」と笑った。

「おれなら一応は諌めるし、止めもする。それでもと樫井が言い張るなら全て呑み込んで、ついて行くだろうが。しかし、樫井に幕府転覆の意があったとは知らなかったな」

「ふざけんな。公方の座なんて頼まれても座るかよ。尻が血だらけにならぁ」

「また、わけの分からんことを」

半四郎が小さく噴き出す。正近も吊られてか、笑んでいた。二人の笑声に引き寄せられたわけではあるまいが、廊下で慌ただしい音が響いた。

「若君、おわしますか」

屈み込む人影が障子に映った。外はもう夕焼けなのか、障子は薄っすらと紅い。

「おる。何事だ」

「は、ただいま、新里さまにご伝令が参られました。火急の由にございます」

「新里に？」

束の間、正近を見やり透馬は短く命じた。

「すぐに、呼べ」

「はっ」

廊下に出ると、待つ間もなく庭に若党に連れられ小柄な男が現れた。

透馬が仕草で若党を下がらせる。正近は廊下に立ち、膝をついた男を見詰める。

覚えのない顔だ。新里家の奉公人ではない。駆け続けてきたのか、男は息を弾ませ、汗でしとどに濡れていた。

「わしが新里正近だ。何用であるか」

「は。それがしは木村啓介と申し……稲生家に仕える者にございます。新里さま、や、弥生さまが助けを求めておられます……」

「弥生が？　いかがいたした、何かあったのか」

「旦那さまが……ご乱心……あそばしました」

周りが凍り付いた気がした。何もかも氷に閉ざされる。

「お、お願いでございます、お急ぎください。新里さまのお屋敷に参り……こちらに回りました。既に一刻は経っております。なにとぞ……」

「馬をひけ。誰か、すぐに馬を用意せよ」

透馬が声を張り上げる。

木村が地面に平伏した。

稲生家の門は固く閉ざされ、徒目付《かち》と思しき男二人が立っていた。袖を絞り、股立《ももだ》ちを取っている。

声に出さず呻いていた。

源吾のときもそうだった。燃え落ちる屋敷に駆け付けたものの、矢来と槍組の武士たちに阻まれた。矢来の前で、ただ源吾の名を呼ぶことしかできなかった。しかし、今は違う。なす術なく立ち竦む少年では、ない。

馬を降り、門に近づく。徒目付二人が身構える。しかし、口調は丁重だった。

「お待ち下され。この屋敷には近寄れませせぬぞ」

「どけ、門を開けろ」

透馬が怒鳴る。徒目付たちは顔を見合わせ、同時にかぶりを振った。小太りの男がやや語気を強める。下から透馬を睨《ねめ》るように見上げてきた。

「そこもとたち、何者だ。ここを通すわけにはいかぬ。とっとと引き返されるがよかろう」

正近は一歩、前に出る。

「小姓組番頭、樫井透馬さまだ。ご命に従え」

もう一度、二人は顔を見合わせた。すぐに精悍な顔つきの若い徒目付が進み出てくる。

「しかしながら、屋敷内では乱心者が家人を斬り捨て立て籠もっております。お入りになるのは、あまりに剣呑かと存じまする」

仁左衛門は先刻、仏間で腹を切ろうとして家人に止められた。揉み合っているうちにその家人を斬殺し、後は抜き身を握り、手当たり次第に斬り掛かっていった。

木村から聞いている。聞きはしたが信じられなかった。温厚で物静かな仁左衛門と凶刃を振り回す男の姿がどうにも合わさらない。

「今、屋敷内はどのようになっておる。ご妻子は無事か」

弥生には年の離れた幼弟、助丸《すけまる》と佐久子《さくこ》という妹がいた。佐久子は馬廻り方の息子と結納を交わしたばかりのはずだ。母親のとし子も屋敷内にいるのではないか。

「わかりませぬ。我らは、門を閉ざして見張れと命じられておるだけにございます」

「門を閉ざしては、誰も逃げられなくなるではないか」

若い徒目付の面に戸惑いが走った。

「は……確かにそうではありますが、間もなく大目付さまを始め捕り手が参ります。それまでは門を開けるわけには」

「開けろ」

正近は羽織を脱ぐと道縁に投げ捨てた。刀の柄に手を掛ける。

「開けぬなら、力尽くで通るぞ」

徒目付たちは三度《みたび》、顔を見合わせた。小太りの男が微かに頷く。

「では、潜り戸より……」

若い男は潜り戸に斜めに渡した棒を取り去り、戸を開けた。

「お気をつけください。ここは開けておきますゆえ」

男の声に見送られ、稲生家の内に入る。見知った庭と瓦葺の屋敷が目の前にある。静まり返り、人の動く気配は伝わってこない。が、屋敷内に踏み込むと、様相は一変した。

これは。

我知らず、唇を噛み締めていた。

表座敷で一人、廊下で一人、背中を割られた男が息絶えていた。二人とも稲生家の家士だ。玄関から真っ直ぐに伸び、鉤《かぎ》の手に曲がった廊下には点々と血の跡がついている。刃こぼれし二つに折れた刀が隅に転がっていた。障子には血飛沫が飛び、外れかけている。そんな光景が忍び寄ってきた薄闇の中でも、はっきりと見て取れた。血が濃く臭う。

「新里、これはちっと厄介だぞ」

透馬がくぐもった呻き声を出した。半四郎はすでに羽織を取り、袖を括っている。正近も懐から細紐を取り出した。

「樫井、おまえはここにいろ」

「は？　なに言ってやがる。おれだけ外すつもりかよ」

外す外さないの話ではない。透馬に万が一のことがあれば、樫井家の基が揺らぐ。透馬はそういう立場にいるのだ。そういう男を守り、支えるのが正近の役目だった。危殆《きたい》にさらすことはできない。

「言っとくけどな。ちょいの間、右手が耐えられる内なら、おまえや山坂なんかよりおれの方が腕は立つんだからな」

わかっている。あの神速、あの剛力、寸分の狂いもなく動き、柔らかく変化する。透馬の剣に魅せられ、焦がれ続けていた。右手に傷を負い、透馬が刀を握らなくなってからも時折、想いは疼く。もう一度だけ、あの剣と対峙《たいじ》してみたいと。

「正近は腕前の話などしていない。己の立場を弁えろと言うておるのだ。おまえにもしものことがあったら、おれたちが困る」

半四郎が口を挟んでくる。透馬が鼻を鳴らした。

「おれに何があっても、責めをとって腹を切れなんて言わせやしねえよ」

「責めなどどうでもいい。おれたちは、おまえに全てを賭けたのだ。危地に立たせるわけにはいかん。正近はそう言っておるのだ」

透馬がもう一度、鼻から息を吐き出した。眉間に浅く皺が刻まれる。

「おれは自分の身ぐらい自分で守れると言ってんだ。けど、わかったよ。鬱陶しいけど仕方ねえよな。新里、先に行くか」

「むろん」

「おれが後に続く。山坂はしんがりを務めな。それでいいだろうが」

「致し方あるまいな」

半四郎が唇を真一文字に結ぶ。正近は股立ちを取り、両脚に力を込めた。

ゆっくりと廊下を歩く。弥生を娶る前も、娶った後も何度か訪れた屋敷だ。廊下を曲がれば台所があり、その先に奥座敷と仏間がある。

足が止まる。

すすり泣きが聞こえた。虫の音にも似たか細い声だ。女のものだった。

「弥生」

台所に飛び込む。竈の前に女がしゃがみ込んでいた。

「弥生、無事か、おれがわかるか。正近だ、わかるか」

弥生の肩を摑み、揺さぶる。空をさまよっていた視線が正近に向けられる。

「……まさ……正近さま」

「そうだ。すまぬ、遅くなった。しかし、もう案じるな。大丈夫だ。大丈夫だからな」

「正近さま、正近さまぁっ」

弥生がしがみついて来る。驚くほど熱い身体だ。それなのに、一瞬触れた指先は冷え切っている。

「父上さまが、は、母上さまを……母上さまを斬って……母上さまはお止めしようとしたのです。父上さまのご切腹を……そうしたら、そうしたら父上さまが……」

弥生の身体が震えていた。正近の手のひらに熱と震えが伝わってくる。

「正近さま、佐久子が、佐久子が動きませぬ」

竈の横にうら若い娘がうつ伏せに倒れていた。薄く目と口を開け、ぴくりとも動かない。首から肩のあたりが赤黒く染まっていた。

「佐久子が動きませぬ。どうしたら、よろしいのですか。正近さまあ、助けて下さりませ。助けて、助けて。母上さまを、佐久子をお助け下さい」

「弥生、落ち着け。稲生どのは今、どこに」

「新里！　後ろだ」

透馬が叫んだ。

振り向く。黒い影が襲い掛かってきた。弥生を抱いたまま横に飛び、立ち上がる。そこで、剣を抜き正眼に構える。構えながら、息を詰めていた。

これは……。

稲生仁左衛門は白装束に身を包んでいた。その装束が血飛沫を浴びて、紅色に変わっている。格子窓から差し込む仄かな明かりに浮かび上がった形相は、もう、人のそれではなかった。両眼は血走り、血に汚れた頬を幾筋もの汗が流れていく。汗の跡だけ肌の地色が覗いていた。髪は乱れ、もうほとんど髷の形を留めていない。口を開け、喘いでいた。

一度は義父上と呼んだ男の変わりように、絶句する。

「わしを捕らえにきたのか。わしを怨んでおるのか。わしを祟りに……」

仁左衛門の口がぐわりと広がる。何か叫びながら八双《はっそう》の構えから斬り掛かってきた。真っ直ぐに立った刃が鈍く光る。何振り目の刀なのか、まだ血に汚れていない。一撃を避けた刹那、耳元で風が吼えた。人でない何か、異形に変じた男の剣は鋭く、速い。

「半四郎、弥生を」

「承知」

半四郎が弥生を抱き起すのを見定め、正近は廊下に出た。仁左衛門が追ってくる。

血溜りに、足の裏がぬるりと滑る。そこに隙を見たのか、刃が斬り込んでくる。その動きを正近は捉えていた。腰を落とし一撃を受け止め、跳ね返す。仁左衛門が後ろによろめいた。小手《こて》に刀背を打ち込む。

滑り落ちた刀が庭まで転がっていく。仁左衛門は呻き声一つ漏らさなかった。右手をだらりと下げ、うなだれたまま正近の前を通り過ぎる。

「稲生どの……義父上、義父上」

呼んだけれど振り向きもしなかった。仁左衛門を追って足を踏み入れた仏間で、正近はまた、息を呑み込まねばならなかった。

行灯が灯っていた。その臙脂色の明かりの中に、女が横たわっていた。藍色の小紋を纏った小柄な女。弥生の母のとし子だ。天井を一心に見詰めているかのように細く、目を開けている。横顔は蠟《ろう》に似て白く、生気はなかった。

「……稲生どの、なぜ、このようなことを……」

仏壇の前に座る仁左衛門ににじり寄る。

「なぜ、このような真似をなさいました。お答えくだされ」

「夜ごとに苛むのだ」

掠れた呟きが聞こえた。

「焼け爛れた亡者が夜ごと現れ、わしを責める。苛む。黒焦げの顔でじいっとわしを見続けるのだ。痛い、苦しい、熱いと泣くのだ」

「稲生どの」

「わしは許してくれと請うた。何度も何度も、毎夜、許してくれと……しかし、許されるわけもない。まさか、まさか、あんな大火になるとは、あんなに多くの者が死ぬとは……」

「な……では、稲生どのが……」

火を付けたというのか、信じられない。とうてい信じられない。

この方は何を言っているのだ。乱心のあまり、ありもしないことを口走っているのか。

「誰の命令だ」

冷え冷えとした声が問う。

「樫井」

透馬が仏間に入ってくる。仁左衛門の前に立つと、冷えた声のまま問いを重ねた。

「そなた、誰の命で火付けに加担した」

仁左衛門は答えない。代わりのように、呻き声がその口から滴り落ちる。

「仕方なかった。ご家老は水杉派に与した者をみな、救うて下さらなかった。自分に忠義を誓うた者だけしか取り立てては下さらなかった」

「当たり前だろう。いつまでも水杉に忠心を抱くやつらなど危なくて、使えるものか。いつ、命を狙われるかわからぬではないか」

違う、違うと仁左衛門はかぶりを振った。

「みなは、森田《もりた》も生島《いくしま》も八林《はちばやし》も……みな、ご家老の命を狙うとか、今さら政を乱して、権勢を取り戻そうとか……そんなことは考えていなかった。ただ、武士として意地を通そうとしただけだ。敵としていた相手に、敗れたからとすぐに尾を振るわけにはいかぬと……。わしにはそれができなんだ。意地を貫くことが……」

「できなくて上等ではないか。つまらぬ意地や沽券《こけん》に拘っていては生きていかれぬ」

透馬は不意に、口をつぐんだ。ややあって「そうか」と呻いた。

「意地を貫いた結句、明日の糧が手に入らぬほど困窮していったわけか」

「……森田は病で亡くなった。医者にもかかれず、ほとんど野垂れ死にだ。生島は自裁した。墓の前で割腹したのだ。八林は妻と娘を売った。その金で倅《せがれ》と暮らしていたが、いつの間にか城下から消えてしまった。他にも……食うや食わずの者が、ぼろぼろになって死んでいった者が……いるのだ。しかし、ご家老は手を差し伸べてはくださらなかった。田淵さまも……田淵さまも、救うべき者に非ずと切り捨ててしまわれた」

「……だろうな。田淵中老にすれば水杉派の残党崩れに助力するわけにはいくまい。下手をすれば、樫井家老に弓を引くとみなされる」

若くして重臣に抜擢《ばってき》された田淵忠泰に対する妬みや敵意は、執政の場に渦巻いているはずだ。元水杉派の者たちの救済に動けば、それを口実に追い落とされかねない。いや、その前に、筆頭家老からの信用を失う危惧さえ出てくる。

見て見ぬ振りをするしかなかったというわけか。

権勢を凌ぎ合う場はまさに魔窟だ。人の情など容易く踏み躙《にじ》られてしまう。

正近は唇を噛み締める。

「火事を起こし、城下を騒がせる。憎い樫井家老にせめて一泡吹かせてやりたい。それが狙いで火を放ったのか」

「……殿がご入部あそばされる前に不審火が続けば、ご家老への覚えも損じられよう。樫井さまのお力を削ぐことができれば、田淵さまの心向きも変えられるのではないかと、さすれば、浪人となった者たちのことをお考え下さるのではないかと……」

透馬の詰問《きつもん》に仁左衛門は淡々と答えていく。まったく抑揚のない乾いた声音になっている。不意に感情の全てが抜け落ちたようだ。絡繰《からく》り人形がしゃべっているようで、正近は背中に悪寒を覚えた。

「馬鹿な。そんな馬鹿げた思案で火付けの大罪を犯したのか」

透馬の声には抑えようとして抑えきれない憤怒が滲んでいた。

「小火《ぼや》のつもりだった。城下のあちこちで小火を起こす……」

「二鮫の一味を手先に引き入れてか。二鮫の仁吉とはどこでどう知り合った」

「八林の娘が仁吉の妻になっておった。通りでばったりと娘と出逢うたのだ。町方のものだったが良い身形《みなり》をしていて、料理屋の女将になっていると聞いた。それで、客としてその店に出入りしておったのだ。初めは、少しでも娘を支えるつもりだった。そのうち、水杉派の者たちが集まるようになって……。集まったからといって、不穏な企みをしていたわけではない。ただ、昔の仲間の窮乏を何とかしたいと話していたに過ぎん」

正近は唸りそうになった。

お梶はここに繋がっていたのか。しかし、それはお梶の本意ではなかったはずだ。絶対に違う。お梶は知らなかった。亭主の正体も『いざよい』の座敷で何が話し合われていたのかも知らなかった。ただ、このまま平穏な日々が続けばと願っていただけだ。

「それが、いつの間にか現執政への不平や不満、ときには憤りに変わっていった。違うか」

仁左衛門がのろのろと顔を上げる。ぼんやりとした眼差しが、それでも透馬を捉えようとあちこちを彷徨《さまよ》う。

「……わしは役目を追われなんだ。うまく立ち回ったと言われた。貧窮のうちに死んでいった者に申し訳ないと思うた。そんなとき……仁吉から話を持ち掛けられたのだ」

「手を貸すから小火騒ぎを起こし、家老の評判を落としてみないかと、だな」

「みんな、初めは応じなかった。しかし、明日の暮らしが見えない者の中から声が上がったのだ。このまま惨めに生きていくよりは、執政たちに一矢報いてやりたいと……。その声を抑えきれなかった。火事に乗じて、家老屋敷を襲撃すると言うた者もいたが、退けられた。襲撃してご家老を倒せるとは、到底思えなかったのだ。水杉派は無理な襲撃を企て、潰れて行ったのに……。ただ、不審火が続き、政を揺さぶればご家老の失政になる。それで十分だと」

「つまらぬ思案だ。では、小火で済ますつもりがあそこまでの大火になった。そういうわけか」

「商人町の空き家に火を付けたのだ。まさか、あんな大火に……。あんな……」

唐突に仁左衛門が立ち上がった。両手を振り回す。透馬が素早く後ずさった。

「うわあっ、消えろ、消えてくれ。わしが悪かった。焼き殺すつもりなどなかったのだ。うわぁ、許してくれ、消えてくれ」

叫びながら、仁左衛門はとし子の傍に転がっていた脇差《わきざし》を摑んだ。

「許してくれ。頼む、もう許してくれ」

鞘を払い、白刃を振り回す。

「樫井、廊下に逃れろ」

正近が叫んだのと仁左衛門が刃を腹に突き立てたのは、同時だった。呻き一つたてず、仁左衛門は前のめりに倒れた。すぐに啼泣《ていきゅう》とも苦悶ともつかぬ声を上げながら、その身体が震え始める。指が床を掻く硬い音が響いた。

楽にして差し上げねば。

踏み込んだ正近より先に、透馬が剣を抜く。

「え？　待て、樫井。止めはおれが」

「うるせえ、ひっこんでろ」

透馬は仁左衛門の傍らに片膝をつき耳元に何かを囁いた。それから、震える首筋に刃を当てた。


潜り戸を出る。

門番の徒目付二人が息を呑み込んだ。正近も透馬もあちこちに血糊《ちのり》を付けている。半四郎が近寄り正近の耳元に、「弥生どのはとりあえず隣家にお預けした。弟御もおられる。乳母《うば》が連れて逃げて無事だった」と囁いた。

「そうか。落ち着いたら、おれの屋敷で養生させようと思う。あ、樫井、待て」

透馬は葦毛《あしげ》にまたがり、駆け出そうとしていた。固く結ばれた口元にも眼差しにも、切っ先に似た険しさが漂う。

がっ、がっ、がっ。

馬の蹄《ひづめ》が土を弾き、小石を飛ばす。正近も半四郎も手綱《たづな》を握り、馬を駆った。

樫井家の門が見えてくる。若党が数人、走り出てきた。

「お戻りなされませ」

「若君、血が。そのお形はいかがなされました」

透馬は一言もしゃべらない。馬の背から飛び降りると、跪いた若党を蹴倒すような勢いで、屋敷の内に入っていった。若党たちの面に当惑が浮かぶ。

「すまぬ。我らの馬も頼む」

主の尖った気配を感じ取ったからなのか、血の臭いを嗅いだせいなのか、葦毛は落ち着かぬげに首を振っていた。

「正近、樫井はどうしたのだ」

「わからぬ。ただ、すさまじく憤っているのは確かだ」

「そうだな。触れただけでぶった切られそうだ。あいつにしては珍しい」

そうだ珍しい。いつでも、どんなときでも樫井には余裕があった。慌てず、力まず、飄々《ひょうひょう》としている。それが樫井透馬という者のはずだ。

どうしたんだ、樫井。

胸が騒ぐ。

透馬は大股で廊下を歩いていく。半四郎が呟いた。

「大殿のところか」

「おそらく」

「何かある前に止めねばならんぞ」

「ああ、急ごう」

足を速める。しかし、透馬は父、樫井信右衛門の居室ではなく離れに向かう渡り廊下に進んだ。掛け行灯の明かりに磨き込まれた廊下が黒く浮いて見える。

奥の座敷から女が一人、出てきた。透馬の前を塞ぐように立つ。

「ふさか。どけ」

「どきませぬ。ここから先は保孝さまのご寝所にございます。透馬さまといえども軽々しくお近づきあそばされますな」

「どけっ」

ふさを押しのけ、透馬は兄の寝所の障子に手を掛けた。ふさはよろめき、その場に膝をついた。正近は目を見張った。透馬は普段だらしない面も、いいかげんなところも多々ある。けれど、女を乱暴に扱うことはなかった。女、子ども、病人、年寄り、弱い者に力を振るう者を何より嫌っていたし、許さなかった。その透馬が腕力に任せて、女を押しのけたのだ。

「ふさどの。大事ないか」

ふさを助け起こすのは半四郎に任せ、正近は透馬を追った。

保孝の寝所からは、香の香りが仄かに流れ出ていた。

奥の座敷には行灯が二基、置かれ、病人の白い夜具を照らしている。そこに臥した保孝は、薄っすらと目を開け、仁王立ちになっている弟を見上げた。

「透馬か……何か用か」

「なぜ、あんなことをした」

透馬のものとは思われぬ掠れた声だ。正近はその背中を見詰める。

「あんなこと、とは？」

「言わなければわからないなら、言わせてもらう。付け火のことだ。二鮫の仁吉や稲生を使って、城下に火を付けた。あんたの仕業だな」

正近の背後で、半四郎が息を詰める。その気配が伝わってくる。正近も全身が強張る。

保孝さまが、まさか。

「何を言っている。今日は……熱があって……胸が苦しい。寝かせてくれ」

「あんたしか、いねえんだよ。あの火事の後、親父の動きが妙に鈍かった。自ら動こうとしなかった。そこがずっと引っ掛かってたんだ。けどよ、あんたが黒幕ならそれもわかる。あの親父でも、息子が水杉派の残党や押込みの一味を操り、あれだけの大火を引き起こしたとあっちゃあ、平静ではいられなかったんだろうよ。それにもう一つ、医者だ」

保孝は顔だけを透馬に向け、荒い息を繰り返していた。肌も唇も乾いて、ほとんど色がない。眸さえ褪《あ》せて、見える。

「あんたは罹災者のために医者を集めてくれた。その大半が本道ではなく外科の医者だった。いくら、筆頭家老の倅とはいえ手際が良すぎる。あれだけの数を集めるとなるとそれ相応の用意ってもんがいるだろう。あんたは知ってたのさ。火傷の手当てができる医者が入り用になるってことをちゃんと知っていた。さらに言えば、仁吉たちの大胆な挙は、あんたという後ろ盾があったからだ。仁吉があんたの正体を知っていたとは思えねえ。ただ、重臣が関わっているとは思っていただろうさ。だから、そう容易く捕まるわけがないと、高を括っていた。けどよ、重臣らがこそこそ動いてんのに、親父が気が付かねえわけがない。すぐに手を打つに決まってる。それができなかったのは、あんたが絡んでいたからだ。

親父が手出しを躊躇う相手は、あんたしか考えられねえんだよ」

透馬が深く息を吸う。

「ずい分と前から、何年もかけて作り上げた企てなんだろう。水杉派の残党たちの動きを調べ、稲生のような人の好い使い勝手のいい男を探し、押込みの一味まで駒に使う。おそらく、町中に手先として動く輩を何人も飼ってるんだろうが、臥したまま、この座敷から一歩も出ずにあの騒ぎを起こしたってことかよ。鮮やかな手並みだと悦に入ってるわけか」

「……その通りだ」

保孝の指が何かを摑もうとするかのように、空を掻いた。

「保孝さま」

ふさが走り寄り、助け起こす。はだけた胸元からのぞいた保孝の胸には、骨が浮き出ていた。この前、この座敷で見たときよりさらに瘦せて、さらにやつれている。正近は思わず瞼を伏せた。

「おれがやった。ふふ、そうさ。鮮やかなものだろう。寝所から動けなくとも、外に一歩も出ることが叶わなくとも……これだけのことができる。それが、おれの力だ」

「それを明かしたくて、こんな真似をしたのか」

「そうだ」

「そんなことのために、自分を満足させる、たったそれだけのために、こんなことをやったって言うのか」

「そうだ」

「何人が死んだと思っている。あんたの身勝手な、くだらない欲のためにどれだけの民が命を落としたか知ってるのか。稲生も死んだ。罪の重さに耐えきれず乱心し、家人を斬り殺した後、自裁したんだ。稲生の妻にも娘にも家士にも何一つ罪はなかった。それを殺したのは、あんただ。全てを仕組んだあんたの」

「おまえに、何がわかる」

一声を上げて、保孝は低く呻いた。その身体をふさが支える。そうしないと、座っていられないのだ。

「おまえのように……何もかも持っているやつに……何がわかる。自分の足で歩け、馬に乗れ、好きなところに……いける。父親から未来を託され、後嗣と認められ、当主となる。熱に苦しむことも……痛みに悶えることもない。おまえは、おれがどう手を伸ばしても届かないものを……当たり前として持っている。職人の娘の子のくせに……下賤《げせん》な出のくせに……おれが欲しくてたまらぬものを全て持っていて……」

保孝は喘ぎながら腕を伸ばした。

「刀を……渡せ」

透馬は躊躇わなかった。腰の一振りを保孝の夜具の上に放る。

正近は膝をついたまま、前に出た。保孝が透馬に斬りかかったとしたら、盾にも壁にもならねばならない。

保孝は両手で刀を摑み、持ち上げようとする。しかし、僅か三寸ばかり上がっただけで、黒塗りの剣はまた夜具の上に落ちた。

「見ろ……おれは、刀を握ることも……腹を切ることもできない……。おれには力が……あるのだ。有り余る才がある。それなのに……生き続けることも、自ら死を選ぶことも……できない。その惨めさが……悔しさが、おまえにわかるか」

「わからねえよ。わかるわけがねえだろう。おれはおれだ。あんたじゃない。おれには、おれの惨めさも悔しさもあるんだ。おれにわかってるのは、あんたが罪人だってことだけさ。あんたが償いようのねえ罪を犯したってことだけだ」

「そこまでにしておけ、透馬」

低く静かな声がした。

半四郎がその場に平伏する。

樫井信右衛門が蔵を開けた日と同じ着流しに袖なし羽織の出立で、立っていた。その後ろには羽織袴姿の遠雲が控えている。

「保孝は病人だ。もう、責めるな」

「あんたも同罪だ」

透馬が刀を摑む。

銀色の光が一閃《いっせん》する。刃が鞘に納まる微かな音を正近は聞いた。

信右衛門の羽織の紐が断ち切られ、垂れさがる。

眼で追えぬほどの速さだ。透馬の神速の剣を久々に見た。見たというより感じた。生唾を呑み下す。信右衛門は半歩も退かなかった。身動きすらしなかった。

「若君、無茶をなさるな」

遠雲が信右衛門の前に出てくる。

「うるせえ、狸爺。てめえ、親父の手先になってあれこれ調べあげてたんだろうが。仁吉のこともお梶のこともわかってたんだろう。仁吉や水杉派の後ろに誰がいるかも、わかっていた。わかった上で見て見ぬ振りをしてきたんだろうが」

「それは違いまする。若君の誤解にござりますぞ。保孝さまに不審を抱きましたのは、火事の後でござる。恥ずかしながら、大目付のころより水杉派の残党の動きには目を光らせていたつもりでござったが、まさか、保孝さまが……。気付くのが些か遅きに過ぎました」

「気付かなかったんじゃねえ。気付こうとしなかったんだ。てめえも親父も兄貴を舐めてたんだよ。何もできない病人と侮っていた。だから、放っておいた。その結果がこれだ」

透馬が語気をさらに強めた。

「いかがする、小和田遠雲」

「ははっ」

遠雲は両手をつき、深く低頭した。

「仰せの通りどのようにも身を処する所存にて、この皺腹、搔き切る心がまえはできております」

「遠雲に罪はない。全てはわしの甘さに因《よ》る」

信右衛門が淡々と告げる。

「透馬、おまえの言う通りだ。わしは保孝を侮っておった。寝所で一生を終える病人としか見ていなかった。憐れんでもいた。不憫だったのだ。その想いが我が眼を曇らせ、保孝を止める機を逸してしまった。遠雲は何もしておらぬ。大火後の町々の様子、付け火の見込みを調べあげただけだ。何の責もない。そして、保孝は……もう、現世で罪を償うことはできぬ」

保孝は切れ切れに息をしていた。ふさに抱かれ目を見開いてはいたが、眸にはもう何も映っていないようだった。弟への白状に全ての生気を使い切ったようでもある。

「明日の朝まで持たぬと医者に言われた。どれほど責めても、もう無駄だ」

透馬を見やり、信右衛門は続けた。

「殿がご入部なされたあかつきには、わしも致仕届をだす」

何も聞かされていなかったのか、遠雲が小さく叫んだ。

「政の中枢はおまえと田淵が担う。そのつもりでいるのだな」

透馬はくぐもった声を出したが、言葉にはならなかった。

信右衛門は踵を返し、座敷を出て行く。

「保孝さま」

ふさが保孝を両手で抱き締めた。


部屋に帰るなり、透馬は刀を投げ捨てた。文机を蹴り、花入れを倒す。

部屋が瞬く間に荒れていく。

「くそっ、くそっ、何なんだ。なんで、こんなことになったんだ。何のために稲生は死んだんだ。お梶は、大勢の民は死んだんだ。くそうっ、おれが何もかも持ってるだと。おれに見せつけるために、あんなことをしでかしたのかよ。ちくしょう。何なんだ、それは」

襖に穴が開き、障子の桟《さん》が折れる。

透馬の荒れる様子を正近と半四郎は座したまま見ていた。

行灯の点いていない部屋は薄暗く、冷え切っている。

「新里」

息を弾ませ、透馬が振り向く。

「何で黙ってる。なぜ、止めない。狼藉はよせと、いつもみたいに説教してみろよ」

「黙っているしかない。何を言えばいいのか、わからんのだ」

偽りのない返答だ。今、透馬に何を告げ、何を語ればいいのかまるでわからない。一緒に荒れ狂いたい心持はするけれど。

胸元を摑まれ、引きずり上げられる。

「ふざけるな。いつもあーだこーだと口うるさいくせに、ここで黙り込むのか。何とか言え。言ってみろ、新里」

背中が壁に押し付けられる。

「新里、教えてくれ。おれはどうすればよかったんだ。後嗣なんかに納まらなきゃよかったのか。小舞に戻らなきゃよかったのか」

「樫井」

「おれがいなければ、こんなことは起こらなかったのか」

「違う。それだけは違う」

「どう、違うってんだ」

「保孝さまの歪みは、おまえのせいじゃない。おまえが引き受けることじゃない。おまえはおまえの生きるべき道を生きているだけではないか」

うまく言えない。透馬を宥めようとも、励まそうとも思わない。そんな不遜な思いは抱かない。ただ、自分の信じる真実を伝えたいだけだ。

おれたちは、己に恥じない道を歩んできた。これからも、そうする。

「伝言が二つ、ある」

半四郎が正座の姿勢のまま、透馬を見上げる。

「一つは小和田さまからだ。一刻ほど前、捕り方が『いざよい』に踏み込んだ。手下は抗ったが、仁吉は大人しく捕縛されたそうだ。『女房に先立たれ、生きる甲斐がない』と言っていたとか。お梶は殺されたのではなく、自ら入水《じゅすい》したらしい。世を儚んだからなのか、一命を懸けて亭主を諫めたのか、もはや、わからぬことだが。ただ、仁吉が本気で女房に惚れていたのだけは確かだろう、と。二つ目はふさどのだ」

半四郎の白い面が、ぼんやりと薄闇に浮かぶ。

「保孝さまのお子を身籠っているのだと。その子を命に代えても産んでみせる。必ずや育ててみせる。そう申していた」

「くっ……」

透馬の喉が鳴った。それが笑い声に変わる。

くっくっくっ。

「聞いたか、新里。仁吉は女房に惚れていたんだとよ。ふさは兄貴の子を産むんだとよ。赤ん坊が生まれるんだ。なんなんだそれ。人ってのは何でこうも……」

肩が重く熱くなる。

「樫井……」

小さな嗚咽が漏れる。透馬は正近の肩に顔を伏せ、忍ぶように泣いた。その背中をゆっくりと撫でてみる。

その動きに呼応するかのように、闇が濃くなっていった。

更地になった焼け跡に、大量の材木が運び込まれ、大勢の人足や大工たちが行き来している。木の香り、釘を打つ音、男たちの掛け声、荷車を引く馬のいななき。商人町の一画は、熱気と活気に湧き立っていた。

商人町と舟入町に大掛かりな市場を作る。江戸のやっちゃ場や河岸のように、小舞の産物を集める場を作り出す。同時に、武士、町民の隔てなく罹災者のための長屋をとりあえず三十棟、建てる。師走までには全ての罹災者に家を用意する。向こう三か月に限り、城からの布施米と援助金を定常《ていじょう》とする。利平、担保なしの貸付を行う。一年後、なお困窮している者には再度の援助金と貸付返済の免除を与える。本銀捻出のための新たな勝手方を作り、ゆくゆくはこの後の災厄に備える役目も担うこととする。

透馬と田淵中老によって献言された政綱は、城主同座の会議で諾とされた。重臣たちからも意見は相次いだが、明確な反論はあがらなかった。

「うん、いい匂いだ」

透馬が材木の匂いを吸い込み、胸を膨らませる。

「匂いはいいが、相当な費えだな。空恐ろしくなる」

帳面を手に、半四郎が唸った。新たに勝手方差配に就いた透馬の許で、柱の務めを果たさねばならないのだ。

「重臣たちが吐き出した米がある。後は、豪商連中とのやりとり次第だ。何としても利平無しの金を引き出せ。腕の見せ所じゃねえか、山坂。おまえの頭が役に立つ。うむ、まさに水の魚を得たるがごとしってやつだ。うってつけの役目だぞ」

「魚の水を得たるがごとし、だな」

半四郎は苦笑し、「大任だ」と呟いた。

大任だ。海千山千の商人を相手に、数千両に及ぶ攻防をしなければならない。しかし、半四郎ならやり遂げる。胸の内に勝算を抱えている。勝算があるから、これだけの普請が動き出した。

余裕のある笑みを浮かべる友を、正近は感嘆の想いで見詰めていた。

「そういえば、新里、稲生の娘と息子を屋敷に引き取ってそのままか」

透馬が積み上げられた材木に触れながら、問うてきた。

「ああ。弥生は弟を一人前にしようと必死だ。少しでも支えてやらねばな」

「へっ、それで元の鞘に納まるってわけか」

「樫井。夫婦の形は鋳型《いがた》に嵌《は》めて作るものではない。復縁などそう容易くできるものか」

おれが引きずっている限り、弥生を妻とは呼べない。呼んではならない。

「そう言えば樫井だって、ふさどののために新しい屋敷を建てたそうではないか」

半四郎が、話柄を変えてくれる。

「屋敷じゃねえよ。二間だけの仕舞屋《しもたや》だ。ふさには元気な赤子を産んでもらわねば困るからな。できれば男子がいいが女だって御《おん》の字《じ》さ。へへ、樫井の血を引く子ができるわけだ。そいつに家督を譲ったら、おれはお役御免になれる」

「まだ、そんなことを言っているのか。呆れたものだな。な、正近」

「まあな。樫井の往生際の悪さは天下一、だ」

「けっ、何とでも言いな。じゃあ山坂はどうなんだ。まだ、嫁取りはせず気楽に暮らすつもりなのか」

「こんな大任を押し付けられて、気楽に暮らせるものか。けど、まあ……そうだな。女人に挑んでみるのも悪くないか」

「ええっ」。正近と透馬がほぼ同時に叫ぶ。

「待て、半四郎。おまえ、そんな相手がいたのか」

「あ、いや。想っているだけだ。こちらが勝手に……」

「誰だ。話せ。おれが仲を取り持ってやる」

身を乗り出す透馬の肩を正近は押さえた。

「樫井の出る幕ではない。おまえが絡むと、まとまる話もまとまらなくなる」

半四郎のことだ。芽生えた想いを丁寧に、じっくりと育てていくだろう。相手の名を問い質す気は微塵も起らないが、何となく察せられる気はする。凜とした少女の面影が過った。

もしそうなら、そうであったなら、あの娘が幸せになったのなら、それでおれの罪は消えるだろうか。消えは……しない。消えぬまま背負う罪だと、わかっていたはずだ。

三人の前を荷車が過ぎていく。砂埃が舞い上がる。

「よし、次は舟入町を見に行くぞ」

透馬が大股に歩き出す。

「うむ、行こう」

風が吹く。向かい風だ。

三人の頭上で、鳶《とんび》が鳴いた。

見上げた正近の眼に、碧空《へきくう》が広がる。その碧《あお》を背景に鳥は羽を広げ、高く舞い上がっていった。

初出　「オール讀物」二〇一九年十一月号〜二〇二〇年十二月号

あさのあつこ

一九五四年岡山県生まれ。青山学院大学文学部卒業。小学校講師を経て、一九九一年作家デビュー。『バッテリー』で野間児童文芸賞、『バッテリーII』で日本児童文学者協会賞、『バッテリー』シリーズで小学館児童出版文化賞、『たまゆら』で島清恋愛文学賞を受賞。児童文学からヤングアダルト、一般小説でもミステリー、SF、時代小説などジャンルを超えて活躍する。著書に『NO.6』『The MANZAI』『ランナー』『燦』など各人気シリーズの他、『透き通った風が吹いて』『I love letter』『飛雲のごとく』『星に祈る　おいち不思議がたり』『にゃん！　鈴江三万石江戸屋敷見聞帳』など多数。

舞風《まいかぜ》のごとく

二〇二一年十月十日　第一刷発行

著者　あさのあつこ
発行者　大川繁樹
発行所　株式会社　文藝春秋
〒102-8008　東京都千代田区紀尾井町三-二三
電話　〇三-三二六五-一二一一(代)
印刷所　大日本印刷
製本所　大口製本
DTP製作　言語社

万一、落丁・乱丁の場合は送料当方負担でお取替えいたします。小社製作部宛、お送りください。
定価はカバーに表示してあります。

ISBN978-4-16-391434-3